O GRANDE GATSBY

COPYRIGHT © 2013-2020 BY EDITORA LANDMARK LTDA

TODOS OS DIREITOS RESERVADOS À EDITORA LANDMARK LTDA.
TEXTO ADAPTADO À NOVA ORTOGRAFIA DA LÍNGUA PORTUGUESA DECRETO NO 6.583, DE 29 DE SETEMBRO DE 2008

PRIMEIRA EDIÇÃO DE "THE GREAT GATSBY": CHARLES SCRIBNER'S SONS; NOVA YORK, 10 DE ABRIL DE 1925.

DIRETOR EDITORIAL: FABIO PEDRO-CYRINO
TRADUÇÃO E NOTAS: VERA SÍLVIA CAMARGO GUARNIERI
REVISÃO: FRANCISCO DE FREITAS

DIAGRAMAÇÃO E CAPA: ARQUÉTIPO DESIGN+COMUNICAÇÃO
IMPRESSÃO E ACABAMENTO: GRÁFICA IMPRENSA DA FÉ

ARTE DE CAPA: MOTION PICTURE ARTWORK © 2013 WARNER BROS. ENTERTAINMENT INC.

DADOS INTERNACIONAIS DE CATALOGAÇÃO NA PUBLICAÇÃO (CIP)
(CÂMARA BRASILEIRA DO LIVRO, CBL, SÃO PAULO, BRASIL)

FITZGERALD, F. SCOTT (1896-1940)
O GRANDE GATSBY = THE GREAT GATSBY/ F. SCOTT FITZGERALD;
[TRADUÇÃO E NOTAS VERA SÍLVIA CAMARGO GUARNIERI] -- SÃO PAULO : EDITORA LANDMARK, 2013.

TÍTULO ORIGINAL: THE GREAT GATSBY
EDIÇÃO BILÍNGUE: PORTUGUÊS/INGLÊS
EDIÇÃO ESPECIAL DE LUXO
ISBN 978-85-8070-011-4

1. ROMANCE NORTE-AMERICANO I. TÍTULO. II. TÍTULO: THE GREAT GATSBYY

13-03634   CDD: 813

ÍNDICES PARA CATÁLOGO SISTEMÁTICO:

1. ROMANCES : LITERATURA NORTE-AMERICANA   813

7ª REIMPRESSÃO: NOVEMBRO DE 2020

TEXTOS ORIGINAIS EM INGLÊS DE DOMÍNIO PÚBLICO.
RESERVADOS TODOS OS DIREITOS DESTA TRADUÇÃO E PRODUÇÃO.
NENHUMA PARTE DESTA OBRA PODERÁ SER REPRODUZIDA ATRAVÉS DE QUALQUER MÉTODO, NEM SER DISTRIBUÍDA E/OU ARMAZENADA EM SEU TODO OU EM PARTES ATRAVÉS DE MEIOS ELETRÔNICOS SEM PERMISSÃO EXPRESSA DA EDITORA LANDMARK LTDA, CONFORME LEI N° 9610, DE 19/02/1998

EDITORA LANDMARK
RUA ALFREDO PUJOL, 285 - 12° ANDAR - SANTANA
02017-010 - SÃO PAULO - SP
TEL.: +55 (11) 2711-2566 / 2950-9095
E-MAIL: EDITORA@EDITORALANDMARK.COM.BR

WWW.EDITORALANDMARK.COM.BR

IMPRESSO NO BRASIL
PRINTED IN BRAZIL
2020

F. SCOTT FITZGERALD

O GRANDE GATSBY

EDIÇÃO BILÍNGUE PORTUGUÊS / INGLÊS

THE GREAT GATSBY

TRADUÇÃO
VERA SILVIA CAMARGO GUARNIERI

SAO PAULO - SP - BRASIL
2020

Francis Scott Key Fitzgerald, ou simplesmente, F. Scott Fitzgerald, nascido em 24 de setembro de 1896, em Saint Paul, Minnesota, foi um escritor norte-americano e um dos grandes nomes da literatura do século XX, autor de numerosos romances, contos, coleções de contos, ensaios e de uma peça teatral. Integrou a chamada "geração perdida" da literatura, das primeiras décadas do século, termo cunhado pela escritora Gertrude Stein e da qual faziam parte, além do próprio Fitzgerald, os escritores Ernest Hemingway, T. S. Elliot, Erich Maria Remarque, John dos Passos e Waldo Pierce.

Oriundo de uma família católica irlandesa, ingressou na Universidade de Princeton, com o intuito de aperfeiçoar o seu estilo literário. Lá, integrou o famoso "Princeton Triangle Club", em companhia dos futuros críticos literários, Edmund Wilson (1895-1972) e John Peale Bishop (1892-1944). Em 1917, abandonou a Universidade e ingressou no exército para lutar na Primeira Guerra Mundial, alistando-se como voluntário. Durante sua preparação para a guerra, ficou lotado em Montgomery, Alabama, onde conheceu sua futura esposa, Zelda Sayre (1900-1948).

Começou sua carreira literária em 1920, com a publicação do romance "Este Lado do Paraíso", obra que deu-lhe grande popularidade e espaço em publicações de grande prestígio, como a "Scribner's" e o "The Saturday Evening Post". Seu segundo romance, "Os Belos e Malditos", foi publicado em 1922. É deste mesmo período a publicação de uma série de coletâneas de contos, dentre eles, "O Curioso Caso de Benjamin Button", reunidos sob o título "Contos da Era do Jazz".

Com a esposa, Zelda Sayre, Fitzgerald mudou-se para a França, onde concluiu, em 1925, seu terceiro e mais célebre de romance, "O Grande Gatsby", considerado pela crítica especializada como a obra-prima do escritor e uma das 100 melhores obras literárias de todos os tempos. Em 1934, publicou "Suave é a Noite", romance pungente que o autor considerava como sendo a sua melhor obra.

Acometido por tuberculose, desde a década de 1910, Fitzgerald lançou-se ao alcoolismo, o que seria agravado pela esquizofrenia da qual sofria sua esposa Zelda, desde a década de 1930. Com a saúde debilitada, em 1927, Fitzgerald mudou-se então para Hollywood, onde chegou a trabalhar como roteirista cinematográfico.

Em 1939, começou a escrever o seu último romance, "Os Amores do Último Magnata", publicado postumamente em 1941. A obra era a sua última tentativa de retratar a personalidade de um grande artífice do "sonho americano".

Em 21 de dezembro de 1940, aos 44 anos, após comparecer à première do filme "This Thing Called Love", estrelado por Melvin Douglas e Rosalind Russell, Fitzgerald sofreu um ataque fulminante do coração. Deixou inacabado seu último romance, "Os Amores do Último Magnata". Seu manuscrito foi recolhido e organizado pelo crítico Edmund Wilson e publicado em 1941 com o título "O Último Magnata". Em 1994, o livro foi relançado com o seu título original.

O GRANDE GATSBY

Then wear the gold hat, if that will move her;
If you can bounce high, bounce for her too,
Till she cry "Lover, gold-hatted, high-bouncing lover,
I must have you!"
Thomas Parke D'Invilliers

Então, cobre-te de ouro se isso a comover;
Se puderes saltar bem alto, salta também por ela
Até que ela grite: "Amado coberto de ouro, amado glorioso,
Tens que ser meu!"
Thomas Parke D'Invilliers[1].

---

[1] Thomas Parke D'Invilliers não é uma pessoa real, mas sim um personagem criado por F. Scott Fitzgerald em seu primeiro romance, a narrativa semiautobiográfica, "Deste Lado do Paraíso", publicado em 1920, e serviu em algumas ocasiões como um pseudônimo do autor. D'Invilliers foi inspirado no poeta Jonh Peale Bishop (1892-1944), um amigo do escritor dos tempos da Universidade de Princeton. A genialidade literária de Fitzgerald fez com que este incluísse uma epígrafe de um poeta "criado" por ele mesmo na abertura de "O Grande Gatsby". N. E.

CHAPTER 1

In my younger and more vulnerable years my father gave me some advice that I've been turning over in my mind ever since.

"Whenever you feel like criticizing any one," he told me, "just remember that all the people in this world haven't had the advantages that you've had."

He didn't say any more, but we've always been unusually communicative in a reserved way, and I understood that he meant a great deal more than that. In consequence, I'm inclined to reserve all judgments, a habit that has opened up many curious natures to me and also made me the victim of not a few veteran bores. The abnormal mind is quick to detect and attach itself to this quality when it appears in a normal person, and so it came about that in college I was unjustly accused of being a politician, because I was privy to the secret griefs of wild, unknown men. Most of the confidences were unsought – frequently I have feigned sleep, preoccupation, or a hostile levity when I realized by some unmistakable sign that an intimate revelation was quivering on the horizon; for the intimate revelations of young men, or at least the terms in which they express them, are usually plagiaristic and marred by obvious suppressions. Reserving judgments is a matter of infinite hope. I am still a little afraid of missing something if I forget that, as my father snobbishly suggested, and I snobbishly repeat, a sense of the fundamental decencies is parcelled out unequally at birth.

And, after boasting this way of my tolerance, I come to the admission that it has a limit. Conduct may be founded on the hard rock or the wet marshes, but after a certain point I don't care what it's founded on. When I came back from the East last autumn I felt that I wanted the world to be in uniform and at a sort of moral attention forever; I wanted no more riotous excursions with privileged glimpses into the human heart. Only Gatsby, the man who gives his name to this book, was exempt from my reaction – Gatsby, who represented everything for which I have an unaffected scorn. If personality is an unbroken series of successful gestures, then there was something gorgeous about him, some heightened sensitivity to the promises of life, as if he were related to one of those intricate

CAPÍTULO 1

Em meus anos mais jovens e vulneráveis, meu pai deu-me alguns conselhos nos quais sempre reflito desde aquela época.

"Sempre que sentir vontade de criticar alguém", disse-me ele, "pense que nem todas as pessoas deste mundo tiveram as vantagens que você teve."

Não falou mais nada, mas, de modo reservado, sempre fomos invulgarmente comunicativos e compreendi que havia um significado bem mais profundo em suas palavras. Como consequência, tendi-me a ser reservado nos julgamentos, um hábito que me desvendou várias naturezas curiosas e tornou-me vítima de não poucos importunos inveterados. A mente anormal é rápida em detectar e se apegar a essa qualidade, ao aparecer numa pessoa normal e, portanto, aconteceu que na faculdade fui injustamente acusado de ser um político, pois conhecia os pesares secretos de homens selvagens e desconhecidos. A maior parte das confidências foi involuntária – com frequência, fingia sono, preocupação ou um hostil desprezo por algum sinal inequívoco ao perceber que alguma revelação íntima tremulava no horizonte, pois as revelações íntimas dos jovens, ou pelo menos os termos nos quais as expressam, em geral são plagiários e desfigurados por supressões óbvias. Não fazer julgamentos é um assunto de infinita esperança. Ainda sinto certo medo de perder algo se esquecer-me disso, como meu pai sugeriu de modo esnobe, e repito com o mesmo esnobismo, um senso das decências fundamentais é distribuído desigualmente ao se nascer.

E, após assim alardear minha tolerância, admito que haja um limite para isso. O comportamento pode se basear em rocha dura ou em pântanos úmidos, mas após certo ponto deixei-me de importar onde se baseia. Ao voltar do Leste no último outono, senti que aspirava um mundo mais uniforme, sempre envolto em uma espécie de atenção moral; deixara de desejar excursões desenfreadas, com vislumbres do interior do coração humano. Apenas Gatsby, o homem que dá nome a este livro, estava excetuado da minha reação – Gatsby, que representava tudo pelo qual eu sentia um natural desdém. Se a personalidade é uma série de gestos bem sucedidos, havia algo de grandioso nele, uma brilhante sensibilidade às promessas da vida, como se ele fosse parente de uma dessas máquinas intrincadas que

machines that register earthquakes ten thousand miles away. This responsiveness had nothing to do with that flabby impressionability which is dignified under the name of the "creative temperament." – it was an extraordinary gift for hope, a romantic readiness such as I have never found in any other person and which it is not likely I shall ever find again. No... Gatsby turned out all right at the end; it is what preyed on Gatsby, what foul dust floated in the wake of his dreams that temporarily closed out my interest in the abortive sorrows and short-winded elations of men.

My family have been prominent, well-to-do people in this Middle Western city for three generations. The Carraways are something of a clan, and we have a tradition that we're descended from the Dukes of Buccleuch, but the actual founder of my line was my grandfather's brother, who came here in fifty-one, sent a substitute to the Civil War, and started the wholesale hardware business that my father carries on today.

I never saw this great-uncle, but I'm supposed to look like him – with special reference to the rather hard-boiled painting that hangs in father's office. I graduated from New Haven in 1915, just a quarter of a century after my father, and a little later I participated in that delayed Teutonic migration known as the Great War. I enjoyed the counter-raid so thoroughly that I came back restless. Instead of being the warm centre of the world, the Middle West now seemed like the ragged edge of the universe – so I decided to go East and learn the bond business. Everybody I knew was in the bond business, so I supposed it could support one more single man. All my aunts and uncles talked it over as if they were choosing a prep school for me, and finally said, "Why... ye-es," with very grave, hesitant faces. Father agreed to finance me for a year, and after various delays I came East, permanently, I thought, in the spring of twenty-two.

The practical thing was to find rooms in the city, but it was a warm season, and I had just left a country of wide lawns and friendly trees, so when a young man at the office suggested that we take a house together in a commuting town, it sounded like a great idea. He found the house, a weather-beaten cardboard bungalow at eighty a month, but at the last minute the firm ordered him to Washington, and I went out to the country alone. I had a dog – at least I had him for a few days until he ran away – and an old Dodge and a Finnish woman, who made my bed and cooked breakfast and muttered Finnish wisdom to herself over the electric stove.

It was lonely for a day or so until one morning some man, more recently arrived than I, stopped me on the road.

"How do you get to West Egg village?", he asked helplessly.

I told him. And as I walked on I was lonely no longer. I was a guide, a pathfinder, an original settler. He had casually conferred on me the freedom of the neighborhood.

registram terremotos a dezesseis mil quilômetros de distância. Essa receptividade não tinha nada a ver com aquela débil impressionabilidade dignificada sob o nome de "temperamento criativo" – era um dom extraordinário para a esperança, uma prontidão romântica que jamais encontrei em outra pessoa e que provavelmente jamais encontrarei. Não... Gatsby revelou-se boa pessoa no final; foram a ameaça que pairava sobre Gatsby e a poeira asquerosa que flutuava no rastro dos seus sonhos que trancaram temporariamente meu interesse pelos abortivos sofrimentos dos homens e pelos seus júbilos pouco arejados.

Minha família era proeminente, pessoas prósperas nesta cidade do Meio-Oeste, por três gerações. Os Carraways são uma espécie de clã, e cultivamos a tradição de que somos descendentes dos Duques de Buccleuch, mas o verdadeiro fundador da minha linhagem foi o irmão do meu avô, que aqui chegou em 51, enviou um substituto à Guerra Civil e iniciou o negócio de vendas de ferramentas no atacado que meu pai dirige hoje.

Jamais vi esse tio-avô, mas consta que pareço-me com ele – com especial referência ao duro retrato pendurado no escritório de meu pai. Formei-me em New Haven em 1915, apenas um quarto de século após meu pai, e em seguida participei dessa atrasada migração teutônica conhecida como Grande Guerra. Gostei tanto do contra-ataque que voltei inquieto. Ao invés de ser o acolhedor centro do mundo, o Meio-Oeste agora parecia a áspera margem do universo – então decidi ir para o Leste, aprender o negócio de títulos. Todos que eu conhecia estavam no negócio de títulos, então supus que este aguentaria mais um homem solteiro. Todas as minhas tias e tios falavam sobre isso como se estivessem escolhendo um cursinho preparatório para mim, e finalmente disseram, "Bem... s-sim", com rostos muito graves e hesitantes. Meu pai concordou em me financiar durante um ano e, depois de vários retardamentos, vim para o Leste na primavera de 22... permanentemente, pensei.

O mais prático seria encontrar acomodação na cidade, mas era a estação quente e eu acabara de deixar uma área de grandes campos e árvores amigáveis, e quando um jovem do escritório sugeriu alugarmos, juntos, uma casa em uma cidadezinha próxima, isso me pareceu uma grande ideia. Encontrou uma casa, um frágil bangalô castigado pelo tempo, a 80 dólares ao mês, mas no último minuto a firma o mandou a Washington e fui sozinho para o campo. Tinha um cachorro (pelo menos tive durante alguns dias até ele fugir), um velho carro Dodge e uma empregada finlandesa que arrumava minha cama, cozinhava meu desjejum e murmurava sabedoria finlandesa para si sobre um fogão elétrico.

Senti-me solitário por alguns dias até que, em uma manhã, um homem mais recém-chegado que eu me deteve na estrada.

"Como se chega à pequena cidade de West Egg?", perguntou desanimado.

Eu o informei. E enquanto caminhávamos, deixei de me sentir solitário. Eu era um guia, um explorador de caminhos, um colono original. Ele casualmente me concedera a liberdade da vizinhança.

And so with the sunshine and the great bursts of leaves growing on the trees, just as things grow in fast movies, I had that familiar conviction that life was beginning over again with the summer.

There was so much to read, for one thing, and so much fine health to be pulled down out of the young breath-giving air. I bought a dozen volumes on banking and credit and investment securities, and they stood on my shelf in red and gold like new money from the mint, promising to unfold the shining secrets that only Midas and Morgan and Maecenas knew. And I had the high intention of reading many other books besides. I was rather literary in college – one year I wrote a series of very solemn and obvious editorials for the Yale News – and now I was going to bring back all such things into my life and become again that most limited of all specialists, the "well-rounded man." This isn't just an epigram – life is much more successfully looked at from a single window, after all.

It was a matter of chance that I should have rented a house in one of the strangest communities in North America. It was on that slender riotous island which extends itself due east of New York – and where there are, among other natural curiosities, two unusual formations of land. Twenty miles from the city a pair of enormous eggs, identical in contour and separated only by a courtesy bay, jut out into the most domesticated body of salt water in the Western hemisphere, the great wet barnyard of Long Island Sound. They are not perfect ovals – like the egg in the Columbus story, they are both crushed flat at the contact end – but their physical resemblance must be a source of perpetual confusion to the gulls that fly overhead. to the wingless a more arresting phenomenon is their dissimilarity in every particular except shape and size.

I lived at West Egg, the... well, the less fashionable of the two, though this is a most superficial tag to express the bizarre and not a little sinister contrast between them. My house was at the very tip of the egg, only fifty yards from the Sound, and squeezed between two huge places that rented for twelve or fifteen thousand a season. The one on my right was a colossal affair by any standard – it was a factual imitation of some Hotel de Ville in Normandy, with a tower on one side, spanking new under a thin beard of raw ivy, and a marble swimming pool, and more than forty acres of lawn and garden. It was Gatsby's mansion. Or, rather, as I didn't know Mr. Gatsby, it was a mansion inhabited by a gentleman of that name. My own house was an eyesore, but it was a small eyesore, and it had been overlooked, so I had a view of the water, a partial view of my neighbor's lawn, and the consoling proximity of millionaires – all for eighty dollars a month.

Across the courtesy bay the white palaces of fashionable East Egg glittered along the water, and the history of the summer really begins on the evening I drove over there to have dinner with the Tom Buchanans. Daisy was my second cousin once removed, and I'd known Tom in college. And just after the war I spent two days

E assim, com o brilho do sol e as grandes explosões de folhas crescendo nas árvores, exatamente como as coisas crescem em filmes rápidos, tive essa convicção familiar de que a vida estava recomeçando com o verão.

Havia muito a ler e muita saúde a absorver do ar jovem e dadivoso. Comprei uma dúzia de livros sobre transações bancárias, ações de crédito e investimento, e lá ficaram em minha prateleira, vermelhos e dourados como dinheiro novo da Casa da Moeda, a prometer revelar os brilhantes segredos que apenas Midas, Morgan e Mecenas detinham. E tive a elevada intenção de ler muitos outros livros além deles. Era muito literário na faculdade – num ano, escrevi uma série de artigos muito solenes e óbvios para o Yale News – e agora trazia de volta todas essas coisas à minha vida e converter-me-ia novamente naquele que é o mais limitado de todos os especialistas, o "homem bem informado." Isso não é apenas uma epigrama – afinal das contas, a vida parece muito mais bem sucedida quando vista através de um único prisma.

Por acaso, aluguei uma casa em uma das comunidades mais estranhas da América do Norte. Situava-se na estreita e tumultuosa ilha que se estende a leste de Nova Iorque – onde existem, entre outras curiosidades naturais, duas incomuns formações de terra. A 300 quilômetros da cidade, idênticos em contorno e separados apenas por uma gentil baía, um par de enormes ovos salta da mais domesticada massa de água salgada do hemisfério ocidental, o grande pátio alagado do Estreito de Long Island. Eles não são perfeitamente ovais – como o ovo da história de Colombo, ambos são achatados na área de contato – mas sua semelhança física deve ser fonte de perpétua confusão para as gaivotas que voam sobre eles. Para os que não possuem asas, o fenômeno mais interessante é sua desigualdade em todos os aspectos, exceto formato e tamanho.

Eu morava no West Egg, o... bem, o menos elegante dos dois, apesar dessa informação ser o modo mais superficial de expressar o contraste bizarro e não pouco sinistro entre eles. Minha casa ficava exatamente no topo do ovo, a apenas 50 metros do Estreito, espremida entre mansões enormes, alugadas por 12 ou 14 mil dólares por estação. A que ficava à minha direita era algo colossal, em qualquer escala – imitação de algum Hôtel de Ville, na Normandia, com uma torre de um dos lados, novíssima sob uma barba rala de hera, uma piscina de mármore e mais de 40 acres de gramados e jardins. Era a mansão de Gatsby. Ou melhor, como eu não conhecia o senhor Gatsby, era uma mansão habitada por um cavalheiro com esse nome. Minha própria casa era algo desagradável aos olhos e fora esquecida, mas eu tinha uma vista para a água, uma visão parcial do gramado de meu vizinho e a consoladora proximidade dos milionários – tudo por 80 dólares mensais.

Do outro lado da baía gentil, os brancos palácios do elegante East Egg brilhavam ao longo da água, e a história do verão realmente tem início na tarde em que, em meu carro, eu me dirigia para lá, para jantar com Tom Buchanans. Daisy era minha prima distante[2], e eu conhecera Tom na faculdade. Logo depois da guerra,

---

[2] Nos países de língua inglesa, a questão genealógica é tratada de modo diverso. Literalmente, o texto afirma que Daisy é 'prima em segundo grau' do narrador, mas acrescenta a expressão "once removed", indicando que uma geração separa os dois personagens. Diante disso, sendo ela mais jovem

with them in Chicago.

Her husband, among various physical accomplishments, had been one of the most powerful ends that ever played football at New Haven – a national figure in a way, one of those men who reach such an acute limited excellence at twenty-one that everything afterward savors of anti-climax. His family were enormously wealthy – even in college his freedom with money was a matter for reproach – but now he'd left Chicago and come East in a fashion that rather took your breath away: for instance, he'd brought down a string of polo ponies from Lake Forest. It was hard to realize that a man in my own generation was wealthy enough to do that.

Why they came East I don't know. They had spent a year in France for no particular reason, and then drifted here and there unrestfully wherever people played polo and were rich together. This was a permanent move, said Daisy over the telephone, but I didn't believe it – I had no sight into Daisy's heart, but I felt that Tom would drift on forever seeking, a little wistfully, for the dramatic turbulence of some irrecoverable football game.

And so it happened that on a warm windy evening I drove over to East Egg to see two old friends whom I scarcely knew at all. Their house was even more elaborate than I expected, a cheerful red-and-white Georgian Colonial mansion, overlooking the bay. The lawn started at the beach and ran toward the front door for a quarter of a mile, jumping over sun-dials and brick walks and burning gardens – finally when it reached the house drifting up the side in bright vines as though from the momentum of its run. The front was broken by a line of French windows, glowing now with reflected gold and wide open to the warm windy afternoon, and Tom Buchanan in riding clothes was standing with his legs apart on the front porch.

He had changed since his New Haven years. Now he was a sturdy straw-haired man of thirty with a rather hard mouth and a supercilious manner. Two shining arrogant eyes had established dominance over his face and gave him the appearance of always leaning aggressively forward. Not even the effeminate swank of his riding clothes could hide the enormous power of that body – he seemed to fill those glistening boots until he strained the top lacing, and you could see a great pack of muscle shifting when his shoulder moved under his thin coat. It was a body capable of enormous leverage – a cruel body.

His speaking voice, a gruff husky tenor, added to the impression of fractiousness he conveyed. There was a touch of paternal contempt in it, even toward people he liked – and there were men at New Haven who had hated his guts.

"Now, don't think my opinion on these matters is final," he seemed to say, "just because I'm stronger and more of a man than you are." We were in the same senior society, and while we were never intimate I always had the impression that

eu passara dois dias com eles em Chicago.

Entre vários feitos físicos, seu marido fora um dos "pontas" mais poderosos dentre os que jogaram rúgbi em New Haven – de certo modo, uma figura nacional, um desses homens que alcançam tão grande excelência aos 21 anos que mais tarde tudo tem sabor de anticlímax. Sua família era extremamente rica – mesmo na faculdade, sua liberalidade com dinheiro era criticada – mas agora ele deixara Chicago e fora para o Leste de um jeito que tirava o fôlego: por exemplo, levara de Lake Forest um lote de cavalos de polo. Era difícil compreender como um homem da minha geração era suficientemente rico para fazer tal coisa.

Porque vieram ao leste não sei dizer. Sem qualquer razão em particular, passaram um ano em França e depois irrequietos vaguearam por aqui e por ali, por lugares onde as pessoas jogavam polo e havia convivência entre os ricos. Era uma mudança permanente, disse Daisy ao telefone, mas não acreditei – não conhecia o interior do coração de Daisy, mas sentia que Tom vaguearia para sempre a buscar um pouco ansiosamente a dramática turbulência de algum irrecuperável jogo de rúgbi.

Então, aconteceu que em uma tarde quente e ventosa, dirigi meu carro até o East Egg para ver dois velhos amigos que eu mal conhecia. A casa deles era mais majestosa do que eu esperava, uma alegre mansão colonial, vermelha e branca, com vista para a baía. O gramado começava na praia e avançava por um 400 metros até a porta da frente, saltando por sobre quadrantes solares, muros de tijolos e canteiros ardentes – e finalmente, ao alcançar a casa, como que atingindo o momento culminante de sua corrida, fazia um desvio e se transformava em brilhantes videiras. A fachada ostentava uma fila de portas envidraçadas, cintilantes com o reflexo dourado do sol e escancaradas para a tarde quente e ventosa. Tom Buchanan achava-se em pé no terraço da frente, em roupas de montaria e com as pernas afastadas.

Ele mudara desde a época de New Haven. Agora era um robusto homem de trinta anos, cabelos cor de palha, boca severa e postura orgulhosa. Dois arrogantes olhos brilhantes dominavam seu rosto e lhe davam a aparência de estar sempre se inclinando agressivamente para frente. Nem mesmo a efeminada ostentação de seu traje de montaria conseguia esconder o enorme poder daquele corpo – ele parecia preencher suas brilhantes botas ao ponto de forçar os cadarços da parte superior, e via-se o movimento de um grande número de músculos quando seus ombros se mexiam sob o casaco fino. Era um corpo capaz de imensa resistência – um corpo cruel.

Ao falar, o tenor rouco de sua voz ampliava a impressão de rebeldia que ele causava. Havia nela um toque de desdém paternal, mesmo para com pessoas das quais ele gostava – em New Haven, muitos homens o odiavam.

"Ora, não pense que minha opinião sobre esse assunto é decisiva apenas porque sou mais forte e mais homem que você", parecia dizer. Nós havíamos pertencido ao mesmo grêmio de alunos do último ano, e embora jamais tivéssemos

---

que ele, o ancestral comum de ambos é o bisavô, ou bisavó. Portanto, Daisy é filha de um primo em segundo grau e aqui seria considerada prima em terceiro grau de Nick. Para evitar tal conflito, optamos por usar a tradução 'prima distante'. N.T.

he approved of me and wanted me to like him with some harsh, defiant wistfulness of his own.

We talked for a few minutes on the sunny porch.

"I've got a nice place here," he said, his eyes flashing about restlessly.

Turning me around by one arm, he moved a broad flat hand along the front vista, including in its sweep a sunken Italian garden, a half acre of deep, pungent roses, and a snub-nosed motor-boat that bumped the tide offshore.

"It belonged to Demaine, the oil man." He turned me around again, politely and abruptly. "We'll go inside."

We walked through a high hallway into a bright rosy-colored space, fragilely bound into the house by French windows at either end. The windows were ajar and gleaming white against the fresh grass outside that seemed to grow a little way into the house. A breeze blew through the room, blew curtains in at one end and out the other like pale flags, twisting them up toward the frosted wedding-cake of the ceiling, and then rippled over the wine-colored rug, making a shadow on it as wind does on the sea.

The only completely stationary object in the room was an enormous couch on which two young women were buoyed up as though upon an anchored balloon. They were both in white, and their dresses were rippling and fluttering as if they had just been blown back in after a short flight around the house. I must have stood for a few moments listening to the whip and snap of the curtains and the groan of a picture on the wall. Then there was a boom as Tom Buchanan shut the rear windows and the caught wind died out about the room, and the curtains and the rugs and the two young women ballooned slowly to the floor.

The younger of the two was a stranger to me. She was extended full length at her end of the divan, completely motionless, and with her chin raised a little, as if she were balancing something on it which was quite likely to fall. If she saw me out of the corner of her eyes she gave no hint of it – indeed, I was almost surprised into murmuring an apology for having disturbed her by coming in.

The other girl, Daisy, made an attempt to rise – she leaned slightly forward with a conscientious expression – then she laughed, an absurd, charming little laugh, and I laughed too and came forward into the room.

"I'm p-paralyzed with happiness." She laughed again, as if she said something very witty, and held my hand for a moment, looking up into my face, promising that there was no one in the world she so much wanted to see. That was a way she had. She hinted in a murmur that the surname of the balancing girl was Baker. (I've heard it said that Daisy's murmur was only to make people lean toward her; an irrelevant criticism that made it no less charming.)

At any rate, Miss Baker's lips fluttered, she nodded at me almost imperceptibly, and then quickly tipped her head back again – the object she was balancing

sido íntimos, minha impressão era que ele me aprovava e, com seus modos rudes e desafiadora melancolia, desejava que eu gostasse dele.

Conversamos por alguns minutos no terraço ensolarado.

"Tenho uma casa agradável, aqui", disse ele, os olhos brilhantes e inquietos.

Virando-me pelo braço, ele moveu a mão estendida diante do panorama, incluindo no movimento um jardim italiano em terraços, meio acre de roseirais pungentes e um barco a motor de nariz arrebitado que martelava a maré costeira.

"Pertenceu a Demaine, o homem do petróleo." Polida, mas abruptamente, fez com que me virasse novamente. "Vamos entrar."

Caminhamos por um saguão alto e entramos num faiscante aposento rosado, ligado fragilmente à casa por portas envidraçadas em ambas as extremidades. As portas estavam abertas e brilhavam, brancas contra a grama fresca que parecia invadir um pouco a casa. Uma brisa soprou no salão, agitou as pontas da cortina como se fossem pálidas bandeiras, erguendo-as na direção do teto decorado como um bolo de noiva, fazendo-as ondular sobre o tapete cor de vinho, a projetar sombra sobre ele como o vento faz sobre o mar.

O único objeto totalmente estático na sala era um enorme sofá no qual flutuavam duas jovens mulheres, como se elas estivessem sobre um balão ancorado. Ambas vestiam-se de branco, e seus vestidos ondulavam e se agitavam como se tivessem acabado de pousar ali após um breve voo em torno da casa. Devo ter passado alguns momentos ouvindo o chicotear e o estalar das cortinas, e o gemido de um quadro na parede. Então, Tom Buchanan fechou as portas com estrondo. O vento morreu no aposento e as cortinas, os tapetes e as duas jovens voltaram vagarosamente para o chão.

A mais moça era desconhecida para mim. Estava totalmente estendida em sua ponta do sofá, em completa imobilidade, o queixo um pouco levantado como se estivesse equilibrando algo prestes a cair. Se me viu com o canto dos olhos não deu qualquer sinal – na verdade, quase me surpreendi murmurando desculpas por perturbá-la com minha entrada

A outra jovem, Daisy, fez uma tentativa para se levantar – inclinou-se ligeiramente para frente com uma expressão cuidadosa – então riu um riso absurdo, charmoso, e me aproximei entrando na sala

"Estou paralisada de felicidade." Ela riu de novo como se dissesse algo muito inteligente, segurou minha mão por um momento e olhou para o meu rosto jurando que não havia ninguém no mundo que ela tivesse tanta vontade de ver. Era seu jeito. Em um murmúrio, sugeriu que o sobrenome da moça equilibrista era Baker (falava-se que o murmúrio de Daisy se destinava apenas a fazer com que as pessoas se inclinassem diante dela; uma crítica irrelevante que não a tornava menos charmosa).

De qualquer forma, os lábios de Miss Baker tremeram, ela inclinou a cabeça imperceptivelmente para mim e, então, depressa, voltou a levantá-la – obviamente,

had obviously tottered a little and given her something of a fright. Again a sort of apology arose to my lips. Almost any exhibition of complete self-sufficiency draws a stunned tribute from me.

I looked back at my cousin, who began to ask me questions in her low, thrilling voice. It was the kind of voice that the ear follows up and down, as if each speech is an arrangement of notes that will never be played again. Her face was sad and lovely with bright things in it, bright eyes and a bright passionate mouth, but there was an excitement in her voice that men who had cared for her found difficult to forget: a singing compulsion, a whispered "Listen," a promise that she had done gay, exciting things just a while since and that there were gay, exciting things hovering in the next hour.

I told her how I had stopped off in Chicago for a day on my way East, and how a dozen people had sent their love through me.

"Do they miss me?", she cried ecstatically.

"The whole town is desolate. All the cars have the left rear wheel painted black as a mourning wreath, and there's a persistent wail all night along the north shore."

"How gorgeous! Let's go back, Tom. Tomorrow!" Then she added irrelevantly: "You ought to see the baby."

"I'd like to."

"She's asleep. She's three years old. Haven't you ever seen her?"

"Never."

"Well, you ought to see her. She's…"

Tom Buchanan, who had been hovering restlessly about the room, stopped and rested his hand on my shoulder.

"What you doing, Nick?"

"I'm a bond man."

"Who with?"

I told him.

"Never heard of them," he remarked decisively.

This annoyed me.

"You will," I answered shortly. "You will if you stay in the East."

"Oh, I'll stay in the East, don't you worry," he said, glancing at Daisy and then back at me, as if he were alert for something more. "I'd be a God damned fool to live anywhere else."

At this point Miss Baker said: "Absolutely!" with such suddenness that I started… it was the first word she uttered since I came into the room. Evidently it

o objeto que equilibrava cambaleara um pouco, provocando algo como medo. Outra vez, uma espécie de pedido de desculpas aflorou aos meus lábios. Qualquer exibição de completa autossuficiência costuma arrancar de mim um tributo atordoado.

Voltei a olhar para minha prima, que começou a me fazer perguntas em sua voz baixa e eletrizante. Era o tipo de voz que o ouvido segue para cima e para baixo, como se as palavras fossem um arranjo de notas que jamais seria tocado novamente. Seu rosto triste e adorável estava brilhante, com olhos brilhantes e uma brilhante boca apaixonada, mas em sua voz havia uma excitação que os homens que a apreciavam achavam difícil de esquecer: uma compulsão cantante, um "Ouça" sussurrado, um juramento de que ela fizera coisas alegres e excitantes há poucos instantes, e que havia coisas alegres e excitantes na sala ao lado.

Contei-lhe que permanecera um dia em Chicago ao vir para o Leste, e que uma dúzia de pessoas haviam lhe enviado seu amor.

"Eles sentem minha falta?", exclamou ela estaticamente.

"A cidade toda está desolada. Todos os carros têm a roda traseira esquerda pintada de preto em luto e há um choro persistente na praia norte a noite toda."

"Que maravilha! Vamos voltar, Tom. Amanhã!". Em seguida, acrescentou de modo irrelevante, "Você precisa ver o bebê."

"Eu gostaria."

"Ela está dormindo. Tem três anos. Você já a viu?"

"Nunca."

"Bem, precisa conhecê-la. Ela..."

Tom Buchanan, que zanzava impacientemente pela sala, parou e pousou a mão sobre meu ombro.

"O que você está fazendo, Nick?"

"Trabalho com títulos."

"Com quem?"

Eu lhe disse.

"Nunca ouvi falar deles", declarou com decisão.

Isso me aborreceu.

"Vai ouvir", respondi de modo sucinto. "Vai ouvir se permanecer no Leste."

"Ó, vou ficar no Leste, não se preocupe", afirmou ele fitando Daisy, em seguida olhando para mim: "Eu seria um completo idiota se fosse morar em outro lugar qualquer."

Nesse momento, Miss Baker disse "Sem dúvida!" de modo tão súbito que assustei-me... Eram as primeiras palavras que pronunciava desde que eu entrara na

surprised her as much as it did me, for she yawned and with a series of rapid, deft movements stood up into the room.

"I'm stiff," she complained, "I've been lying on that sofa for as long as I can remember."

"Don't look at me," Daisy retorted, "I've been trying to get you to New York all afternoon."

"No, thanks," said Miss Baker to the four cocktails just in from the pantry, "I'm absolutely in training."

Her host looked at her incredulously.

"You are!" He took down his drink as if it were a drop in the bottom of a glass. "How you ever get anything done is beyond me."

I looked at Miss Baker, wondering what it was she "got done." I enjoyed looking at her. She was a slender, small-breasted girl, with an erect carriage, which she accentuated by throwing her body backward at the shoulders like a young cadet. Her gray sun-strained eyes looked back at me with polite reciprocal curiosity out of a wan, charming, discontented face. It occurred to me now that I had seen her, or a picture of her, somewhere before.

"You live in West Egg," she remarked contemptuously. "I know somebody there."

"I don't know a single..."

"You must know Gatsby."

"Gatsby?" demanded Daisy. "What Gatsby?"

Before I could reply that he was my neighbor dinner was announced; wedging his tense arm imperatively under mine, Tom Buchanan compelled me from the room as though he were moving a checker to another square.

Slenderly, languidly, their hands set lightly on their hips, the two young women preceded us out onto a rosy-colored porch, open toward the sunset, where four candles flickered on the table in the diminished wind.

"Why *candles*?" objected Daisy, frowning. She snapped them out with her fingers. "In two weeks it'll be the longest day in the year." She looked at us all radiantly. "Do you always watch for the longest day of the year and then miss it? I always watch for the longest day in the year and then miss it."

"We ought to plan something," yawned Miss Baker, sitting down at the table as if she were getting into bed.

"All right," said Daisy. "What'll we plan?" She turned to me helplessly: "What do people plan?"

Before I could answer her eyes fastened with an awed expression on her little

sala. Evidentemente, isso a surpreendeu tanto quanto a mim, pois bocejou e, com uma série de movimentos rápidos e lépidos, levantou-se para deixar o aposento.

"Estou toda tensa", reclamou ela. "Já nem sei por quanto tempo fiquei recostada nesse sofá."

"Não olhe para mim", redarguiu Daisy. "Tentei levá-la para Nova Iorque durante a tarde toda."

"Não, obrigada", disse Miss Baker para os quatro coquetéis que acabavam de chegar da copa. "Estou em treinamento absoluto."

Seu anfitrião olhou para ela com incredulidade.

"Você está!" Ele tomou o drinque como se fosse uma gota no fundo de um copo. "Não consigo entender como você consegue fazer isso."

Olhei para Miss Baker perguntando a mim mesmo o que ela "fizera." Gostei de olhá-la. Era uma moça esguia, de seios pequenos, porte ereto que ela acentuava jogando os ombros para trás, como um jovem cadete. De um rosto pálido, charmoso e descontente, seus olhos cinzentos, apertados por causa do sol, voltaram a olhar para mim com polida e recíproca curiosidade. Ocorreu-me então que eu já a vira antes em algum lugar, ou um retrato dela.

"Você mora no West Egg", observou ela com desdém. "Conheço uma pessoa de lá."

"Não conheço uma única..."

"Deve conhecer Gatsby."

"Gatsby?", perguntou Daisy. "Que Gatsby?"

Antes que pudesse responder que ele era meu vizinho, foi anunciado que o jantar estava servido. Enfiando o braço tenso sob o meu, Tom Buchanan me arrastou da sala como se estivesse movendo uma peça de xadrez para outra casa.

De forma delicada e lânguida, as mãos apoiadas de leve nos quadris, as duas jovens nos precederam na saída para o terraço rosado, aberto para o pôr-do-sol, onde, no vento reduzido, quatro velas tremeluziam sobre a mesa.

"Por que *velas*?", objetou Daisy, franzindo as sobrancelhas. Ela as apagou com os dedos. "Daqui a duas semanas será o dia mais longo do ano." Ela olhou para nós, radiante. "Vocês sempre esperam pelo dia mais longo do ano e depois se esquecem? Eu sempre espero pelo dia mais longo do ano e então me esqueço dele."

"Precisamos planejar alguma coisa", bocejou Miss Barker, sentando-se diante da mesa como se estivesse entrando na cama.

"Certo", disse Daisy. "O que vamos planejar?" Ela se voltou para mim, desanimada: "O que as pessoas planejam?"

Antes que eu pudesse responder, pregou os olhos no dedo mínimo, com

finger.

"Look!" she complained; "I hurt it."

We all looked – the knuckle was black and blue.

"You did it, Tom," she said accusingly. "I know you didn't mean to, but you *did* do it. That's what I get for marrying a brute of a man, a great, big, hulking physical specimen of a…"

"I hate that word hulking," objected Tom crossly, "even in kidding."

"Hulking," insisted Daisy.

Sometimes she and Miss Baker talked at once, unobtrusively and with a bantering inconsequence that was never quite chatter, that was as cool as their white dresses and their impersonal eyes in the absence of all desire. They were here, and they accepted Tom and me, making only a polite pleasant effort to entertain or to be entertained. They knew that presently dinner would be over and a little later the evening too would be over and casually put away. It was sharply different from the West, where an evening was hurried from phase to phase toward its close, in a continually disappointed anticipation or else in sheer nervous dread of the moment itself.

"You make me feel uncivilized, Daisy," I confessed on my second glass of corky but rather impressive claret. "Can't you talk about crops or something?"

I meant nothing in particular by this remark, but it was taken up in an unexpected way.

"Civilization's going to pieces," broke out Tom violently. "I've gotten to be a terrible pessimist about things. Have you read 'The Rise of the Colored Empires' by this man Goddard?"

"Why, no," I answered, rather surprised by his tone.

"Well, it's a fine book, and everybody ought to read it. The idea is if we don't look out the white race will be… will be utterly submerged. It's all scientific stuff; it's been proved."

"Tom's getting very profound," said Daisy, with an expression of unthoughtful sadness. "He reads deep books with long words in them. What was that word we…"

"Well, these books are all scientific," insisted Tom, glancing at her impatiently. "This fellow has worked out the whole thing. It's up to us, who are the dominant race, to watch out or these other races will have control of things."

"We've got to beat them down," whispered Daisy, winking ferociously toward the fervent sun.

"You ought to live in California…" began Miss Baker, but Tom interrupted her by shifting heavily in his chair.

expressão de pavor.

"Veja!", queixou-se ela. "Está machucado."

Nós todos olhamos – a articulação estava preta e azulada.

"Você fez isso, Tom", disse ela de forma acusadora. "Sei que não pretendia, mas foi você *quem* fez isso. É isso que eu ganho por me casar com um brutamonte, um grande, imenso, rude espécime físico de..."

"Odeio esta palavra rude", objetou Tom, irritado, "mesmo de brincadeira."

"Rude", insistiu Daisy.

Às vezes, ela e Miss Baker falavam ao mesmo tempo, de forma tão discreta e com tamanha desafiadora inconsequência que nunca chegava a ser exatamente uma conversa, e a comunicação era fresca como seus vestidos brancos e seus olhos impessoais, ausentes de todo desejo. Elas ali estavam e aceitavam Tom e a mim, fazendo apenas um esforço educado e agradável para entreter e ser entretidas. Sabiam que aquele jantar findaria, que pouco depois a noite terminaria e seria colocada de lado de forma casual. Era muito diferente no Oeste, onde uma noite passava rapidamente de uma fase a outra, até chegar ao fim em contínua e desapontada antecipação, ou em absoluto terror daquele momento.

"Faz com que me sinta incivilizado, Daisy", confessei ao tomar o segundo copo do denso, mas esplêndido, clarete. "Não pode falar sobre culturas ou algo assim?"

Não queria dizer nada em particular com essa observação, mas ela foi interpretada de modo inesperado.

"A civilização está caindo aos pedaços", explodiu Tom com violência. "Eu me tornei um terrível pessimista com relação às coisas. Você leu 'A Ascensão dos Impérios Negros', escrito por esse homem, Goddard?"

"Bem, não", respondi um pouco surpreso com seu tom.

"É um ótimo livro e todos deveriam lê-lo. A ideia é que se não tomarmos cuidado, a raça branca será... será totalmente absorvida. É um assunto científico, foi provado."

"Tom está ficando muito profundo", disse Daisy com uma expressão de irrefletida tristeza. "Ele lê livros profundos, cheios de palavras imponentes. Qual era aquela palavra que nós..."

"Bom, esses livros todos são científicos", insistiu Tom, ao olhar para ela com impaciência. "Esse camarada revelou a coisa toda. Depende de nós, a raça dominante, nos mantermos alertas ou essas outras raças tomarão o controle das coisas."

"Temos que acabar com eles", murmurou Daisy, apertando os olhos ferozmente na direção do sol fervente.

"Vocês deviam morar na Califórnia...", começou Miss Baker, mas Tom a interrompeu mexendo-se pesadamente em sua cadeira.

"This idea is that we're Nordics. I am, and you are, and you are, and..." After an infinitesimal hesitation he included Daisy with a slight nod, and she winked at me again. "... And we've produced all the things that go to make civilization... oh, science and art, and all that. Do you see?"

There was something pathetic in his concentration, as if his complacency, more acute than of old, was not enough to him any more. When, almost immediately, the telephone rang inside and the butler left the porch Daisy seized upon the momentary interruption and leaned toward me.

"I'll tell you a family secret," she whispered enthusiastically. "It's about the butler's nose. Do you want to hear about the butler's nose?"

"That's why I came over tonight."

"Well, he wasn't always a butler; he used to be the silver polisher for some people in New York that had a silver service for two hundred people. He had to polish it from morning till night, until finally it began to affect his nose..."

"Things went from bad to worse," suggested Miss Baker.

"Yes. Things went from bad to worse, until finally he had to give up his position."

For a moment the last sunshine fell with romantic affection upon her glowing face; her voice compelled me forward breathlessly as I listened... then the glow faded, each light deserting her with lingering regret, like children leaving a pleasant street at dusk.

The butler came back and murmured something close to Tom's ear, whereupon Tom frowned, pushed back his chair, and without a word went inside. As if his absence quickened something within her, Daisy leaned forward again, her voice glowing and singing.

"I love to see you at my table, Nick. You remind me of a... of a rose, an absolute rose. Doesn't he?" She turned to Miss Baker for confirmation: "An absolute rose?"

This was untrue. I am not even faintly like a rose. She was only extemporizing, but a stirring warmth flowed from her, as if her heart was trying to come out to you concealed in one of those breathless, thrilling words. Then suddenly she threw her napkin on the table and excused herself and went into the house.

Miss Baker and I exchanged a short glance consciously devoid of meaning. I was about to speak when she sat up alertly and said "Shh!" in a warning voice. A subdued impassioned murmur was audible in the room beyond, and Miss Baker leaned forward unashamed, trying to hear. The murmur trembled on the verge of coherence, sank down, mounted excitedly, and then ceased altogether.

"This Mr. Gatsby you spoke of is my neighbor..." I said.

"Don't talk. I want to hear what happens."

"A ideia é que somos nórdicos. Eu sou, você é, e você, e..." Depois de uma hesitação infinitesimal, incluiu Daisy com um pequeno movimento de cabeça, e ela novamente piscou para mim. "... E produzimos todas as coisas que compõem a civilização... ó, ciência, arte, tudo isso. Percebe?"

Havia algo de patético em sua concentração, como se essa complacência, mais aguda que no passado, já não fosse suficiente para ele. Quase imediatamente, o telefone tocou dentro da casa e o mordomo deixou o terraço. Daisy agarrou a interrupção momentânea e se inclinou para mim.

"Vou lhe contar um segredo de família", murmurou entusiasticamente. "É sobre o nariz do mordomo. Quer ouvir sobre o nariz do mordomo?"

"Foi por isso que vim aqui esta noite."

"Bem, ele nem sempre foi mordomo; polia objetos de prata para algumas pessoas em Nova Iorque. Possuíam prataria suficiente para 200 pessoas e ele precisava lustrá-la da manhã à noite, até que finalmente começou a afetar seu nariz..."

"As coisas iam de mal a pior", sugeriu Miss Baker.

"Sim. As coisas iam de mal a pior, até que finalmente ele precisou abandonar o trabalho."

Por um momento, o último raio do sol poente iluminou seu rosto cintilante com afeição romântica; sua voz me compeliu a me inclinar para frente, ofegante, enquanto eu ouvia... Então o brilho desapareceu e cada raio de sol a abandonou com vagaroso pesar, como crianças deixando uma rua aprazível ao anoitecer.

O mordomo voltou e murmurou algo perto do ouvido de Tom, que franziu as sobrancelhas, empurrou a cadeira para trás e entrou na casa sem dizer palavra. Como se sua ausência despertasse algo em seu interior, Daisy voltou a se inclinar para frente, a voz luminosa e cantante.

"Adoro ter você em minha mesa, Nick. Você me lembra... uma rosa, uma rosa perfeita. Não concorda?". Ela se voltou para Miss Baker em busca de confirmação. "Uma rosa perfeita?"

Isso não era verdade. Nem de longe pareço-me com uma rosa. Ela estava apenas improvisando, mas um calor emocionante emanava dela, como se seu coração tentasse alcançá-lo escondido numa dessas palavras ofegantes, eletrizantes. Então, ela subitamente atirou o guardanapo à mesa, desculpou-se e entrou na casa.

Miss Baker e eu trocamos um breve olhar conscientemente desprovido de sentido. Estava a ponto de dizer algo quando ela se endireitou alerta e disse "Shh!" em tom de advertência. Ouvia-se um abafado murmúrio apaixonado no aposento contíguo e, sem qualquer vergonha, Miss Baker inclinou-se, tentando ouvir. O murmúrio chegou à beira da coerência, decaiu, elevou-se excitante e então cessou por completo.

"Esse Mr. Gatsby de quem você falou é meu vizinho...", declarei.

"Não fale. Quero ouvir o que está acontecendo."

"Is something happening?" I inquired innocently.

"You mean to say you don't know?" said Miss Baker, honestly surprised. "I thought everybody knew."

"I don't."

"Why..." she said hesitantly, "Tom's got some woman in New York."

"Got some woman?" I repeated blankly.

Miss Baker nodded.

"She might have the decency not to telephone him at dinner time. Don't you think?"

Almost before I had grasped her meaning there was the flutter of a dress and the crunch of leather boots, and Tom and Daisy were back at the table.

"It couldn't be helped!" cried Daisy with tense gaiety.

She sat down, glanced searchingly at Miss Baker and then at me, and continued: "I looked outdoors for a minute, and it's very romantic outdoors. There's a bird on the lawn that I think must be a nightingale come over on the Cunard or White Star Line. He's singing away..." Her voice sang: "It's romantic, isn't it, Tom?"

"Very romantic," he said, and then miserably to me: "If it's light enough after dinner, I want to take you down to the stables."

The telephone rang inside, startlingly, and as Daisy shook her head decisively at Tom the subject of the stables, in fact all subjects, vanished into air. Among the broken fragments of the last five minutes at table I remember the candles being lit again, pointlessly, and I was conscious of wanting to look squarely at every one, and yet to avoid all eyes. I couldn't guess what Daisy and Tom were thinking, but I doubt if even Miss Baker, who seemed to have mastered a certain hardy scepticism, was able utterly to put this fifth guest's shrill metallic urgency out of mind. To a certain temperament the situation might have seemed intriguing... my own instinct was to telephone immediately for the police.

The horses, needless to say, were not mentioned again. Tom and Miss Baker, with several feet of twilight between them, strolled back into the library, as if to a vigil beside a perfectly tangible body, while, trying to look pleasantly interested and a little deaf, I followed Daisy around a chain of connecting verandas to the porch in front. In its deep gloom we sat down side by side on a wicker settee.

Daisy took her face in her hands as if feeling its lovely shape, and her eyes moved gradually out into the velvet dusk. I saw that turbulent emotions possessed her, so I asked what I thought would be some sedative questions about her little girl.

"We don't know each other very well, Nick," she said suddenly. "Even if we are cousins. You didn't come to my wedding."

"Está acontecendo alguma coisa?", perguntei com inocência.

"Quer dizer que não sabe?", disse Miss Baker, honestamente surpresa. "Pensei que todos soubessem."

"Não sei de nada."

"Bem...", disse hesitante, "Tom tem uma outra mulher em Nova Iorque."

"Tem outra mulher?", repeti sem expressão.

Miss Baker concordou com a cabeça.

"Ela deveria ter a decência de não telefonar para ele na hora do jantar. Não acha?"

Praticamente antes que eu compreendesse o significado, ouvimos o esvoaçar de um vestido, o ruído de botas de couro, e Tom e Daisy estavam de volta à mesa.

"Não consegui me conter!", exclamou Daisy com tensa alegria.

Sentou-se, olhou investigativamente para Miss Baker e para mim e continuou: "Olhei para fora por um minuto e está muito romântico. Há um passarinho no gramado, acho que é um rouxinol vindo da Cunard ou da White Star Line. Ele está cantando..." Sua voz cantou: "É romântico, não é, Tom?"

"Muito romântico", disse ele e depois, miseravelmente, para mim: "Se houver luz suficiente depois do jantar, quero levá-lo até os estábulos."

O telefone tocou novamente na casa, de modo alarmante, e enquanto Daisy sacudia a cabeça decisivamente para Tom, o assunto dos estábulos dissipou-se no ar e todos os assuntos desapareceram. Entre os fragmentos partidos dos últimos cinco minutos à mesa, lembro-me das velas sendo novamente acesas, sem qualquer propósito. Tinha consciência de querer olhar para todos, mas, ainda assim, evitava os olhares. Não imaginava o que Daisy e Tom pensavam, mas duvido que Miss Baker, que parecia ser dona dum robusto ceticismo, fosse capaz de afastar da mente a urgência aguda e metálica desse quinto convidado. A certo tipo de temperamento, a situação poderia parecer intrigante... meu impulso era telefonar imediatamente para a polícia.

Desnecessário dizer que os cavalos não voltaram a ser mencionados. Tom e Miss Baker, com vários metros de crepúsculo entre eles, voltaram à biblioteca como para um velório de um corpo perfeitamente tangível, enquanto eu, tentando parecer agradavelmente interessado e um pouco surdo, seguia Daisy por uma série de varandas ligadas ao pórtico frontal. Na escuridão profunda, sentamo-nos lado a lado num sofá de vime.

Daisy segurou o rosto com ambas as mãos, como se para sentir seu formato adorável, e gradativamente dirigiu os olhos para a noite aveludada. Notei que emoções turbulentas a invadiam, então fiz algumas perguntas inócuas sobre sua filhinha.

"Não nos conhecemos muito bem, Nick", disse de repente. "Mesmo sendo primos. Você não foi ao meu casamento."

"I wasn't back from the war."

"That's true." She hesitated. "Well, I've had a very bad time, Nick, and I'm pretty cynical about everything."

Evidently she had reason to be. I waited but she didn't say any more, and after a moment I returned rather feebly to the subject of her daughter.

"I suppose she talks, and... eats, and everything."

"Oh, yes." She looked at me absently. "Listen, Nick; let me tell you what I said when she was born. Would you like to hear?"

"Very much."

"It'll show you how I've gotten to feel about... things. Well, she was less than an hour old and Tom was God knows where. I woke up out of the ether with an utterly abandoned feeling, and asked the nurse right away if it was a boy or a girl. She told me it was a girl, and so I turned my head away and wept. 'All right', I said, 'I'm glad it's a girl. And I hope she'll be a fool... that's the best thing a girl can be in this world, a beautiful little fool'."

"You see I think everything's terrible anyhow," she went on in a convinced way. "Everybody thinks so... the most advanced people. And I know. I've been everywhere and seen everything and done everything." Her eyes flashed around her in a defiant way, rather like Tom's, and she laughed with thrilling scorn. "Sophisticated... God, I'm sophisticated!"

The instant her voice broke off, ceasing to compel my attention, my belief, I felt the basic insincerity of what she had said. It made me uneasy, as though the whole evening had been a trick of some sort to exact a contributory emotion from me. I waited, and sure enough, in a moment she looked at me with an absolute smirk on her lovely face, as if she had asserted her membership in a rather distinguished secret society to which she and Tom belonged.

Inside, the crimson room bloomed with light.

Tom and Miss Baker sat at either end of the long couch and she read aloud to him from the Saturday Evening Post... the words, murmurous and uninflected, running together in a soothing tune. The lamp-light, bright on his boots and dull on the autumn-leaf yellow of her hair, glinted along the paper as she turned a page with a flutter of slender muscles in her arms.

When we came in she held us silent for a moment with a lifted hand.

"To be continued," she said, tossing the magazine on the table, "in our very next issue."

Her body asserted itself with a restless movement of her knee, and she stood up.

"Ten o'clock," she remarked, apparently finding the time on the ceiling.

"Eu ainda não tinha voltado da guerra."

"É verdade." Ela hesitou. "Bem, tenho passado por maus bocados, Nick, e sou bastante cínica sobre todas as coisas."

Evidentemente, ela tinha razão para isso. Esperei, mas ela não disse mais nada, e depois de um instante, um tanto timidamente, voltei ao assunto de sua filha.

"Suponho que ela fale... e coma, e tudo o mais."

"Ó, claro." Ela me fitou distraída. "Ouça, Nick, vou lhe contar o que eu disse quando ela nasceu. Você gostaria de ouvir?"

"Gostaria muitíssimo."

"Vou revelar-lhe como sinto-me sobre... as coisas. Bem, ela tinha nascido há menos de uma hora e só Deus sabe onde Tom estava. Acordei da anestesia com um sentimento de total abandono e imediatamente perguntei à enfermeira se era menino ou menina. Contou-me que era uma menina, então virei a cabeça para o lado e chorei. 'Ótimo', falei. 'Estou satisfeita que seja uma menina. E espero que seja tola... a melhor coisa que pode acontecer no mundo a uma moça é ser uma bela tolinha'."

"Você vê que eu creio que, de qualquer modo, tudo é terrível", continuou ela de forma convincente. "Todos pensam assim... as pessoas mais modernas. Mas eu sei. Estive em todos os lugares, vi e fiz todas as coisas." Seus olhos faiscaram enquanto ela olhava em torno desafiadoramente, mais ou menos como os de Tom, e ela riu com enorme desprezo. "Sofisticada... Deus, como sou sofisticada!"

No instante em que sua voz se calou e deixou de exigir minha atenção e minha crença, senti a básica insinceridade do que ela dissera. Isso fez com que me sentisse constrangido, como se a tarde inteira tivesse sido uma espécie de fraude para extrair de mim uma emoção secundária. Esperei e, claro, em um instante ela olhou para mim com um sorriso absolutamente falso no rosto adorável, tal qual tivesse revelado ser membro de uma distinta sociedade secreta à qual ela e Tom pertenciam.

No interior da casa, a sala rosada estava cheia de luz.

Tom e Miss Baker sentavam-se nas duas pontas do longo sofá e ela lia em voz alta para ele algo do Saturday Evening Post... As palavras eram murmuradas sem inflexão, a correr juntas numa melodia suavizante. A luz da lâmpada, brilhante em suas botas e sombria no louro outonal de seus cabelos, cintilava no papel enquanto virava a página com um estremecimento dos músculos delgados em seu braço.

Ao entrarmos, ela nos silenciou por um momento levantando uma das mãos.

"Continua em nossa próxima conversa", disse ela atirando a revista sobre a mesa.

Seu corpo se firmou com um movimento impaciente de joelho, e ela ficou em pé.

"Dez horas", observou ela, aparentemente vendo as horas no teto. "Hora de

"Time for this good girl to go to bed."

"Jordan's going to play in the tournament tomorrow," explained Daisy, "over at Westchester."

"Oh... you're Jordan Baker."

I knew now why her face was familiar... its pleasing contemptuous expression had looked out at me from many rotogravure pictures of the sporting life at Asheville and Hot Springs and Palm Beach. I had heard some story of her too, a critical, unpleasant story, but what it was I had forgotten long ago.

"Good night," she said softly. "Wake me at eight, won't you."

"If you'll get up."

"I will. Good night, Mr. Carraway. See you anon."

"Of course you will," confirmed Daisy. "In fact I think I'll arrange a marriage. Come over often, Nick, and I'll sort of... oh... fling you together. You know... lock you up accidentally in linen closets and push you out to sea in a boat, and all that sort of thing..."

"Good night," called Miss Baker from the stairs. "I haven't heard a word."

"She's a nice girl", said Tom after a moment. "They oughtn't to let her run around the country this way."

"Who oughtn't to?" inquired Daisy coldly.

"Her family."

"Her family is one aunt about a thousand years old. Besides, Nick's going to look after her, aren't you, Nick? She's going to spend lots of week-ends out here this summer. I think the home influence will be very good for her."

Daisy and Tom looked at each other for a moment in silence.

"Is she from New York?", I asked quickly.

"From Louisville. Our white girlhood was passed together there. Our beautiful white..."

"Did you give Nick a little heart to heart talk on the veranda?" demanded Tom suddenly.

"Did I?". She looked at me.

"I can't seem to remember, but I think we talked about the Nordic race. Yes, I'm sure we did. It sort of crept up on us and first thing you know..."

"Don't believe everything you hear, Nick," he advised me.

I said lightly that I had heard nothing at all, and a few minutes later I got up to go home. They came to the door with me and stood side by side in a cheerful square

uma boa menina ir para a cama."

"Jordan vai participar da competição amanhã", explicou Daisy, "que ocorrera em Westchester".

"Ó... você é Jordan Baker."

Agora eu sabia o porquê de seu rosto ser familiar... Sua agradável expressão de orgulho me observara de inúmeras rotogravuras da vida esportiva em Ashville, Hop Springs e Palm Beach. Eu também escutara certa história sobre ela, uma história embaraçosa, desagradável, mas há muito tempo me esquecera do que se tratava.

"Boa noite", disse ela com suavidade. "Acorde-me às oito horas, por favor."

"Se você se levantar."

"Eu me levantarei. Boa noite, Mr. Carraway. Vejo-o em breve."

"Claro que sim", confirmou Daisy. "Na verdade, creio que vou arranjar um casamento. Venha sempre, Nick, e vou dar um jeito de... ó... juntar vocês dois. Sabe... trancá-los acidentalmente no armário de roupa de cama e mesa, empurrá-los para o mar em um barco, esse tipo de coisa..."

"Boa noite", gritou Miss Baker das escadas. "Não ouvi uma única palavra."

"Ela é uma boa moça", declarou Tom depois de um instante. "Não deveriam deixá-la correr pelo país desse modo."

"Quem não deveria?", perguntou Daisy com frieza.

"A família dela."

"Sua família se resume a uma tia com cerca de mil anos. Além disso, Nick vai tomar conta dela, não vai, Nick? Ela vai passar muitos fins de semana aqui, neste verão. Creio que a influência caseira vai ser muito boa para ela."

Daisy e Tom se entreolharam por um momento, em silêncio.

"Ela é de Nova Iorque?", perguntei depressa.

"De Louisville. Passamos ali nossa adolescência inocente. Nossa linda e inocente..."

"Você teve com Nick uma pequena conversa confidencial na varanda?", perguntou Tom de repente.

"Eu fiz isso?". Ela olhou para mim. "Não lembro-me bem, mas creio que falamos sobre a raça nórdica. Sim, estou certo disso. De repente, o assunto nos agarrou, e antes que percebêssemos..."

"Não acredite em tudo que ouve, Nick", aconselhou ele.

Ligeiramente respondi que não ouvira quase nada e alguns minutos após levantei-me para ir para casa. Foram comigo à porta e ficaram lado a lado, parados

of light. As I started my motor Daisy peremptorily called: "Wait!"

"I forgot to ask you something, and it's important. We heard you were engaged to a girl out West."

"That's right," corroborated Tom kindly. "We heard that you were engaged."

"It's libel. I'm too poor."

"But we heard it," insisted Daisy, surprising me by opening up again in a flower-like way. "We heard it from three people, so it must be true."

Of course I knew what they were referring to, but I wasn't even vaguely engaged. The fact that gossip had published the banns was one of the reasons I had come East. You can't stop going with an old friend on account of rumors, and on the other hand I had no intention of being rumored into marriage.

Their interest rather touched me and made them less remotely rich – nevertheless, I was confused and a little disgusted as I drove away. It seemed to me that the thing for Daisy to do was to rush out of the house, child in arms – but apparently there were no such intentions in her head. As for Tom, the fact that he "had some woman in New York." was really less surprising than that he had been depressed by a book. Something was making him nibble at the edge of stale ideas as if his sturdy physical egotism no longer nourished his peremptory heart.

Already it was deep summer on roadhouse roofs and in front of wayside garages, where new red gas-pumps sat out in pools of light, and when I reached my estate at West Egg I ran the car under its shed and sat for a while on an abandoned grass roller in the yard. The wind had blown off, leaving a loud, bright night, with wings beating in the trees and a persistent organ sound as the full bellows of the earth blew the frogs full of life. The silhouette of a moving cat wavered across the moonlight, and turning my head to watch it, I saw that I was not alone – fifty feet away a figure had emerged from the shadow of my neighbor's mansion and was standing with his hands in his pockets regarding the silver pepper of the stars. Something in his leisurely movements and the secure position of his feet upon the lawn suggested that it was Mr. Gatsby himself, come out to determine what share was his of our local heavens.

I decided to call to him. Miss Baker had mentioned him at dinner, and that would do for an introduction. But I didn't call to him, for he gave a sudden intimation that he was content to be alone – he stretched out his arms toward the dark water in a curious way, and, far as I was from him, I could have sworn he was trembling. Involuntarily I glanced seaward – and distinguished nothing except a single green light, minute and far away, that might have been the end of a dock. When I looked once more for Gatsby he had vanished, and I was alone again in the unquiet darkness.

num alegre quadrado de luz. Ao ligar o carro Daisy gritou com decisão: "Espere!"

"Esqueci de lhe perguntar algo, e é importante. Ouvimos que você está noivo de uma moça do Oeste."

"É verdade", confirmou Tom com gentileza. "Ouvimos que você está noivo."

"É uma calúnia. Sou pobre demais."

"Mas nós ouvimos", insistiu Daisy, surpreendendo-me por se abrir novamente como uma flor. "Ouvimos de três pessoas diferentes, então deve ser verdade."

Claro que sabia a que se referiam, mas não estava nem vagamente noivo. O fato da fofoca ter espalhado o assunto aos quatro ventos era uma das razões para vir ao Leste. Não se pode parar de ter com uma velha amiga por causa de boatos e, por outro lado, não tinha nenhuma intenção de ser levado ao casamento devido a eles.

O interesse demonstrado por eles me emocionou e os tornou menos remotamente ricos – apesar disso, fiquei confuso e um pouco desgostoso enquanto dirigia para casa. Pareceu-me que o que Daisy deveria fazer era sair de casa com a filha nos braços – mas, aparentemente, essa intenção não estava em sua cabeça. Quanto a Tom, o fato de "ele ter se envolvido com uma mulher em Nova Iorque" era menos surpreendente do que saber que ele ficara deprimido por causa de um livro. Algo o fazia beliscar a margem de ideias já caducas, como se sua imensa vaidade física não mais nutrisse seu coração resoluto.

Era o auge do verão nos tetos das casas e na frente das garagens de beira de estrada, onde as novas bombas vermelhas de gasolina descansavam em poças de luz, e quando cheguei à minha residência em West Egg coloquei o carro no galpão e sentei por um instante em um cortador de grama abandonado no gramado. O vento desaparecera deixando uma noite barulhenta e brilhante, com asas batendo nas árvores e um persistente som de órgão, como se os bramidos da terra enchessem os sapos de vida. A silhueta de um gato caminhando estremeceu no luar e, voltando a cabeça para observá-lo, percebi que não estava sozinho – a quinze metros de distância, uma figura saiu da sombra da mansão de meu vizinho e ficou parada com as mãos nos bolsos, observando o salpico prateado das estrelas. Algo em seus movimentos calmos e a posição segura de seus pés sugeria que se tratava do próprio Mr. Gatsby, que saíra para determinar sua porção de nosso céu local.

Decidi chamá-lo. Miss Baker o mencionara durante o jantar, e isso serviria como introdução. Mas não o chamei, pois ele deu um súbito indício de que se sentia feliz por estar sozinho – de um jeito curioso, estendeu os braços na direção da água escura e, apesar de me encontrar longe, poderia jurar que tremia. Involuntariamente, olhei na direção do mar – e não vi nada, exceto uma única luz verde, minúscula e distante, que poderia estar na extremidade de uma doca. Quando olhei novamente procurando por Gatsby, ele desaparecera, e voltei a ficar sozinho na escuridão inquieta.

CHAPTER 2

About half way between West Egg and New York the motor road hastily joins the railroad and runs beside it for a quarter of a mile, so as to shrink away from a certain desolate area of land. This is a valley of ashes – a fantastic farm where ashes grow like wheat into ridges and hills and grotesque gardens; where ashes take the forms of houses and chimneys and rising smoke and, finally, with a transcendent effort, of men who move dimly and already crumbling through the powdery air. Occasionally a line of gray cars crawls along an invisible track, gives out a ghastly creak, and comes to rest, and immediately the ash-gray men swarm up with leaden spades and stir up an impenetrable cloud, which screens their obscure operations from your sight. But above the gray land and the spasms of bleak dust which drift endlessly over it, you perceive, after a moment, the eyes of Dr. T. J. Eckleburg. The eyes of Dr. T. J. Eckleburg are blue and gigantic – their irises are one yard high. They look out of no face, but, instead, from a pair of enormous yellow spectacles which pass over a nonexistent nose. Evidently some wild wag of an oculist set them there to fatten his practice in the borough of Queens, and then sank down himself into eternal blindness, or forgot them and moved away. But his eyes, dimmed a little by many paintless days, under sun and rain, brood on over the solemn dumping ground.

The valley of ashes is bounded on one side by a small foul river, and, when the drawbridge is up to let barges through, the passengers on waiting trains can stare at the dismal scene for as long as half an hour. There is always a halt there of at least a minute, and it was because of this that I first met Tom Buchanan's mistress.

The fact that he had one was insisted upon wherever he was known. His acquaintances resented the fact that he turned up in popular restaurants with her and, leaving her at a table, sauntered about, chatting with whomsoever he knew. Though I was curious to see her, I had no desire to meet her – but I did. I went up to New York with Tom on the train one afternoon, and when we stopped by the ashheaps he jumped to his feet and, taking hold of my elbow, literally forced me from the car.

CAPÍTULO 2

Mais ou menos entre o caminho de West Egg e Nova Iorque, a estrada de rodagem se encontra com a estrada de ferro e correm juntas por cerca de uns 400 metros, como se evitassem certa área desolada de terra. É um vale de cinzas – uma fantástica fazenda onde as cinzas crescem como trigo nos sulcos, colinas e jardins grotescos; onde a cinza assume a forma das casas, chaminés e da fumaça que sobe, finalmente, num esforço transcendente, dos homens que se movem indistintamente já se a esfarelar no ar poeirento. Ocasionalmente, uma fila de vagões cinzentos rasteja ao longo de trilhos invisíveis, dá um rangido, estaca, e imediatamente homens cinzentos surgem com pás de chumbo e provocam uma nuvem impenetrável que oculta da vista suas obscuras operações. Mas acima da terra cinzenta e dos espasmos da poeira lúgubre que flutua infindavelmente sobre ela, depois de um momento nota-se os olhos do Dr. T. J. Eckleburg. Os olhos do Dr. T. J. Eckleburg são azuis e gigantescos – as íris têm um metro de altura. Não olham de rosto algum, e sim de um par de enormes óculos amarelos apoiados num nariz inexistente. Evidentemente, algum oculista maluco os colocou ali para engordar a clientela no distrito do Queens, e depois se afundou em eterna cegueira ou se esqueceu deles e se mudou. Mas seus olhos, um pouco apagados por muitos dias sem pintura, sob sol e chuva, continuam meditando sobre o austero solo vazio.

De um dos lados, o vale de cinzas é limitado por um pequeno rio imundo, e quando a ponte levadiça se abre para que as barcaças passem, os passageiros nos veículos podem observar a cena triste durante o tempo de meia hora. Sempre há uma parada ali, de pelo menos um minuto, e por causa disso que eu fui apresentado à amante de Tom Buchanan.

O fato de ele ter uma amante era comentado em todos os lugares que frequentava. Seus conhecidos se ressentiam pelo fato de ele aparecer com ela em restaurantes populares e, depois de deixá-la na mesa, perambular por ali para conversar com todos os amigos. Apesar de curioso para vê-la, eu não tinha nenhum desejo de conhecê-la – mas isso aconteceu. Uma tarde, fui a Nova Iorque com Tom, e quando nos detivemos ao lado das montanhas de cinzas, ele agarrou meu braço e, literalmente, me forçou a sair do carro.

"We're getting off," he insisted. "I want you to meet my girl."

I think he'd tanked up a good deal at luncheon, and his determination to have my company bordered on violence. The supercilious assumption was that on Sunday afternoon I had nothing better to do.

I followed him over a low whitewashed railroad fence, and we walked back a hundred yards along the road under Doctor Eckleburg's persistent stare. The only building in sight was a small block of yellow brick sitting on the edge of the waste land, a sort of compact Main Street ministering to it, and contiguous to absolutely nothing. One of the three shops it contained was for rent and another was an all-night restaurant, approached by a trail of ashes; the third was a garage – *Repairs. George B. Wilson. Cars bought and sold* – and I followed Tom inside.

The interior was unprosperous and bare; the only car visible was the dust-covered wreck of a Ford which crouched in a dim corner. It had occurred to me that this shadow of a garage must be a blind, and that sumptuous and romantic apartments were concealed overhead, when the proprietor himself appeared in the door of an office, wiping his hands on a piece of waste. He was a blond, spiritless man, anaemic, and faintly handsome. When he saw us a damp gleam of hope sprang into his light blue eyes.

"Hello, Wilson, old man," said Tom, slapping him jovially on the shoulder. "How's business?"

"I can't complain," answered Wilson unconvincingly. "When are you going to sell me that car?"

"Next week; I've got my man working on it now."

"Works pretty slow, don't he?"

"No, he doesn't," said Tom coldly. "And if you feel that way about it, maybe I'd better sell it somewhere else after all."

"I don't mean that," explained Wilson quickly. "I just meant..."

His voice faded off and Tom glanced impatiently around the garage. Then I heard footsteps on a stairs, and in a moment the thickish figure of a woman blocked out the light from the office door. She was in the middle thirties, and faintly stout, but she carried her surplus flesh sensuously as some women can. Her face, above a spotted dress of dark blue crepe-de-chine, contained no facet or gleam of beauty, but there was an immediately perceptible vitality about her as if the nerves of her body were continually smouldering. She smiled slowly and, walking through her husband as if he were a ghost, shook hands with Tom, looking him flush in the eye. Then she wet her lips, and without turning around spoke to her husband in a soft, coarse voice:

"Get some chairs, why don't you, so somebody can sit down."

"Oh, sure," agreed Wilson hurriedly, and went toward the little office, min-

"Vamos descer", insistiu ele. "Quero que conheça minha namorada."

Creio que ele me agradecera demais durante o almoço, e sua determinação em ter minha companhia beirava a violência. Sua presunçosa suposição era de que na tarde de domingo eu não tinha nada melhor para fazer.

Eu o segui até uma cerca branca e baixa e, sob o olhar persistente do Doutor Eckleburg, voltamos pela estrada por cerca de 100 metros. Os únicos edifícios à vista eram um pequeno bloco de construções de tijolos amarelos à beira da terra vazia, uma espécie de rua principal compacta, contígua à absolutamente nada. Uma das três lojas ali estava para alugar, outra era um restaurante aberto a noite toda, com acesso através duma trilha de cinzas; a terceira era uma oficina mecânica – *Consertos George B. Wilson. Compra e venda de carros* – e segui Tom que nela entrara.

O interior era pobre e nu; o único carro visível era um Ford arruinado e coberto de poeira, enfiado em um canto escuro. Conjeturava que aquela sombra de oficina devia ser uma fachada, e que apartamentos suntuosos e românticos provavelmente se escondiam no andar superior, quando o proprietário surgiu na porta do escritório, limpando as mãos em um trapo. Era um homem louro, abatido, anêmico, ligeiramente bem apessoado. Quando nos viu, uma centelha de esperança brilhou em seus olhos azuis claros.

"Alô, Wilson, meu velho", disse Tom, dando um tapinha jovial em seu ombro. "Como vão os negócios?"

"Não posso me queixar", respondeu Wilson de forma pouco convincente. "Quando vai me vender aquele carro?"

"Na próxima semana. Meu empregado está trabalhando nele, agora."

"Ele trabalha bem devagar, não é?"

"Não, não trabalha. E se você pensa desse modo, talvez seja melhor eu vendê-lo em outro lugar qualquer."

"Não quis dizer isso", explicou Wilson rapidamente. "Quis dizer apenas..."

Sua voz se apagou e Tom olhou em torno da oficina com impaciência. Então, ouvi passos na escada e, em um momento, a figura sólida de uma mulher bloqueou a luz que vinha da porta do escritório. Ela passara dos trinta anos, era um pouco rechonchuda, mas carregava o excesso de carne com sensualidade, como algumas mulheres. Acima de um vestido de crepe de seda, azul escuro com bolinhas, seu rosto não mostrava qualquer aspecto ou vislumbre de beleza, mas havia uma vitalidade imediatamente perceptível em torno dela, como se os nervos de seu corpo ardessem continuamente. Ela sorriu devagar e, caminhando na direção do marido como se ele fosse um fantasma, apertou a mão de Tom, olhando-o nos olhos. Em seguida, molhou os lábios e, sem se virar, falou com o marido em voz rouca e suave:

"Por que não traz algumas cadeiras para que as pessoas possam se sentar?"

"Ó, claro", concordou Wilson depressa e dirigiu-se para o escritório, mes-

gling immediately with the cement color of the walls. A white ashen dust veiled his dark suit and his pale hair as it veiled everything in the vicinity – except his wife, who moved close to Tom.

"I want to see you," said Tom intently. "Get on the next train."

"All right."

"I'll meet you by the news-stand on the lower level." She nodded and moved away from him just as George Wilson emerged with two chairs from his office door.

We waited for her down the road and out of sight. It was a few days before the Fourth of July, and a gray, scrawny Italian child was setting torpedoes in a row along the railroad track.

"Terrible place, isn't it," said Tom, exchanging a frown with Doctor Eckleburg.

"Awful."

"It does her good to get away."

"Doesn't her husband object?"

"Wilson? He thinks she goes to see her sister in New York. He's so dumb he doesn't know he's alive."

So Tom Buchanan and his girl and I went up together to New York – or not quite together, for Mrs. Wilson sat discreetly in another car. Tom deferred that much to the sensibilities of those East Eggers who might be on the train.

She had changed her dress to a brown figured muslin, which stretched tight over her rather wide hips as Tom helped her to the platform in New York. At the news-stand she bought a copy of Town Tattle and a moving-picture magazine, and in the station drug-store some cold cream and a small flask of perfume. Up-stairs, in the solemn echoing drive she let four taxicabs drive away before she selected a new one, lavender-colored with gray upholstery, and in this we slid out from the mass of the station into the glowing sunshine. But immediately she turned sharply from the window and, leaning forward, tapped on the front glass.

"I want to get one of those dogs," she said earnestly. "I want to get one for the apartment. They're nice to have... a dog."

We backed up to a gray old man who bore an absurd resemblance to John D. Rockefeller. In a basket swung from his neck cowered a dozen very recent puppies of an indeterminate breed.

"What kind are they?" asked Mrs. Wilson eagerly, as he came to the taxi-window.

"All kinds. What kind do you want, lady?"

"I'd like to get one of those police dogs; I don't suppose you got that kind?"

clando-se imediatamente com a cor de cimento das paredes. Uma poeira acinzentada cobria sua roupa escura e seu cabelo louro, como cobria tudo nas vizinhanças – exceto sua mulher, que se aproximou de Tom.

"Quero ver você", disse Tom de modo significativo. "Pegue o próximo trem."

"Certo."

"Encontro-a na banca de jornal no térreo." Ela inclinou a cabeça e se afastou exatamente quando George Wilson saía do escritório carregando duas cadeiras.

Esperamos por ela na estrada, onde não podíamos ser vistos. Haviam se passado poucos dias depois do Quatro de Julho, e uma criança italiana, magra e cinzenta, colocava uma fila de bombas ao longo da via férrea.

"Lugar horrível, não acha?", disse Tom, trocando um olhar de desdém com o Doutor Eckleburg.

"Medonho."

"Para ela, é bom se afastar um pouco."

"O marido não reclama?"

"Wilson? Ele acha que ela vai visitar a irmã em Nova Iorque. É tão burro que nem sabe que está vivo."

Assim Tom Buchanan e sua namorada foram juntos para Nova Iorque – não tão juntos, pois Mrs. Wilson sentou-se discretamente em outro vagão. Tom fez essa concessão à sensibilidade dos habitantes de East Egg que poderiam estar no trem.

Quando Tom a ajudou a alcançar a plataforma, em Nova Iorque, ela trocara o vestido por outro, de musselina marrom, que apertava seus quadris generosos. Na banca de jornal, ela comprou uma cópia do Town Tattle e uma revista sobre cinema, e na farmácia da estação, um pote de creme e um vidrinho de perfume. Em cima, no solene e barulhento ponto de táxi, ela deixou passar quatro carros antes de escolher um novo, cor de lavanda com estofamento cinzento, e saímos da estação para o sol brilhante. Porém, de imediato, ela se voltou vivamente para a janela e, inclinando-se para frente, bateu no vidro que separava o motorista.

"Quero um desses cães", declarou ardentemente. "Quero um desses para o apartamento. Eles são bons de se ter... um cachorro."

Demos ré até um homem idoso e grisalho que tinha uma semelhança absurda com John D. Rockefeller. Dentro de um cesto pendurado em seu pescoço, encolhiam-se uns doze cachorrinhos recém-nascidos, de raça indeterminada.

"De que raça eles são?", perguntou ansiosamente Mrs. Wilson, quando o homem se aproximou da janela do táxi.

"De todas. Que raça prefere, minha senhora?"

"Gostaria de um desses cães policiais; eu suponho que não tenha deste?"

The man peered doubtfully into the basket, plunged in his hand and drew one up, wriggling, by the back of the neck.

"That's no police dog", said Tom.

"No, it's not exactly a police dog," said the man with disappointment in his voice. "It's more of an Airedale." He passed his hand over the brown wash-rag of a back. "Look at that coat. Some coat. That's a dog that'll never bother you with catching cold."

"I think it's cute," said Mrs. Wilson enthusiastically. "How much is it?"

"That dog?" He looked at it admiringly. "That dog will cost you ten dollars."

The Airedale – undoubtedly there was an Airedale concerned in it somewhere, though its feet were startlingly white – changed hands and settled down into Mrs. Wilson's lap, where she fondled the weather-proof coat with rapture.

"Is it a boy or a girl?" she asked delicately.

"That dog? That dog's a boy."

"It's a bitch," said Tom decisively. "Here's your money. Go and buy ten more dogs with it."

We drove over to Fifth Avenue, so warm and soft, almost pastoral, on the summer Sunday afternoon that I wouldn't have been surprised to see a great flock of white sheep turn the corner.

"Hold on", I said, "I have to leave you here."

"No, you don't," interposed Tom quickly.

"Myrtle'll be hurt if you don't come up to the apartment. Won't you, Myrtle?"

"Come on," she urged. "I'll telephone my sister Catherine. She's said to be very beautiful by people who ought to know."

"Well, I'd like to, but..."

We went on, cutting back again over the Park toward the West Hundreds. At 158th Street the cab stopped at one slice in a long white cake of apartment-houses. Throwing a regal homecoming glance around the neighborhood, Mrs. Wilson gathered up her dog and her other purchases, and went haughtily in.

"I'm going to have the Mckees come up," she announced as we rose in the elevator. "And, of course, I got to call up my sister, too."

The apartment was on the top floor – a small living-room, a small dining-room, a small bedroom, and a bath. The living-room was crowded to the doors with a set of tapestried furniture entirely too large for it, so that to move about was to stumble continually over scenes of ladies swinging in the gardens of Versailles. The only picture was an over-enlarged photograph, apparently a hen sitting on a blurred rock. Looked at from a distance, however, the hen resolved itself into a bonnet, and

O homem examinou o cesto com desconfiança, enfiou a mão e agarrou um dos cãezinhos pela parte posterior do pescoço.

"Isso não é um cão policial", disse Tom.

"Não, não é exatamente um cão policial", falou o homem, com desapontamento em sua voz. "Está mais para um Airedale." Ele passou a mão sobre o dorso castanho sujo do animal. "Veja esse pelo. Uma beleza. Esse cachorro jamais vai incomodar pegando um resfriado."

"Acho que é uma graça", declarou Mrs. Wilson com entusiasmo. "Quanto é?"

"Este?" Olhou para o cão com admiração. "Esse cão custará dez dólares."

O Airedale – sem dúvida, havia um Airedale relacionado com ele, apesar de seus pés serem assustadoramente brancos – mudou de mãos e se acomodou no colo de Mrs. Wilson, que acariciou estaticamente o pelo à prova d'água.

"É menino ou menina?", perguntou ela delicadamente.

"Esse cachorro? É macho."

"É fêmea", contestou Tom, decidido. "Eis seu dinheiro. Vá comprar mais dez cães com ele."

Dirigimo-nos à Quinta Avenida, tão cálida e suave, quase pastoril no domingo de verão, que eu não me surpreenderia de ver um grande rebanho de ovelhas brancas virando a esquina.

"Pare", disse eu, "preciso descer aqui."

"Não, você não precisa", interrompeu Tom rapidamente.

"Myrtle ficará magoada se não for ao apartamento. Não é verdade, Myrtle?"

"Vamos", encorajou ela. "Vou telefonar para minha irmã Catherine. Os entendidos a consideram muito bonita."

"Bem, eu gostaria, mas..."

Voltamos a atravessar o Central Park na direção oeste. Na Rua 158, o táxi se deteve diante de uma fatia do longo bolo branco de edifícios de apartamentos. Lançando um olhar régio pela vizinhança, Mrs. Wilson pegou o cão e seus outros pertences, e entrou com arrogância.

"Vou convidar os Mckees", anunciou ela enquanto subíamos no elevador. "E, claro, também vou telefonar para minha irmã."

O apartamento era no último andar – uma saleta de visitas, uma saleta de jantar, um quarto pequeno e um lavabo. A sala era entupida de móveis estofados com tapeçarias, grandes demais para ela, de modo que caminhar por ali era tropeçar continuamente em cenas de senhoras a bailar nos jardins de Versalhes. O único quadro era uma fotografia ampliada demais, parecendo uma galinha sobre uma pedra de contorno vago. Visto à distância, a galinha se transformava num boné, e o

the countenance of a stout old lady beamed down into the room. Several old copies of Town Tattle lay on the table together with a copy of Simon Called Peter, and some of the small scandal magazines of Broadway. Mrs. Wilson was first concerned with the dog. A reluctant elevator-boy went for a box full of straw and some milk, to which he added on his own initiative a tin of large, hard dog-biscuits – one of which decomposed apathetically in the saucer of milk all afternoon. Meanwhile Tom brought out a bottle of whiskey from a locked bureau door.

I have been drunk just twice in my life, and the second time was that afternoon; so everything that happened has a dim, hazy cast over it, although until after eight o'clock the apartment was full of cheerful sun. Sitting on Tom's lap Mrs. Wilson called up several people on the telephone; then there were no cigarettes, and I went out to buy some at the drugstore on the corner. When I came back they had disappeared, so I sat down discreetly in the living-room and read a chapter of Simon Called Peter – either it was terrible stuff or the whiskey distorted things, because it didn't make any sense to me.

Just as Tom and Myrtle (after the first drink Mrs. Wilson and I called each other by our first names) reappeared, company commenced to arrive at the apartment-door.

The sister, Catherine, was a slender, worldly girl of about thirty, with a solid, sticky bob of red hair, and a complexion powdered milky white. Her eye-brows had been plucked and then drawn on again at a more rakish angle, but the efforts of nature toward the restoration of the old alignment gave a blurred air to her face. When she moved about there was an incessant clicking as innumerable pottery bracelets jingled up and down upon her arms. She came in with such a proprietary haste, and looked around so possessively at the furniture that I wondered if she lived here. But when I asked her she laughed immoderately, repeated my question aloud, and told me she lived with a girl friend at a hotel.

Mr. Mckee was a pale, feminine man from the flat below. He had just shaved, for there was a white spot of lather on his cheekbone, and he was most respectful in his greeting to every one in the room. He informed me that he was in the "artistic game," and I gathered later that he was a photographer and had made the dim enlargement of Mrs. Wilson's mother which hovered like an ectoplasm on the wall. His wife was shrill, languid, handsome, and horrible. She told me with pride that her husband had photographed her a hundred and twenty-seven times since they had been married.

Mrs. Wilson had changed her costume some time before, and was now attired in an elaborate afternoon dress of cream-colored chiffon, which gave out a continual rustle as she swept about the room. With the influence of the dress her personality had also undergone a change. The intense vitality that had been so remarkable in the garage was converted into impressive hauteur. Her laughter, her gestures, her assertions became more violently affected moment by moment, and as she expanded the room grew smaller around her, until she seemed to be revolving on a noisy, creaking pivot through the smoky air.

rosto duma robusta senhora de idade brilhava no ambiente. Várias cópias do Town Tattle descansavam à mesa, juntamente com uma cópia de Simon Called Peter e alguns tablóides da Broadway. A primeira preocupação de Mrs. Wilson foi com o cão. Um ascensorista relutante saiu à procura duma caixa cheia de palha e um pouco de leite, ao qual, por sua própria iniciativa, acrescentou uma lata grande de biscoitos para cães – um dos quais durante toda tarde se decompôs apaticamente no pires de leite. Nesse ínterim, Tom tirou uma garrafa de uísque de um armário trancado.

Eu embebedei-me apenas duas vezes em minha vida, e a segunda foi naquela tarde; assim sendo, todos os acontecimentos estão encobertos por um véu escuro e confuso, apesar de até as 20 horas o apartamento estar cheio de um sol alegre. Sentada no colo de Tom, Mrs. Wilson telefonou para diversas pessoas; então, acabaram-se os cigarros e saí para comprá-los na loja da esquina. Quando voltei, os dois haviam desaparecido. Sentei-me discretamente na sala de visitas e li um capítulo de Simon Called Peter – o livro era horrendo ou o uísque distorceu tudo, pois não fez o menor sentido, para mim.

Exatamente quando Tom e Myrtle reapareceram (depois do primeiro drinque, Mrs. Wilson e eu passamos a nos tratar pelo primeiro nome), os convidados começaram a chegar ao apartamento.

A irmã, Catherine, era uma moça esguia e mundana, dos seus trinta anos, cabelos ruivos, viscosos e crespos e pele branca como leite em pó. Suas sobrancelhas haviam sido pinçadas e redesenhadas num ângulo mais extravagante, mas os esforços da natureza para restaurar o velho alinhamento davam ao seu rosto um ar nebuloso. Ao se mover pelo aposento havia um incessante tilintar das inúmeras pulseiras de cerâmica subindo e descendo pelos seus braços. Entrou com tal ímpeto de proprietária e olhou para a mobília de modo tão possessivo que indaguei a mim mesmo se residia ali. Mas quando lhe perguntei, riu exageradamente, repetiu em voz alta a minha questão e respondeu que morava com uma amiga, em um hotel.

Mr. Mckee era um homem pálido e feminino que morava no apartamento de baixo. Acabara de se barbear e a maçã de seu rosto exibia um ponto branco deixado pela espuma de barbear, mas foi extremamente respeitoso ao saudar a todos, na sala. Ele me informou que se devotava a "atividades artísticas", e mais tarde eu soube que era fotógrafo e que fizera a sombria ampliação da fotografia da mãe de Mrs. Wilson, que pairava sobre a parede como um ectoplasma. Sua mulher era estridente, lânguida, bela, e horrível. Contou-me com orgulho que seu marido já a fotografara 127 vezes desde o casamento de ambos.

Mrs. Wilson trocara de roupa algum tempo antes, e agora trajava um complicado vestido de gaze de cor creme, que farfalhava continuamente enquanto ela caminhava pela sala. Com a influência do vestido, sua personalidade também se alterara. A intensa vitalidade, tão extraordinária na oficina, convertera-se em impressionante altivez. Seu riso, seus gestos, suas afirmações ficavam cada vez mais violentamente afetadas e, à medida que ela se expandia, o aposento encolhia em torno dela, até que, finalmente, parecia girar em torno de um eixo barulhento e rangente no meio do ar enfumaçado.

"My dear," she told her sister in a high, mincing shout, "most of these fellas will cheat you every time. All they think of is money. I had a woman up here last week to look at my feet, and when she gave me the bill you'd of thought she had my appendicitis out."

"What was the name of the woman?" asked Mrs. Mckee.

"Mrs. Eberhardt. She goes around looking at people's feet in their own homes."

"I like your dress," remarked Mrs. Mckee, "I think it's adorable."

Mrs. Wilson rejected the compliment by raising her eyebrow in disdain.

"It's just a crazy old thing," she said. "I just slip it on sometimes when I don't care what I look like."

"But it looks wonderful on you, if you know what I mean," pursued Mrs. Mckee. "If Chester could only get you in that pose I think he could make something of it."

We all looked in silence at Mrs. Wilson, who removed a strand of hair from over her eyes and looked back at us with a brilliant smile. Mr. Mckee regarded her intently with his head on one side, and then moved his hand back and forth slowly in front of his face.

"I should change the light," he said after a moment. "I'd like to bring out the modelling of the features. And I'd try to get hold of all the back hair."

"I wouldn't think of changing the light," cried Mrs. Mckee. "I think it's..."

Her husband said "SH!" and we all looked at the subject again, whereupon Tom Buchanan yawned audibly and got to his feet.

"You Mckees have something to drink," he said. "Get some more ice and mineral water, Myrtle, before everybody goes to sleep."

"I told that boy about the ice." Myrtle raised her eyebrows in despair at the shiftlessness of the lower orders. "These people! You have to keep after them all the time."

She looked at me and laughed pointlessly. Then she flounced over to the dog, kissed it with ecstasy, and swept into the kitchen, implying that a dozen chefs awaited her orders there.

"I've done some nice things out on Long Island," asserted Mr. Mckee.

Tom looked at him blankly.

"Two of them we have framed down-stairs."

"Two what?" demanded Tom.

"Minha querida, essa gente sempre tapeia você", declarou ela à sua irmã em um grito estridente e afetado. "Só pensa em dinheiro. Na semana passada, chamei uma mulher para tratar dos meus pés e ela me apresentou uma conta que fazia crer que ela tinha operado meu apêndice."

"Qual era o nome dessa mulher?", perguntou Mrs. Mckee.

"Mrs. Eberhardt. Ela costuma se dirigir à casa das pessoas para tratar dos seus pés a domicílio."

"Gosto de seu vestido. É adorável", afirmou Mrs. Mckee.

Mrs. Wilson rejeitou o cumprimento ao levantar as sobrancelhas com desdém.

"É só uma velharia extravagante. Eu o visto algumas vezes, quando não me importo com minha aparência", disse ela.

"Mas fica maravilhoso em você, se entende o que quero dizer. Se Chester pudesse fotografá-la nessa pose, creio que conseguiria algo notável", continuou Mrs. Mckee.

Todos nós olhamos em silêncio para Mrs. Wilson, que afastou dos olhos uma mecha de cabelo e nos encarou com um sorriso brilhante. Mr. Mckee a examinou com atenção, com a cabeça inclinada para um lado, depois movimentou a mão devagar, para um lado e para o outro, diante do seu rosto.

"Eu mudaria a luz. Gostaria de realçar os contornos dos traços. E tentaria levantar todo o cabelo, na nuca", disse ele após um momento.

"Não creio que fosse preciso alterar a luz", exclamou Mrs. Mckee. "Acho que está..."

Seu marido a interrompeu pedindo silêncio e todos nós olhamos para Mrs. Wilson. Tom Buchanan bocejou audivelmente e ficou em pé.

"Os Mckees ainda não terminaram seus drinques. Myrtle, traga mais gelo e água mineral antes que todos caiam no sono", disse ele.

"Falei com aquele garoto sobre o gelo." Myrtle levantou as sobrancelhas, desgostosa com a incapacidade dos subalternos. "Essa gente! É preciso ficar atrás deles o tempo todo."

Ela voltou os olhos para mim e riu sem razão. Então, lançou-se sobre o cão, beijou-o estaticamente e entrou na cozinha como se uma dúzia de cozinheiros esperasse por suas ordens.

"Fiz alguns belos trabalhos em Long Island", afirmou Mr. Mckee.

Tom o encarou sem qualquer expressão.

"Dois deles estão emoldurados, lá embaixo."

"Dois o quê?", perguntou Tom.

"Two studies. One of them I call Montauk Point – The Gulls, and the other I call Montauk Point – The Sea."

The sister Catherine sat down beside me on the couch.

"Do you live down on Long Island, too?" she inquired.

"I live at West Egg."

"Really? I was down there at a party about a month ago. At a man named Gatsby's. Do you know him?"

"I live next door to him."

"Well, they say he's a nephew or a cousin of Kaiser Wilhelm's. That's where all his money comes from."

"Really?"

She nodded.

"I'm scared of him. I'd hate to have him get anything on me."

This absorbing information about my neighbor was interrupted by Mrs. McKee's pointing suddenly at Catherine:

"Chester, I think you could do something with *her*," she broke out, but Mr. Mckee only nodded in a bored way, and turned his attention to Tom.

"I'd like to do more work on Long Island, if I could get the entry. All I ask is that they should give me a start."

"Ask Myrtle," said Tom, breaking into a short shout of laughter as Mrs. Wilson entered with a tray. "She'll give you a letter of introduction, won't you Myrtle?"

"Do what?" she asked, startled.

"You'll give Mckee a letter of introduction to your husband, so he can do some studies of him." His lips moved silently for a moment as he invented: "'George B. Wilson at the Gasoline Pump', or something like that."

Catherine leaned close to me and whispered in my ear: "Neither of them can stand the person they're married to."

"Can't they?"

"Can't stand them." She looked at Myrtle and then at Tom. "What I say is, why go on living with them if they can't stand them? If I was them I'd get a divorce and get married to each other right away."

"Doesn't she like Wilson either?"

The answer to this was unexpected. It came from Myrtle, who had overheard the question, and it was violent and obscene.

"Dois estudos. A um, dei o nome de Montauk Point – As Gaivotas; ao outro, Montauk Point – O Mar."

A irmã, Catherine, sentou-se ao meu lado, no sofá.

"Você também mora em Long Island?", perguntou ela.

"Moro em West Egg."

"É mesmo? Estive em uma festa lá, cerca de um mês atrás. Na casa de um homem chamado Gatsby. Você o conhece?"

"Sou vizinho dele."

"Bem, dizem que ele é sobrinho ou primo do Kaiser Wilhelm. É daí que vem o dinheiro."

"É mesmo?"

Ela balançou a cabeça afirmativamente.

"Tenho medo dele. Detestaria ser obrigada a lhe dar algo."

Essa atraente informação sobre meu vizinho foi interrompida pela senhora Mckee, que subitamente apontou para Catherine:

"Chester, creio poderia fazer algo com *ela*", disparou, mas Mr. Mckee apenas concordou balançando a cabeça, aborrecido, e voltou sua atenção para Tom.

"Gostaria de trabalhar mais em Long Island, se fosse possível. Tudo que peço é que me deem uma oportunidade."

"Peça para Myrtle", respondeu Tom com uma risada curta, enquanto Mrs. Wilson entrava carregando uma bandeja. "Ela lhe dará uma carta de recomendação, não é mesmo, Myrtle?"

"Darei o quê?", perguntou ela sobressaltada.

"Dará a Mckee uma apresentação de seu marido para que faça alguns estudos sobre ele." Seus lábios se movimentaram silenciosamente por um momento, ao inventar: "'George B. Wilson Diante da Bomba de Gasolina', ou algo assim."

Catherine chegou mais perto e cochichou no meu ouvido: "Eles não suportam a pessoa com quem se casaram."

"Não suportam?"

"Não conseguem suportar." Ela olhou para Myrtle e para Tom. "O que eu me pergunto é por que continuam casados se não conseguem suportá-las? Se estivesse no lugar deles, pediria o divórcio e casaria imediatamente com o outro."

"Ela também não gosta do Wilson?"

A resposta foi inesperada. Veio de Myrtle, que ouvira a pergunta, e foi violenta e obscena.

"You see," cried Catherine triumphantly. She lowered her voice again. "It's really his wife that's keeping them apart. She's a Catholic, and they don't believe in divorce."

Daisy was not a Catholic, and I was a little shocked at the elaborateness of the lie.

"When they do get married," continued Catherine, "they're going West to live for a while until it blows over."

"It'd be more discreet to go to Europe."

"Oh, do you like Europe?" she exclaimed surprisingly. "I just got back from Monte Carlo."

"Really."

"Just last year. I went over there with another girl."

"Stay long?"

"No, we just went to Monte Carlo and back. We went by way of Marseilles. We had over twelve hundred dollars when we started, but we got gypped out of it all in two days in the private rooms. We had an awful time getting back, I can tell you. God, how I hated that town!"

The late afternoon sky bloomed in the window for a moment like the blue honey of the Mediterranean – then the shrill voice of Mrs. Mckee called me back into the room.

"I almost made a mistake, too," she declared vigorously. "I almost married a little kyke who'd been after me for years. I knew he was below me. Everybody kept saying to me: 'Lucille, that man's 'way below you!' But if I hadn't met Chester, he'd of got me sure."

"Yes, but listen," said Myrtle Wilson, nodding her head up and down, "at least you didn't marry him."

"I know I didn't."

"Well, I married him," said Myrtle, ambiguously. "And that's the difference between your case and mine."

"Why did you, Myrtle?" demanded Catherine. "Nobody forced you to."

Myrtle considered.

"I married him because I thought he was a gentleman," she said finally. "I thought he knew something about breeding, but he wasn't fit to lick my shoe."

"You were crazy about him for a while," said Catherine.

"Crazy about him!" cried Myrtle incredulously. "Who said I was crazy about him? I never was any more crazy about him than I was about that man there."

"Está vendo?", exclamou Catherine triunfante. Ela baixou a voz novamente. "Na verdade, é a mulher dele que os mantém separados. Ela é católica, e eles não aceitam o divórcio."

Daisy não era católica e fiquei um pouco chocado com a cuidadosa elaboração da mentira.

"Quando eles se casarem, vão morar no Oeste durante algum tempo, até a poeira baixar", continuou Catherine.

"Seria mais discreto ir para a Europa."

"Ó, você gosta da Europa?", exclamou ela surpreendentemente. "Acabei de retornar de Monte Carlo."

"É mesmo?"

"Fui no ano passado, na companhia da outra moça."

"Ficou muito tempo?"

"Não, apenas fomos a Monte Carlo e voltamos. Fomos por Marselha. Tínhamos mais de 1.200 dólares quando começamos, mas ficamos limpas em dois dias, na roleta. O que posso lhe dizer é que passamos por maus bocados para conseguir voltar. Meu Deus, como odiei aquela cidade!"

Por um instante, o sol do final da tarde cintilou na janela como o mel azulado do Mediterrâneo – então, a voz estridente de Mrs. Mckee me levou de volta para a sala.

"Eu também quase cometi um erro", declarou ela vigorosamente. "Quase me casei com um sujeitinho que me perseguiu durante anos. Eu sabia que ele era inferior a mim. Todos me diziam: 'Lucille, esse homem não chega aos seus pés!' Mas se eu não tivesse conhecido Chester, ele certamente teria me agarrado."

"Sim, mas veja bem", ponderou Myrtle Wilson, balançando a cabeça para cima e para baixo, "pelo menos você não se casou com ele."

"É verdade."

"Bem, eu me casei com ele", disse Myrtle de modo ambíguo. "E essa é a diferença entre seu caso e o meu."

"Por que fez isso, Myrtle?", perguntou Catherine. "Ninguém a obrigou."

Myrtle refletiu.

"Casei com ele por imaginar que fosse um cavalheiro", respondeu afinal. "Pensei que soubesse algo de educação, mas não prestava nem para lamber meu sapato."

"Durante algum tempo, você foi louca por ele", afirmou Catherine.

"Louca por ele!", exclamou Myrtle com incredulidade. "Quem disse que eu era louca por ele? Era tão louca por ele quanto sou por aquele homem que ali está."

She pointed suddenly at me, and every one looked at me accusingly. I tried to show by my expression that I had played no part in her past.

"The only crazy I was was when I married him. I knew right away I made a mistake. He borrowed somebody's best suit to get married in, and never even told me about it, and the man came after it one day when he was out. 'oh, is that your suit?' I said. 'this is the first I ever heard about it.' But I gave it to him and then I lay down and cried to beat the band all afternoon."

"She really ought to get away from him," resumed Catherine to me. "They've been living over that garage for eleven years. And Tom's the first sweetie she ever had."

The bottle of whiskey – a second one – was now in constant demand by all present, excepting Catherine, who "felt just as good on nothing at all." Tom rang for the janitor and sent him for some celebrated sandwiches, which were a complete supper in themselves. I wanted to get out and walk southward toward the park through the soft twilight, but each time I tried to go I became entangled in some wild, strident argument which pulled me back, as if with ropes, into my chair. Yet high over the city our line of yellow windows must have contributed their share of human secrecy to the casual watcher in the darkening streets, and I was him too, looking up and wondering. I was within and without, simultaneously enchanted and repelled by the inexhaustible variety of life.

Myrtle pulled her chair close to mine, and suddenly her warm breath poured over me the story of her first meeting with Tom.

"It was on the two little seats facing each other that are always the last ones left on the train. I was going up to New York to see my sister and spend the night. He had on a dress suit and patent leather shoes, and I couldn't keep my eyes off him, but every time he looked at me I had to pretend to be looking at the advertisement over his head. When we came into the station he was next to me, and his white shirt-front pressed against my arm, and so I told him I'd have to call a policeman, but he knew I lied. I was so excited that when I got into a táxi with him I didn't hardly know I wasn't getting into a subway train. All I kept thinking about, over and over, was 'You can't live forever; you can't live forever.'"

She turned to Mrs. Mckee and the room rang full of her artificial laughter.

"My dear," she cried, "I'm going to give you this dress as soon as I'm through with it. I've got to get another one tomorrow. I'm going to make a list of all the things I've got to get. A massage and a wave, and a collar for the dog, and one of those cute little ash-trays where you touch a spring, and a wreath with a black silk bow for mother's grave that'll last all summer. I got to write down a list so I won't forget all the things I got to do."

It was nine o'clock – almost immediately afterward I looked at my watch and found it was ten. Mr. Mckee was asleep on a chair with his fists clenched in his lap, like a photograph of a man of action. Taking out my handkerchief I wiped

Ela apontou de repente para mim, e todos me encararam acusadoramente. Pela expressão de meu rosto, tentei mostrar que jamais participara de seu passado.

"Minha única loucura foi casar com ele. Soube imediatamente que havia cometido um erro. Ele precisou pedir emprestado o melhor terno de alguém para o casamento, e nunca me contou. Um dia, o homem apareceu quando ele não estava em casa. Eu lhe disse: "Ó, esse terno é seu? É a primeira vez que ouço falar nisso." Mas devolvi o terno; depois me atirei na cama e chorei a tarde inteira."

"Ela realmente deveria se separar dele", ponderou Catherine para mim. "Há onze anos que eles têm morado em cima daquela oficina. E Tom foi o primeiro namorado que ela já teve."

A garrafa de uísque – a segunda – estava sendo exigida constantemente por todos os presentes, exceto Catherine, que "sentia-se muito bem sem beber absolutamente nada." Tom telefonou para o zelador e o mandou buscar alguns sanduíches muito famosos, que, por si sós, eram uma refeição completa. Eu desejava sair dali e caminhar para o sul, na direção do Central Park, mas cada vez que tentava ir via-me enroscado em alguma discussão estridente que me prendia à cadeira como se ela tivesse cordas. Mesmo assim, no alto, sobre a cidade, nossa fileira de janelas deve ter contribuído com sua dose de segredos para com o observador casual que caminhava pelas ruas mergulhadas na escuridão. Eu me encontrava dentro e fora, simultaneamente encantado e enojado pela inexaurível variedade da vida.

Myrtle puxou a cadeira para perto da minha e, subitamente, seu hálito quente despejou sobre mim a história de seu primeiro encontro com Tom.

"Viajava nos dois assentos que ficam um diante do outro e são sempre os últimos a serem vendidos no trem. Vinha à Nova Iorque para visitar minha irmã e passar a noite. Ele se vestia a rigor e usava sapatos de verniz, e não conseguia desviar os olhos dele, mas todas as vezes que ele me fitava fingia olhar para o anúncio que havia acima de sua cabeça. Ao descermos na estação, ele se manteve perto de mim e o peito de sua camisa branca encostou no meu braço. Então disse-lhe que teria que chamar um guarda, mas ele sabia que era mentira. Sentia-me tão excitada ao entrar no táxi que mal percebi que não havia apanhado o metrô. Só conseguia repetir para mim mesma, sem parar: 'Não se vive para sempre, não se vive para sempre'."

Ela se voltou para Mrs. Mckee e a sala ecoou seu riso artificial.

"Minha cara, vou lhe dar este vestido assim que não precisar mais dele", exclamou ela. "Preciso comprar outro. Vou fazer uma lista de tudo que devo fazer amanhã. Massagem, permanente, comprar uma coleira para o cachorro, um desses cinzeiros bonitinhos que têm uma mola para você apertar, e uma dessas coroas de flores com uma fita negra, que duram o verão inteiro, para o túmulo da mamãe. Preciso fazer a lista para não me esquecer de nada."

Eram nove horas da noite – quase imediatamente depois, olhei novamente e vi que já eram dez. Mr. Mckee dormia em uma poltrona, os punhos cerrados pousados sobre o colo, como o retrato de um homem de ação. Pegando meu lenço,

from his cheek the remains of the spot of dried lather that had worried me all the afternoon.

The little dog was sitting on the table looking with blind eyes through the smoke, and from time to time groaning faintly. People disappeared, reappeared, made plans to go somewhere, and then lost each other, searched for each other, found each other a few feet away. Some time toward midnight Tom Buchanan and Mrs. Wilson stood face to face discussing, in impassioned voices, whether Mrs. Wilson had any right to mention Daisy's name.

"Daisy! Daisy! Daisy!" shouted Mrs. Wilson. "I'll say it whenever I want to! Daisy! Dai…"

Making a short deft movement, Tom Buchanan broke her nose with his open hand.

Then there were bloody towels upon the bath-room floor, and women's voices scolding, and high over the confusion a long broken wail of pain. Mr. Mckee awoke from his doze and started in a daze toward the door. When he had gone half way he turned around and stared at the scene: his wife and Catherine scolding and consoling as they stumbled here and there among the crowded furniture with articles of aid, and the despairing figure on the couch, bleeding fluently, and trying to spread a copy of Town Tattle over the tapestry scenes of Versailles. Then Mr. Mckee turned and continued on out the door. Taking my hat from the chandelier, I followed.

"Come to lunch some day," he suggested, as we groaned down in the elevator.

"Where?"

"Anywhere."

"Keep your hands off the lever," snapped the elevator boy.

"I beg your pardon," said Mr. Mckee with dignity, "I didn't know I was touching it."

"All right," I agreed, "I'll be glad to."

… I was standing beside his bed and he was sitting up between the sheets, clad in his underwear, with a great portfolio in his hands.

"Beauty and the Beast… Loneliness… Old Grocery Horse… Brook'n Bridge…"

Then I was lying half asleep in the cold lower level of the Pennsylvania Station, staring at the morning *Tribune*, and waiting for the four o'clock train.

limpei de seu rosto a mancha seca de sabão de barba, que tinha me incomodado durante toda a noite.

O cachorrinho estava sentado sobre a mesa, olhando cegamente através da fumaça, ganindo baixinho, de tempos em tempos. As pessoas desapareciam, reapareciam, faziam planos para ir a algum lugar, perdiam-se umas das outras, procuravam umas pelas outras, encontravam umas às outras a poucos centímetros de distância. Tom Buchanan e Mrs. Wilson estavam frente a frente, discutindo em vozes alteradas se Mrs. Wilson tinha ou não o direito de mencionar o nome de Daisy.

"Daisy! Daisy! Daisy!", gritou Mrs. Wilson. "Repetirei quantas vezes eu quiser! Daisy! Dai..."

Com um movimento curto e rápido, Buchanan quebrou-lhe o nariz com uma bofetada.

Então, toalhas ensanguentadas encheram o piso do banheiro, vozes de mulheres proferiram censuras e, acima da confusão, ouviu-se um longo e entrecortado gemido de dor. Mr. Mckee acordou do cochilo e se dirigiu para a porta, atordoado. No meio do caminho, voltou-se e olhou a cena: carregando artigos de primeiros socorros, sua mulher e Catherine pronunciavam recriminação e consolo enquanto tropeçavam na mobília que atulhava a sala. A figura desesperada estendida no sofá sangrava fluentemente e procurava estender uma cópia do Town Tattle sobre as cenas de Versalhes da tapeçaria. Então, Mr. Mckee se voltou e continuou a avançar na direção da porta. Pegando meu chapéu que estava sobre o lustre, eu o segui.

"Apareça para almoçar conosco qualquer dia", sugeriu ele enquanto descíamos pelo elevador que rangia.

"Onde?"

"Em qualquer lugar."

"Não toque na alavanca", disse o ascensorista rispidamente.

"Peço-lhe desculpas", respondeu Mr. Mckee com dignidade. "Não sabia que estava tocando nela."

"Muito bem", concordei eu. "Terei muito prazer."

... Eu me encontrava ao lado de sua cama e ele, em roupas íntimas, sentava-se entre os lençóis segurando um grande álbum de fotografias.

"A Bela e a Fera... Solidão... O Cavalo da Velha Mercearia... Ponte do Brooklyn..."

Em seguida, semi-adormecido, eu estava no frio nível inferior da Pennsylvania Station, fitando o *Tribune* daquela manhã e esperando a chegada do trem das quatro horas.

CHAPTER 3

There was music from my neighbor's house through the summer nights. In his blue gardens men and girls came and went like moths among the whisperings and the champagne and the stars. At high tide in the afternoon I watched his guests diving from the tower of his raft, or taking the sun on the hot sand of his beach while his two motor-boats slit the waters of the Sound, drawing aquaplanes over cataracts of foam. On week-ends his Rolls-Royce became an omnibus, bearing parties to and from the city between nine in the morning and long past midnight, while his station wagon scampered like a brisk yellow bug to meet all trains. And on Mondays eight servants, including an extra gardener, toiled all day with mops and scrubbing-brushes and hammers and garden-shears, repairing the ravages of the night before.

Every Friday five crates of oranges and lemons arrived from a fruiterer in New York – every Monday these same oranges and lemons left his back door in a pyramid of pulpless halves. There was a machine in the kitchen which could extract the juice of two hundred oranges in half an hour if a little button was pressed two hundred times by a butler's thumb.

At least once a fortnight a corps of caterers came down with several hundred feet of canvas and enough colored lights to make a Christmas tree of Gatsby's enormous garden. On buffet tables, garnished with glistening *hors-d'oeuvre*, spiced baked hams crowded against salads of harlequin designs and pastry pigs and turkeys bewitched to a dark gold. In the main hall a bar with a real brass rail was set up, and stocked with gins and liquors and with cordials so long forgotten that most of his female guests were too young to know one from another.

By seven o'clock the orchestra has arrived, no thin five-piece affair, but a whole pitful of oboes and trombones and saxophones and viols and cornets and piccolos, and low and high drums. The last swimmers have come in from the beach now and are dressing up-stairs; the cars from New York are parked five deep in the drive, and already the halls and salons and verandas are gaudy with primary colors, and hair shorn in strange new ways, and shawls beyond the dreams of Cas-

CAPÍTULO 3

Havia música, vinda da casa de meu vizinho nas noites de verão. Em seus jardins azuis, rapazes e moças iam e vinham como traças entre sussurros, champanhe e estrelas. Na maré alta da tarde, observava seus hóspedes a mergulhar da torre de seu ancoradouro flutuante ou a tomar banho de sol em sua praia particular, enquanto seus dois barcos a motor cortavam as águas do Estreito, a puxar esquiadores sobre cataratas de espuma. Nos fins de semana, seu Rolls-Royce se transformava em autocarro, a transportar convidados da cidade para lá, e vice-versa, desde as nove da manhã até bem depois da meia-noite, enquanto que sua "station" corria como um animado inseto amarelo ao encontro de todos os trens. E às segundas-feiras, oito criados, inclusive um jardineiro extra, trabalhavam o dia todo com panos, escovas, martelos e tesouras de jardinagem, a consertar os estragos da noite anterior.

Todas as sextas-feiras chegavam cinco engradados de laranjas e limões, entregues por um fruteiro de Nova Iorque – toda segunda-feira, essas mesmas laranjas e limões saíam pela porta de serviço, em uma pirâmide de metades desprovidas de polpa. Na cozinha, havia um aparelho que extraía o suco de 200 laranjas em meia hora, se um botãozinho fosse pressionado 200 vezes pelo polegar do mordomo.

Pelo menos uma vez por quinzena, um batalhão de fornecedores vinha com centenas de metros de lona e luzes coloridas para transformar o imenso jardim de Gatsby em árvore de Natal. Nas mesas do bufê, ornadas com deslumbrantes canapés, presuntos cozidos temperados eram arrumados em travessas em forma de arlequim, e sedutores leitões e perus brilhavam como ouro velho. No salão principal, um bar com anteparo de latão verdadeiro era montado com gim, licores e aperitivos há tempos esquecidos que a maioria das mulheres convidadas era jovem demais para distinguir.

Pelas sete horas chegava a orquestra, não uma orquestrinha com só cinco componentes, mas uma completa com oboés, trombones, saxofones, violinos, cornetas, flautins e toda a percussão. Os últimos nadadores chegados da praia vestiam-se no andar superior; os carros de Nova Iorque ficavam estacionados na entrada, em filas de cinco, e os átrios, salões e terraços enchiam-se de cores berrantes, cabelos cortados e penteados na estranha nova moda, e xales que ultrapassavam os

tile. The bar is in full swing, and floating rounds of cocktails permeate the garden outside, until the air is alive with chatter and laughter, and casual innuendo and introductions forgotten on the spot, and enthusiastic meetings between women who never knew each other's names.

The lights grow brighter as the earth lurches away from the sun, and now the orchestra is playing yellow cocktail music, and the opera of voices pitches a key higher. Laughter is easier minute by minute, spilled with prodigality, tipped out at a cheerful word. The groups change more swiftly, swell with new arrivals, dissolve and form in the same breath; already there are wanderers, confident girls who weave here and there among the stouter and more stable, become for a sharp, joyous moment the centre of a group, and then, excited with triumph, glide on through the sea-change of faces and voices and color under the constantly changing light.

Suddenly one of the gypsies, in trembling opal, seizes a cocktail out of the air, dumps it down for courage and, moving her hands like Frisco, dances out alone on the canvas platform. A momentary hush; the orchestra leader varies his rhythm obligingly for her, and there is a burst of chatter as the erroneous news goes around that she is Gilda Gray's understudy from the *Follies*. The party has begun.

I believe that on the first night I went to Gatsby's house I was one of the few guests who had actually been invited. People were not invited – they went there. They got into automobiles which bore them out to Long Island, and somehow they ended up at Gatsby's door. Once there they were introduced by somebody who knew Gatsby, and after that they conducted themselves according to the rules of behavior associated with amusement parks. Sometimes they came and went without having met Gatsby at all, came for the party with a simplicity of heart that was its own ticket of admission.

I had been actually invited. A chauffeur in a uniform of robin's-egg blue crossed my lawn early that Saturday morning with a surprisingly formal note from his employer: the honor would be entirely Gatsby's, it said, if I would attend his "little party" that night. He had seen me several times, and had intended to call on me long before, but a peculiar combination of circumstances had prevented it – signed Jay Gatsby, in a majestic hand.

Dressed up in white flannels I went over to his lawn a little after seven, and wandered around rather ill at ease among swirls and eddies of people I didn't know – though here and there was a face I had noticed on the commuting train. I was immediately struck by the number of young Englishmen dotted about; all well dressed, all looking a little hungry, and all talking in low, earnest voices to solid and prosperous Americans. I was sure that they were selling something: bonds or insurance or automobiles. They were at least agonizingly aware of the easy money in the vicinity and convinced that it was theirs for a few words in the right key.

As soon as I arrived I made an attempt to find my host, but the two or three

sonhos de Castela. O bar funcionava a todo vapor e, lá fora, flutuantes bandejas de coquetéis se espalhavam pelo jardim e até o ar se animava com as conversas e risos, com as insinuações e apresentações esquecidas no mesmo instante, com encontros entusiasmados entre mulheres que jamais saberiam os nomes umas das outras.

As luzes ficavam mais brilhantes à medida que a terra se afastava do sol, e a orquestra tocava músicas amarelas de coquetel, e a ópera de vozes elevava-se a um tom mais alto. A cada instante, os risos ficavam mais fáceis, espalhados com prodigalidade, provocados por uma palavra bem-humorada. Os grupos se alteravam mais depressa, inchavam com novos convidados, dissolviam-se e voltavam a se formar num instante; já havia nômades, moças confiantes que se insinuavam aqui e acolá entre os mais decididos e os mais estáveis, tornando-se o centro das atenções e excitadas com o triunfo, deslizavam através do instável mar de rostos, vozes e cores, sob a luz em perpétua mutação.

De repente, uma das ciganas, em trêmula opala, agarrava no ar uma bebida, tomava-a duma vez para ganhar coragem e, movendo as mãos como Frisco, dançava sozinha na plataforma de lona. Um silêncio momentâneo; cortês, o regente variava o ritmo para ela e, de repente, ocorria uma súbita explosão de tagarelice por ter corrido a falsa notícia que ela substituía Gilda Gray no *Follies*. A festa começara.

Creio que na primeira noite que fui à casa de Gatsby, eu era um dos poucos convivas que realmente haviam sido convidados. As pessoas não eram convidadas – simplesmente apareciam. Embarcavam em automóveis que as transportavam de Long Island e terminavam na porta de Gatsby. Uma vez ali, eram apresentadas por alguém que o conhecia, e depois disso se comportavam de acordo com regras de conduta próprias de um parque de diversões. Certas vezes, surgiam e partiam sem se encontrar com Gatsby, chegavam para a festa com uma pureza de coração que, por si só, se tornava seu bilhete de admissão.

Eu fora realmente convidado. Um motorista de uniforme azul, cor de ovo de pintarroxo, atravessara meu jardim na manhã daquele sábado, com um convite surpreendentemente formal de seu patrão: dizia que a honra seria toda de Gatsby se eu comparecesse à sua "pequena festa" naquela noite. Ele me vira várias vezes e tivera a intenção de me visitar, mas uma peculiar combinação de circunstâncias o impedira – em caligrafia majestosa, assinara Jay Gatsby.

Vestido com flanela branca, cruzei seu gramado um pouco depois das sete horas e perambulei por ali, pouco à vontade entre redemoinhos e turbilhões de gente desconhecida – aqui e ali, surgia um rosto que já vira no trem do subúrbio. Imediatamente espantei-me com a quantidade de jovens ingleses espalhados por ali; todos bem vestidos, parecendo um tanto famintos, falando com americanos prósperos e sólidos, em vozes baixas e sérias. Tinha certeza que tentavam vender algo: títulos, seguros ou automóveis. Pelo menos, demonstravam estar angustiosamente conscientes do dinheiro fácil que havia na vizinhança, convencidos de que passaria para suas mãos se dissessem algumas palavras no tom correto.

Tentei encontrar meu anfitrião logo que cheguei, mas as duas ou três pes-

people of whom I asked his whereabouts stared at me in such an amazed way, and denied so vehemently any knowledge of his movements, that I slunk off in the direction of the cocktail table – the only place in the garden where a single man could linger without looking purposeless and alone.

I was on my way to get roaring drunk from sheer embarrassment when Jordan Baker came out of the house and stood at the head of the marble steps, leaning a little backward and looking with contemptuous interest down into the garden.

Welcome or not, I found it necessary to attach myself to some one before I should begin to address cordial remarks to the passers-by.

"Hello!" I roared, advancing toward her. My voice seemed unnaturally loud across the garden.

"I thought you might be here," she responded absently as I came up. "I remembered you lived next door to..." She held my hand impersonally, as a promise that she'd take care of me in a minute, and gave ear to two girls in twin yellow dresses, who stopped at the foot of the steps.

"Hello!" they cried together. "Sorry you didn't win."

That was for the golf tournament. She had lost in the finals the week before.

"You don't know who we are," said one of the girls in yellow, "but we met you here about a month ago."

"You've dyed your hair since then," remarked Jordan, and I started, but the girls had moved casually on and her remark was addressed to the premature moon, produced like the supper, no doubt, out of a caterer's basket. With Jordan's slender golden arm resting in mine, we descended the steps and sauntered about the garden. A tray of cocktails floated at us through the twilight, and we sat down at a table with the two girls in yellow and three men, each one introduced to us as Mr. Mumble.

"Do you come to these parties often?" inquired Jordan of the girl beside her.

"The last one was the one I met you at," answered the girl, in an alert confident voice. She turned to her companion: "Wasn't it for you, Lucille?"

It was for Lucille, too.

"I like to come," Lucille said. "I never care what I do, so I always have a good time. When I was here last I tore my gown on a chair, and he asked me my name and address – inside of a week I got a package from Croirier's with a new evening gown in it."

"Did you keep it?" asked Jordan.

"Sure I did. I was going to wear it tonight, but it was too big in the bust and had to be altered. It was gas blue with lavender beads. Two hundred and sixty-five dollars."

soas a quem indaguei se sabiam onde ele se encontrava me fitaram de modo tão assombrado, e negaram com tal veemência qualquer conhecimento de seus passos, que me afastei na direção da mesa dos coquetéis – o único lugar do jardim onde um homem sozinho poderia permanecer sem parecer inútil e solitário.

Eu estava a caminho de me embebedar solenemente, por puro constrangimento, quando Jordan Baker saiu da casa e se postou no topo da escadaria de mármore, um pouco inclinada para trás, examinando o jardim com altivo interesse.

Bem-vindo ou não, achei melhor me aproximar de alguém antes que eu começasse a fazer cordiais observações aos passantes.

"Olá!", bradei avançando em sua direção. Minha voz soou alta demais no jardim.

"Imaginei que poderia estar aqui", respondeu distraída, ao me aproximar. "Lembrei que é vizinho de…" Segurou minha mão de modo impessoal, como uma promessa de que cuidaria de mim num minuto, e voltou a atenção para duas moças que haviam parado ao pé das escadas, trajadas com idênticos vestidos amarelos.

"Olá!", exclamaram elas, juntas. "Pena que você não ganhou."

Referiam-se ao torneio de golfe. Ela perdera nas finais, na semana anterior

"Você não sabe quem somos, mas nos conhecemos aqui, há cerca de um mês", disse uma das moças de amarelo.

"Vocês tingiram o cabelo depois disso", observou Jordan. Eu me espantei, mas as moças haviam se afastado com naturalidade, e seu comentário foi dirigido à lua recém surgida, sem dúvida saída do cesto do fornecedor, como o jantar. Com o delgado braço dourado de Jordan apoiado no meu, descemos as escadas e vagueamos pelo jardim. No crepúsculo, uma bandeja de coquetéis flutuou até nós, e sentamo-nos à mesa com as duas moças de amarelo e três homens, cada qual se apresentando a nós como Mr. Mumble.

"Vem sempre a estas festas?", perguntou Jordan para a moça ao seu lado.

"Eu a conheci aqui, na última festa", respondeu a moça, em voz alerta e confiante. "A festa não foi em sua homenagem, Lucille?"

Sim, a festa também fora para Lucille.

"Gosto de vir", afirmou Lucille. "Nunca me importo com o que faço e por isso sempre me divirto. Na última vez que aqui estive, rasguei a roupa em uma cadeira e ele perguntou meu nome e endereço – depois de uma semana, recebi uma caixa da loja Croirier, e dentro havia um novo vestido de noite."

"Você aceitou?", perguntou Jordan.

"Claro que sim. Eu ia usá-lo hoje à noite, mas ficou muito folgado no busto e precisou ser reformado. Era azul gasoso com contas cor de lavanda. Custou 265 dólares."

"There's something funny about a fellow that'll do a thing like that," said the other girl eagerly. "He doesn't want any trouble with ANYbody."

"Who doesn't?" I inquired.

"Gatsby. Somebody told me..."

The two girls and Jordan leaned together confidentially.

"Somebody told me they thought he killed a man once."

A thrill passed over all of us. The three Mr. Mumbles bent forward and listened eagerly.

"I don't think it's so much that," argued Lucille sceptically; "it's more that he was a German spy during the war."

One of the men nodded in confirmation.

"I heard that from a man who knew all about him, grew up with him in Germany," he assured us positively.

"Oh, no," said the first girl, "it couldn't be that, because he was in the American army during the war." As our credulity switched back to her she leaned forward with enthusiasm. "You look at him sometimes when he thinks nobody's looking at him. I'll bet he killed a man."

She narrowed her eyes and shivered. Lucille shivered. We all turned and looked around for Gatsby. It was testimony to the romantic speculation he inspired that there were whispers about him from those who found little that it was necessary to whisper about in this world.

The first supper – there would be another one after midnight – was now being served, and Jordan invited me to join her own party, who were spread around a table on the other side of the garden. There were three married couples and Jordan's escort, a persistent undergraduate given to violent innuendo, and obviously under the impression that sooner or later Jordan was going to yield him up her person to a greater or lesser degree. Instead of rambling, this party had preserved a dignified homogeneity, and assumed to itself the function of representing the staid nobility of the country-side – East Egg condescending to West Egg, and carefully on guard against its spectroscopic gayety.

"Let's get out," whispered Jordan, after a somehow wasteful and inappropriate half-hour. "This is much too polite for me."

We got up, and she explained that we were going to find the host: I had never met him, she said, and it was making me uneasy. The undergraduate nodded in a cynical, melancholy way.

The bar, where we glanced first, was crowded, but Gatsby was not there. She couldn't find him from the top of the steps, and he wasn't on the veranda. On a chance we tried an important-looking door, and walked into a high Gothic library,

"Há algo estranho em um sujeito que faz uma coisa dessas. Ele não quer ter problemas com ninguém", disse a outra moça resolutamente.

"Quem não quer?", perguntei.

"Gatsby. Alguém me contou que…"

As duas moças e Jordan se inclinaram confidencialmente.

"Alguém me contou que corre o boato que ele já matou um homem."

Um arrepio passou por todos nós. Os três senhores Mumble se inclinaram para frente, ouvindo avidamente.

"Não creio que ele tenha chegado a tanto", afirmou Lucille com ceticismo. "Ele deve ter sido um espião alemão durante a Guerra."

Um dos homens concordou com um movimento de cabeça.

"Ouvi isso de um homem que sabia tudo sobre ele, que cresceu com ele na Alemanha", afirmou de forma categórica.

"Ó, não", retrucou a primeira moça. "Não pode ser, porque ele lutou no exército americano, na Guerra." Notando que nossa credulidade voltava para ela, a moça se inclinou ainda mais, com entusiasmo. "Tente observá-lo quando ele pensa que ninguém está reparando nele. Aposto que matou um homem."

Ela apertou os olhos e estremeceu. Lucille também estremeceu. Nós todos nos viramos e olhamos em torno procurando por Gatsby. Isso testemunhava a especulação romântica que ele inspirava, os boatos que havia sobre ele, espalhados por pessoas que pouco sabiam sobre o que segredavam neste mundo.

O primeiro jantar – haveria outro, depois da meia noite – agora estava sendo servido, e Jordan me convidou para juntar-me a ela e ao seu próprio grupo, reunido em torno de uma mesa do outro lado do jardim. Havia três casais unidos pelo matrimônio e o acompanhante de Jordan, um persistente universitário dado a violentas insinuações e obviamente convencido de que cedo ou tarde Jordan iria se render a ele, em maior ou menor grau. Ao invés de caminhar a esmo, o grupo havia preservado sua nobre homogeneidade e tomado a si a função de representar a tranquila nobreza rural – East Egg compactuando com o West Egg, defendendo-se cuidadosamente de sua espectroscópica alegria.

"Vamos sair daqui", murmurou Jordan depois de uma devastadora e inconveniente meia hora. "Isto aqui é educado demais para mim."

Levantamo-nos, e ela explicou a todos que iríamos descobrir onde se encontrava o anfitrião, que eu ainda não fora apresentado a ele e que isso me perturbava. O universitário balançou a cabeça de modo cínico, melancólico.

O bar onde o procuramos em primeiro lugar estava repleto, mas Gatsby não estava lá. Ela não o encontrou no topo da escadaria, nem no terraço. Por acaso, tentamos uma porta de aspecto importante e entramos em uma alta biblioteca gótica,

panelled with carved English oak, and probably transported complete from some ruin overseas.

A stout, middle-aged man, with enormous owl-eyed spectacles, was sitting somewhat drunk on the edge of a great table, staring with unsteady concentration at the shelves of books. As we entered he wheeled excitedly around and examined Jordan from head to foot.

"What do you think?" he demanded impetuously.

"About what?" He waved his hand toward the book-shelves.

"About that. As a matter of fact you needn't bother to ascertain. I ascertained. They're real."

"The books?"

He nodded.

"Absolutely real – have pages and everything. I thought they'd be a nice durable cardboard. Matter of fact, they're absolutely real. Pages and... Here! Lemme show you."

Taking our scepticism for granted, he rushed to the bookcases and returned with Volume One of the "Stoddard Lectures."

"See!" he cried triumphantly. "It's a bona-fide piece of printed matter. It fooled me. This fella's a regular Belasco. It's a triumph. What thoroughness! What realism! Knew when to stop, too – didn't cut the pages. But what do you want? What do you expect?"

He snatched the book from me and replaced it hastily on its shelf, muttering that if one brick was removed the whole library was liable to collapse.

"Who brought you?" he demanded. "Or did you just come? I was brought. Most people were brought."

Jordan looked at him alertly, cheerfully, without answering.

"I was brought by a woman named Roosevelt," he continued. "Mrs. Claud Roosevelt. Do you know her? I met her somewhere last night. I've been drunk for about a week now, and I thought it might sober me up to sit in a library."

"Has it?"

"A little bit, I think. I can't tell yet. I've only been here an hour. Did I tell you about the books? They're real. They're..."

"You told us." We shook hands with him gravely and went back outdoors.

There was dancing now on the canvas in the garden; old men pushing young girls backward in eternal graceless circles, superior couples holding each other tortuously, fashionably, and keeping in the corners – and a great number of single girls dancing individualistically or relieving the orchestra for a moment of the bur-

com painéis entalhados de carvalho inglês, provavelmente trazidos de alguma ruína estrangeira.

Um vigoroso homem de meia idade, com enormes óculos que lhe faziam parecer uma coruja, sentava-se na borda de uma mesa, um pouco bêbado, examinando uma prateleira de livros com instável atenção. Quando entramos, voltou-se vivamente e examinou Jordan dos pés à cabeça.

"O que acha?", perguntou impetuosamente.

"Sobre o quê?". Abanou ele sua mão na direção das prateleiras.

"Sobre isso. Na verdade, não é necessário averiguar. Mas eu verifiquei. São reais."

"Os livros?"

Ele balançou a cabeça, concordando.

"Absolutamente reais – têm páginas, e tudo mais. Pensei que seriam feitos apenas de um belo papelão durável. Mas na verdade são absolutamente reais. Páginas e... deixe-me mostrá-los."

Tomando nosso ceticismo como coisa certa, correu até as estantes e voltou com o primeiro volume das "Palestras de Stoddard."

"Veja", bradou em triunfo. "Um digno espécime de matéria impressa. Eu me enganei. Este sujeito é um verdadeiro Belasco. Um triunfo. Que perfeição! Que realismo! Também sabia quando parar – não cortou as páginas. Mas o que querem? O que esperavam?"

Arrancou o livro da minha mão e o recolocou rapidamente em seu lugar, murmurando que se um tijolo fosse retirado, a livraria inteira poderia desmoronar.

"Quem trouxe vocês?", perguntou ele. "Ou vocês simplesmente apareceram? Eu fui trazido. A maior parte das pessoas foi trazida por alguém."

Jordan o fitou com cuidado e alegria, sem responder.

"Uma mulher de nome Roosevelt trouxe-me", continuou ele. "Mrs. Claud Roosevelt. Conhecem-na? Encontrei-a em algum lugar ontem à noite. Estou bêbado há pelo menos uma semana e julguei que ficaria sóbrio se sentasse numa biblioteca."

"E ajudou?"

"Um pouco, creio. Ainda não dá para dizer. Cheguei há apenas uma hora. Já lhes contei sobre os livros? São verdadeiros. São..."

"Você nos contou." Apertamos sua mão com gravidade e voltamos para fora.

Agora havia dança sob os toldos do jardim; homens velhos puxando moças jovens em círculos eternos e sem graça, casais que se mantinham nos cantos enlaçando-se de modo tortuoso e elegante – e grande número de jovens sozinhas executando danças individuais ou, por um momento, aliviando a orquestra do fardo dos

den of the banjo or the traps. By midnight the hilarity had increased. A celebrated tenor had sung in Italian, and a notorious contralto had sung in jazz, and between the numbers people were doing "stunts" all over the garden, while happy, vacuous bursts of laughter rose toward the summer sky. A pair of stage twins, who turned out to be the girls in yellow, did a baby act in costume, and champagne was served in glasses bigger than finger-bowls. The moon had risen higher, and floating in the Sound was a triangle of silver scales, trembling a little to the stiff, tinny drip of the banjoes on the lawn.

I was still with Jordan Baker. We were sitting at a table with a man of about my age and a rowdy little girl, who gave way upon the slightest provocation to uncontrollable laughter. I was enjoying myself now. I had taken two finger-bowls of champagne, and the scene had changed before my eyes into something significant, elemental, and profound.

At a lull in the entertainment the man looked at me and smiled.

"Your face is familiar," he said, politely. "Weren't you in the Third Division during the war?"

"Why, yes. I was in the Ninth Machine-gun Battalion."

"I was in the Seventh Infantry until June nineteen-eighteen. I knew I'd seen you somewhere before."

We talked for a moment about some wet, gray little villages in France. Evidently he lived in this vicinity, for he told me that he had just bought a hydroplane, and was going to try it out in the morning.

"Want to go with me, old sport? Just near the shore along the Sound."

"What time?"

"Any time that suits you best."

It was on the tip of my tongue to ask his name when Jordan looked around and smiled.

"Having a gay time now?" she inquired.

"Much better." I turned again to my new acquaintance. "This is an unusual party for me. I haven't even seen the host. I live over there..." I waved my hand at the invisible hedge in the distance, "and this man Gatsby sent over his chauffeur with an invitation." For a moment he looked at me as if he failed to understand.

"I'm Gatsby," he said suddenly.

"What!" I exclaimed. "Oh, I beg your pardon."

"I thought you knew, old sport. I'm afraid I'm not a very good host."

He smiled understandingly – much more than understandingly. It was one of those rare smiles with a quality of eternal reassurance in it, that you may come

banjos ou da percussão. À meia noite, a hilaridade aumentara. Um famoso tenor cantara em italiano, um conhecido contralto executara um jazz, e entre os números, várias pessoas mostrando suas "habilidades" por todo o jardim, enquanto súbitas explosões de riso se erguiam ao céu veranil. Um par de gêmeas de teatro, nada mais nada menos que moças vestidas de amarelo, exibiu-se com roupa de bebê, e a champanha era servida em taças maiores que cumbucas de lavanda para limpar os dedos. A lua estava mais alta e um triângulo de escamas prateadas flutuava no Estreito, tremendo ligeiramente ao som duro e metálico dos banjos sobre o gramado.

Ainda acompanhava Jordan Baker. Havíamos sentado à mesa com um homem da minha idade e com uma mocinha atrevida que, à mínima provocação, tinha acessos incontroláveis de riso. Eu agora estava me divertindo. Tinha tomado duas cumbucas de champanha, e a cena diante dos meus olhos se transformara e algo significativo, básico e profundo.

Em uma trégua, o homem olhou para mim e sorriu.

"Seu rosto é familiar", disse ele educadamente, "Você não lutou na Terceira Divisão, durante a guerra?"

"Sim. Eu pertencia ao Nono Batalhão de Infantaria."

"Estive no Sétimo Batalhão de Infantaria até 1918. Sabia que já o vira antes."

Conversamos durante algum tempo sobre as pequenas e úmidas aldeias da França. Evidentemente, morava nas ali nas vizinhanças, pois me contou que acabara de comprar um hidroavião e iria experimentá-lo na manhã seguinte.

"Quer ir comigo, meu velho? Somente perto da costa ao longo do Estreito."

"A que horas?"

"Quando for mais adequado para você."

Eu estava a ponto de perguntar seu nome quando Jordan olhou em torno e sorriu.

"Está se divertindo agora?", perguntou ela.

"Muito mais." Voltei-me outra vez para meu novo conhecido. "Esta é uma festa bastante incomum para mim. Moro ali adiante..." Com um movimento de mão, indiquei a cerca, invisível na distância. "Esse tal de Gatsby enviou seu motorista, com um convite." Por um instante, ele olhou para mim sem entender.

"Eu sou Gatsby", disse subitamente.

"Ora!", exclamei. "Ó, peço-lhe que me perdoe."

"Pensei que soubesse, meu velho. Temo não ser muito bom anfitrião."

Ele sorriu compreensivo – na verdade, foi muito mais do que isso. Foi um desses sorrisos raros, com uma qualidade de tranquilidade eterna, que você só encontra quatro ou cinco vezes em sua vida. Um sorriso que por um instante encarava

across four or five times in life. It faced – or seemed to face – the whole external world for an instant, and then concentrated on you with an irresistible prejudice in your favor. It understood you just so far as you wanted to be understood, believed in you as you would like to believe in yourself, and assured you that it had precisely the impression of you that, at your best, you hoped to convey. Precisely at that point it vanished – and I was looking at an elegant young rough-neck, a year or two over thirty, whose elaborate formality of speech just missed being absurd. Some time before he introduced himself I'd got a strong impression that he was picking his words with care.

Almost at the moment when Mr. Gatsby identified himself, a butler hurried toward him with the information that Chicago was calling him on the wire. He excused himself with a small bow that included each of us in turn.

"If you want anything just ask for it, old sport," he urged me. "Excuse me. I will rejoin you later."

When he was gone I turned immediately to Jordan – constrained to assure her of my surprise. I had expected that Mr. Gatsby would be a florid and corpulent person in his middle years.

"Who is he?" I demanded.

"Do you know?"

"He's just a man named Gatsby."

"Where is he from, I mean? And what does he do?"

"Now you're started on the subject," she answered with a wan smile. "Well, he told me once he was an Oxford man." A dim background started to take shape behind him, but at her next remark it faded away.

"However, I don't believe it."

"Why not?"

"I don't know," she insisted, "I just don't think he went there."

Something in her tone reminded me of the other girl's "I think he killed a man," and had the effect of stimulating my curiosity. I would have accepted without question the information that Gatsby sprang from the swamps of Louisiana or from the lower East Side of New York. That was comprehensible. But young men didn't – at least in my provincial inexperience I believed they didn't – drift coolly out of nowhere and buy a palace on Long Island Sound.

"Anyhow, he gives large parties," said Jordan, changing the subject with an urbane distaste for the concrete. "And I like large parties. They're so intimate. At small parties there isn't any privacy."

There was the boom of a bass drum, and the voice of the orchestra leader rang out suddenly above the echolalia of the garden.

o mundo todo – ou parecia encarar – e depois se concentrava em você com um irresistível preconceito a seu favor. Ele o compreendia na medida em que você desejava ser compreendido, acreditava em você como você mesmo gostaria de acreditar, e lhe assegurava que tinha de você exatamente a impressão que, na melhor das hipóteses, você gostaria de produzir. Precisamente nesse ponto, o sorriso se desvaneceu e encontrei-me diante de um jovem elegante e rude, de trinta e poucos anos, cuja elaborada formalidade ao falar era quase absurda. Pouco antes de se apresentar, eu tivera a impressão que ele escolhia as palavras com todo o cuidado.

Praticamente no instante em que Mr. Gatsby se identificou, um mordomo se aproximou com a informação de que havia um telefonema de Chicago à sua espera. Ele se desculpou com uma pequena reverência que incluía cada um de nós, individualmente.

"Se desejar qualquer coisa basta pedir, meu velho. Com licença, voltarei a encontrá-los mais tarde."

Quando ele se retirou, voltei-me imediatamente para Jordan, compelido a lhe revelar minha surpresa. Eu esperara que Mr. Gatsby fosse um homem de meia idade, corpulento e corado.

"Quem é ele?", perguntei.

"Você sabe?"

"É apenas um homem chamado Gatsby."

"Quero dizer, de onde ele vem? E o que ele faz?"

"Agora entrou mesmo no assunto", respondeu ela com um sorriso melancólico. "Pois bem, ele me contou que estudou em Oxford." Um fundo indistinto começou a tomar forma atrás dele, mas se dissipou diante de sua observação seguinte.

"Mas não acredito nisso."

"Por quê?"

"Não sei, apenas não acredito que ele tenha estudado lá", insistiu ela.

Algo em seu tom de voz me fez lembrar a frase da outra moça, "creio que ele matou um homem", e teve o efeito de estimular minha curiosidade. Teria aceitado sem titubear a informação de que Gatsby surgira dos pântanos de Louisiana ou do baixo East Side de Nova Iorque. Isso era compreensível. Mas homens jovens não surgem do nada e compram um palácio no Estreito de Long Island, pelo menos minha inexperiência provinciana achava difícil de acreditar.

"De qualquer modo, ele dá festas enormes", afirmou Jordan, mudando de assunto com uma refinada aversão pelo concreto. "E eu gosto de festas grandes. São tão íntimas. Não existe qualquer privacidade nas festas pequenas."

Ouviu-se o rufar de um tambor e a voz do regente da orquestra subitamente se elevou acima da cacofonia do jardim.

"Ladies and gentlemen," he cried. "At the request of Mr. Gatsby we are going to play for you Mr. Vladimir Tostoff's latest work, which attracted so much attention at Carnegie Hall last May. If you read the papers, you know there was a big sensation." He smiled with jovial condescension, and added: "Some sensation!" Whereupon everybody laughed.

"The piece is known," he concluded lustily, "as Vladimir Tostoff's Jazz History of the World."

The nature of Mr. Tostoff's composition eluded me, because just as it began my eyes fell on Gatsby, standing alone on the marble steps and looking from one group to another with approving eyes. His tanned skin was drawn attractively tight on his face and his short hair looked as though it were trimmed every day. I could see nothing sinister about him. I wondered if the fact that he was not drinking helped to set him off from his guests, for it seemed to me that he grew more correct as the fraternal hilarity increased. When the "Jazz History of the World" was over, girls were putting their heads on men's shoulders in a puppyish, convivial way; girls were swooning backward playfully into men's arms, even into groups, knowing that some one would arrest their falls – but no one swooned backward on Gatsby, and no French bob touched Gatsby's shoulder, and no singing quartets were formed with Gatsby's head for one link.

"I beg your pardon."

Gatsby's butler was suddenly standing beside us.

"Miss Baker?" he inquired. "I beg your pardon, but Mr. Gatsby would like to speak to you alone."

"With me?" she exclaimed in surprise.

"Yes, madame."

She got up slowly, raising her eyebrows at me in astonishment, and followed the butler toward the house. I noticed that she wore her evening-dress, all her dresses, like sports clothes – there was a jauntiness about her movements as if she had first learned to walk upon golf courses on clean, crisp mornings.

I was alone and it was almost two. For some time confused and intriguing sounds had issued from a long, many-windowed room which overhung the terrace. Eluding Jordan's undergraduate, who was now engaged in an obstetrical conversation with two chorus girls, and who implored me to join him, I went inside.

The large room was full of people. One of the girls in yellow was playing the piano, and beside her stood a tall, red-haired young lady from a famous chorus, engaged in song. She had drunk a quantity of champagne, and during the course of her song she had decided, ineptly, that everything was very, very sad – she was not only singing, she was weeping too. Whenever there was a pause in the song she filled it with gasping, broken sobs, and then took up the lyric again in a quavering soprano. The tears coursed down her cheeks – not freely, however, for when they came into

"Senhoras e senhores, a pedido do senhor Gatsby, vamos tocar a última obra de Mr. Vladimir Tostoff, que tamanha atenção atraiu no Carnegie Hall, no ultimo mês de maio", bradou ele. "Se vocês leem jornais, sabem que foi um enorme sucesso." Ele sorriu com jovial condescendência, e acrescentou: "Grande sensação!" Diante disso, todos riram.

"A peça é conhecida como 'A história do mundo no jazz', de Vladimir Tostoff", concluiu ele vigorosamente.

A natureza da composição de Mr. Tostoff me fugiu, pois assim que começou meus olhos pousaram em Gatsby, em pé sozinho na escadaria de mármore, a olhar de um grupo a outro com olhos de aprovação. Sua pele bronzeada dava um aspecto atraente ao seu rosto liso e seus cabelos curtos pareciam aparados todos os dias. Não consegui ver nada de sinistro nele. Imaginei se o fato de ele não beber ajudava a apartá-lo de seus convidados, pois tive a impressão de que parecia cada vez mais correto à medida que a hilaridade fraternal aumentava. Quando "A história do mundo no jazz" findou, as jovens recostaram as cabeças nos ombros dos homens, de modo afetado e sentimental; outras, mais travessas, se inclinavam nos braços dos homens, mesmo em grupos, sabendo que alguém evitaria suas quedas – mas ninguém se inclinou nos braços de Gatsby, nenhuma melindrosa tocou o ombro de Gatsby, e nenhum quarteto vocal se formou junto aos ouvidos de Gatsby.

"Peço-lhe seu perdão."

Subitamente, o mordomo de Gatsby surgiu ao nosso lado.

"Miss Baker?", perguntou ele. "Perdão, mas Mr. Gatsby gostaria de falar a sós com a senhorita."

"Comigo?", exclamou ela, surpresa.

"Sim, minha senhora."

Levantou-se devagar, atônita, ergueu as sobrancelhas para mim, e seguiu o mordomo até a casa. Notei que usava seu vestido de noite, e todas as suas roupas, como um traje esportivo – havia um desembaraço em seus movimentos como se tivesse aprendido a andar nos campos de golfe, em manhãs claras e revigorantes.

Estava sozinho e já eram quase duas horas. Por um tempo, sons confusos e intrigantes chegaram de uma sala grande, repleta de janelas, situada acima do terraço. Entrei na casa, evitando o universitário que agora se engajara numa conversação obstétrica com as duas moças do coro, e que implorara para eu me juntar a eles.

O grande salão estava cheio de gente. Uma das moças de amarelo tocava piano, e ao seu lado, cantava uma jovem ruiva, pertencente a um coro famoso. Ela bebera grande quantidade de champanha e, durante sua canção, decidira que tudo era muito, muito triste – ela não só cantava, também chorava. Sempre que havia uma pausa na música, ela a preenchia com soluços entrecortados e arfantes, em seguida retomava a música em trêmulo soprano. Lágrimas corriam pelo seu rosto – mas não corriam livremente, pois quando entravam em contato com seus cílios

contact with her heavily beaded eyelashes they assumed an inky color, and pursued the rest of their way in slow black rivulets. A humorous suggestion was made that she sing the notes on her face, whereupon she threw up her hands, sank into a chair, and went off into a deep vinous sleep.

"She had a fight with a man who says he's her husband," explained a girl at my elbow.

I looked around. Most of the remaining women were now having fights with men said to be their husbands. Even Jordan's party, the quartet from East Egg, were rent asunder by dissension. One of the men was talking with curious intensity to a young actress, and his wife, after attempting to laugh at the situation in a dignified and indifferent way, broke down entirely and resorted to flank attacks – at intervals she appeared suddenly at his side like an angry diamond, and hissed: "You promised!" into his ear.

The reluctance to go home was not confined to wayward men. The hall was at present occupied by two deplorably sober men and their highly indignant wives. The wives were sympathizing with each other in slightly raised voices.

"Whenever he sees I'm having a good time he wants to go home."

"Never heard anything so selfish in my life."

"We're always the first ones to leave."

"So are we."

"Well, we're almost the last tonight," said one of the men sheepishly. "The orchestra left half an hour ago."

In spite of the wives' agreement that such malevolence was beyond credibility, the dispute ended in a short struggle, and both wives were lifted, kicking, into the night.

As I waited for my hat in the hall the door of the library opened and Jordan Baker and Gatsby came out together. He was saying some last word to her, but the eagerness in his manner tightened abruptly into formality as several people approached him to say good-bye.

Jordan's party were calling impatiently to her from the porch, but she lingered for a moment to shake hands.

"I've just heard the most amazing thing," she whispered. "How long were we in there?"

"Why, about an hour."

"It was… simply amazing," she repeated abstractedly. "But I swore I wouldn't tell it and here I am tantalizing you." She yawned gracefully in my face: "Please come and see me… Phone book… Under the name of Mrs. Sigourney Howard… My aunt…" She was hurrying off as she talked – her brown hand waved a jaunty salute

pesados de rímel, assumiam uma cor de tinta de escrever e percorriam o resto do caminho como lentos e negros regatos. Alguém bem-humorado sugeriu que ela cantasse as notas marcadas em seu rosto. Diante disso, ela levantou as mãos para o alto, afundou em uma poltrona e caiu em sono profundo, provocado pelo vinho

"Ela brigou com um homem que alega ser o seu marido", explicou a jovem ao meu lado.

Olhei em torno. Quase todas as mulheres remanescentes brigavam com homens que se diziam seus maridos. Até o quarteto de East Egg, grupo de Jordan, dispersara-se por divergência. Com curiosa intensidade, um dos homens falava com uma jovem atriz, e sua mulher, depois de tentar rir da situação de modo digno e indiferente, perdeu totalmente as estribeiras e passou a atacar pelos flancos – de tempos em tempos, aparecia subitamente ao lado dele como uma fúria, e sibilava em seu ouvido: "Você prometeu!"

A relutância em ir embora não estava confinada aos homens volúveis. Presentemente, o salão continha dois homens deploravelmente sóbrios e suas indignadíssimas esposas. Uma se compadecia da outra em vozes ligeiramente alteradas:

"Sempre que ele vê que estou me divertindo, quer ir embora."

"Jamais ouvi nada tão egoísta, em toda minha vida."

"Sempre somos os primeiros a sair."

"Nós também."

"Mas somos quase os últimos, esta noite", disse um dos homens, timidamente. "A orquestra já saiu há meia hora."

Apesar das mulheres concordarem que era difícil acreditar em tal malevolência, a discussão terminou em uma pequena luta, e as duas mulheres foram apanhadas e levadas para fora, espernando

Enquanto eu esperava por meu chapéu no saguão, a porta da biblioteca se abriu e Jordan Baker e Gatsby saíram juntos. Ele lhe dizia algumas últimas palavras, mas a ânsia em seu comportamento subitamente se transformou em formalidade assim que várias pessoas se aproximaram dele para se despedir.

O grupo de Jordan a chamava impacientemente, do terraço, mas ela se demorou mais um instante, para apertar minha mão.

"Acabei de ouvir algo espantoso", murmurou ela. "Por quanto tempo ficamos lá dentro?"

"Bem, cerca de uma hora."

"Foi... simplesmente espantoso", repetiu ela distraída. "Mas jurei que não contaria, e cá estou, a atormentar você." Ela bocejou graciosamente no meu rosto: "Por favor, vá me visitar... Catálogo telefônico... Sob o nome de Mrs. Sigourney Howard... Minha tia..." Apressava-me para sair enquanto falava – sua mão bronzeada

as she melted into her party at the door.

Rather ashamed that on my first appearance I had stayed so late, I joined the last of Gatsby's guests, who were clustered around him. I wanted to explain that I'd hunted for him early in the evening and to apologize for not having known him in the garden.

"Don't mention it," he enjoined me eagerly. "Don't give it another thought, old sport." The familiar expression held no more familiarity than the hand which reassuringly brushed my shoulder. "And don't forget we're going up in the hydroplane tomorrow morning, at nine o'clock."

Then the butler, behind his shoulder: "Philadelphia wants you on the 'phone, sir."

"All right, in a minute. Tell them I'll be right there... good night."

"Good night."

"Good night." He smiled – and suddenly there seemed to be a pleasant significance in having been among the last to go, as if he had desired it all the time. "Good night, old sport... good night."

But as I walked down the steps I saw that the evening was not quite over. Fifty feet from the door a dozen headlights illuminated a bizarre and tumultuous scene. In the ditch beside the road, right side up, but violently shorn of one wheel, rested a new coupe which had left Gatsby's drive not two minutes before. The sharp jut of a wall accounted for the detachment of the wheel, which was now getting considerable attention from half a dozen curious chauffeurs. However, as they had left their cars blocking the road, a harsh, discordant din from those in the rear had been audible for some time, and added to the already violent confusion of the scene.

A man in a long duster had dismounted from the wreck and now stood in the middle of the road, looking from the car to the tire and from the tire to the observers in a pleasant, puzzled way.

"See!" he explained. "It went in the ditch."

The fact was infinitely astonishing to him, and I recognized first the unusual quality of wonder, and then the man – it was the late patron of Gatsby's library.

"How'd it happen?"

He shrugged his shoulders.

"I know nothing whatever about mechanics," he said decisively.

"But how did it happen? Did you run into the wall?"

"Don't ask me," said Owl Eyes, washing his hands of the whole matter. "I know very little about driving – next to nothing. It happened, and that's all I know."

acenou uma saudação elegante e ela se mesclou ao grupo que a esperava na porta.

Um tanto envergonhado por ter ficado até tão tarde em minha primeira aparição, uni-me aos últimos convidados de Gatsby, aglomerados em torno dele. Queria explicar que eu o procurara no início da noite, e me desculpar por não tê-lo reconhecido no jardim.

"Não fale nisso", recomendou ele, ansioso. "Não pense mais nisso, meu velho." A expressão familiar não continha mais familiaridade que a mão que roçou meu ombro de forma reconfortante. "E não se esqueça de que amanhã cedo, às nove horas, levantaremos voo em um hidroavião."

Nesse momento, o mordomo disse atrás de seu ombro: "Filadélfia o espera ao telefone, meu senhor."

"Certo, em um minuto. Diga-lhe que eu já vou... boa noite."

"Boa noite."

"Boa noite." Ele sorriu – e de repente parecia haver um feliz significado em ser um dos últimos a sair, como se ele houvesse desejado isso todo o tempo. "Boa noite, meu velho... boa noite."

Porém, ao descer as escadas, vi que a noite ainda não terminara por completo. A 50 pés da porta, uma dúzia de faróis iluminava uma cena turbulenta e bizarra. Na vala ao lado da estrada, com o lado direito virado para cima, violentamente privado de uma das rodas, estava um cupê novo que deixara a casa de Gatsby a menos de dois minutos. A aguda saliência do muro fora responsável pela perda da roda, que agora recebia considerável atenção por parte de meia dúzia de motoristas curiosos. Todavia, por terem deixado seus carros bloqueando o caminho, há algum tempo se ouvia o barulho áspero e dissonante dos que vinham atrás, ampliando a violenta confusão da cena.

Um homem em um longo guarda-pó descera dos escombros e agora estava no meio do caminho, olhando do carro para a roda e da roda para os curiosos, com expressão divertida e confusa.

"Vejam só!", explicava ele. "Caí na valeta."

Era infinitamente surpreendente para ele. Primeiro reconheci a rara qualidade do assombro, depois o homem – era o último ocupante da biblioteca de Gatsby.

"Como aconteceu?"

Ele encolheu os ombros.

"Não sei absolutamente nada sobre mecânica", afirmou ele com decisão.

"Mas como aconteceu? Você bateu no muro?"

"Não me pergunte", respondeu o 'Olhos de Coruja', lavando as mãos sobre o assunto. "Sei muito pouco sobre guiar – quase nada. Aconteceu, isso é tudo que sei."

"Well, if you're a poor driver you oughtn't to try driving at night."

"But I wasn't even trying," he explained indignantly, "I wasn't even trying."

An awed hush fell upon the bystanders.

"Do you want to commit suicide?"

"You're lucky it was just a wheel! A bad driver and not even *trying*!"

"You don't understand," explained the criminal. "I wasn't driving. There's another man in the car."

The shock that followed this declaration found voice in a sustained "Ah-h-h!" as the door of the coupe swung slowly open. The crowd – it was now a crowd – stepped back involuntarily, and when the door had opened wide there was a ghostly pause. Then, very gradually, part by part, a pale, dangling individual stepped out of the wreck, pawing tentatively at the ground with a large uncertain dancing shoe.

Blinded by the glare of the headlights and confused by the incessant groaning of the horns, the apparition stood swaying for a moment before he perceived the man in the duster.

"Wha's matter?" he inquired calmly. "Did we run outa gas?"

"Look!"

Half a dozen fingers pointed at the amputated wheel – he stared at it for a moment, and then looked upward as though he suspected that it had dropped from the sky.

"It came off," some one explained.

He nodded.

"At first I din' notice we'd stopped."

A pause. Then, taking a long breath and straightening his shoulders, he remarked in a determined voice:

"Wonder'ff tell me where there's a gas'line station?"

At least a dozen men, some of them little better off than he was, explained to him that wheel and car were no longer joined by any physical bond.

"Back out," he suggested after a moment. "Put her in reverse."

"But the wheel's off!"

He hesitated.

"No harm in trying," he said.

The caterwauling horns had reached a crescendo and I turned away and cut across the lawn toward home. I glanced back once. A wafer of a moon was shining

"Bem, se você é mau motorista não devia tentar dirigir à noite."

"Mas não estava tentando", explicou com indignação. "Não estava tentando."

Um silêncio de espanto caiu sobre os espectadores.

"Você queria cometer suicídio?"

"Tem sorte de ser só uma roda! Um mau motorista e nem mesmo *tentando*!"

"Vocês não compreendem", explicou o criminoso. "Eu não estava dirigindo. Há um outro homem no carro."

O choque que se seguiu a essa declaração produziu um longo "Ah-h-h!" quando a porta do cupê se abriu ligeiramente. A multidão – agora era uma multidão – recuou involuntariamente e quando a porta se abriu por completo houve um silêncio fantasmagórico. Então, muito gradativamente, um indivíduo cambaleante saiu dos escombros, experimentando o chão com um grande e incerto sapato de verniz.

Cego pelo brilho dos faróis e confuso com o incessante grunhido das buzinas, a aparição se deteve por um momento, cambaleando antes de notar a presença do homem de guarda-pó.

"O que aconteceu?", perguntou ele calmamente. "Ficamos sem gasolina?"

"Veja!"

Meia dúzia de dedos apontaram para a roda amputada – ele a observou por um instante e depois olhou diretamente para o alto, como se suspeitasse que ela tivesse caído do céu.

"Foi arrancada", explicou alguém.

Ele balançou a cabeça, concordando.

"No início, eu não notei que havíamos parado."

Uma pausa. Em seguida, respirando profundamente e endireitando os ombros, acrescentou em voz decidida:

"Será que alguém pode informar onde há um posto de gasolina?"

Pelo menos doze homens, alguns deles um pouco mais sóbrios do que ele, explicaram que carro e roda não mais estavam unidos por qualquer conexão física.

"Afastem-se", sugeriu depois de um momento. "Vamos dar marcha à ré."

"Mas está sem roda!"

Ele hesitou.

"Não custa tentar", disse ele.

A barulheira das buzinas alcançou um crescendo e eu me afastei, cruzando o gramado na direção de casa. Olhei para trás uma única vez. A lua cheia brilhava

over Gatsby's house, making the night fine as before, and surviving the laughter and the sound of his still glowing garden. A sudden emptiness seemed to flow now from the windows and the great doors, endowing with complete isolation the figure of the host, who stood on the porch, his hand up in a formal gesture of farewell.

Reading over what I have written so far, I see I have given the impression that the events of three nights several weeks apart were all that absorbed me. On the contrary, they were merely casual events in a crowded summer, and, until much later, they absorbed me infinitely less than my personal affairs.

Most of the time I worked. In the early morning the sun threw my shadow westward as I hurried down the white chasms of lower New York to the Probity Trust. I knew the other clerks and young bond-salesmen by their first names, and lunched with them in dark, crowded restaurants on little pig sausages and mashed potatoes and coffee. I even had a short affair with a girl who lived in Jersey City and worked in the accounting department, but her brother began throwing mean looks in my direction, so when she went on her vacation in July I let it blow quietly away.

I took dinner usually at the Yale Club – for some reason it was the gloomiest event of the day – and then I went up-stairs to the library and studied investments and securities for a conscientious hour. There were generally a few rioters around, but they never came into the library, so it was a good place to work. After that, if the night was mellow, I strolled down Madison Avenue, past the old Murray Hill Hotel, and over 33rd Street to the Pennsylvania Station.

I began to like New York, the racy, adventurous feel of it at night, and the satisfaction that the constant flicker of men and women and machines gives to the restless eye. I liked to walk up Fifth Avenue and pick out romantic women from the crowd and imagine that in a few minutes I was going to enter into their lives, and no one would ever know or disapprove. Sometimes, in my mind, I followed them to their apartments on the corners of hidden streets, and they turned and smiled back at me before they faded through a door into warm darkness. At the enchanted metropolitan twilight I felt a haunting loneliness sometimes, and felt it in others – poor young clerks who loitered in front of windows waiting until it was time for a solitary restaurant dinner – young clerks in the dusk, wasting the most poignant moments of night and life.

Again at eight o'clock, when the dark lanes of the Forties were five deep with throbbing taxi-cabs, bound for the theatre district, I felt a sinking in my heart. Forms leaned together in the táxis as they waited, and voices sang, and there was laughter from unheard jokes, and lighted cigarettes outlined unintelligible 70 gestures inside. Imagining that I, too, was hurrying toward gayety and sharing their intimate excitement, I wished them well.

For a while I lost sight of Jordan Baker, and then in midsummer I found her again. At first I was flattered to go places with her, because she was a golf champion, and every one knew her name. Then it was something more. I wasn't actually in

sobre a casa de Gatsby e tornava a noite tão admirável quanto antes, sobrevivente dos risos e do som do jardim ainda iluminado. Naquele momento, um vazio súbito pareceu fluir das janelas e das grandes portas, envolvendo a figura do dono da casa, que estava em pé no terraço, a mão levantada em um gesto formal de despedida.

Lendo o que escrevi até agora, vejo que dei a impressão de que os eventos de três noites, separados por várias semanas, foram os únicos que chamaram minha atenção. Ao contrário, foram eventos casuais num verão agitado e, até bem mais tarde, preocuparam-me infinitamente menos que meus afazeres particulares.

Trabalhei a maior parte do tempo. Pela manhã, o sol já projetava minha sombra na direção de ocidente enquanto, apressado, descia os brancos precipícios da parte baixa de Nova Iorque até Probity Trust. Conhecia os outros empregados e os jovens corretores de títulos pelos primeiros nomes, e almoçava com eles linguiça de porco, purê de batatas e café em escuros e cheios restaurantes. Tive até um breve namoro com uma moça que morava na cidade de Jersey e trabalhava na contabilidade, mas seu irmão começou a lançar olhares malévolos em minha direção, e quando ela saiu de férias em julho, deixei o assunto morrer tranquilamente.

Em geral, jantava no Yale Club – por alguma razão, o episódio mais sombrio do dia – depois subia as escadas para a biblioteca e, por uma hora, estudava conscienciosamente investimentos e ações. Geralmente havia alguns desordeiros por perto, mas nunca entravam na biblioteca, então era um bom lugar para se trabalhar. Mais tarde, se a noite estivesse agradável, perambulava pela Avenida Madison, pelo antigo Murray Hilton Hotel e cruzava a Rua 33 até a Estação Pennsylvania.

Comecei a gostar de Nova Iorque, da sensação estimulante e aventureira que me causava à noite, da satisfação que o brilho constante de homens, mulheres e máquinas produz nos olhos inquietos. Adorava caminhar pela Quinta Avenida, escolher mulheres românticas na multidão e imaginar que, em alguns minutos, entraria em suas vidas sem ninguém saber nem desaprovar. Certas vezes, em minha mente, seguia-as aos seus apartamentos, nas esquinas de ruas ocultas, e elas se voltavam e sorriam para mim antes de desaparecerem na cálida obscuridade duma porta. Outras vezes, no encantado crepúsculo metropolitano, sentia uma assombrada solidão que também notava em outras pessoas – pequenos empregados a passar o tempo diante das vitrines, até a hora de jantar sozinhos em um restaurante – jovens funcionários ao anoitecer, perdendo os mais pungentes momentos da noite e da vida.

Novamente às oito, quando as ruas escuras dos arredores da rua 40 ficavam atulhadas de palpitantes táxis, na direção dos teatros, sentia meu coração se confranger. Vultos se aconchegavam nos táxis enquanto esperavam, vozes cantavam, havia risos provocados por anedotas não ouvidas e cigarros acesos desenhavam formas ininteligíveis dentro deles. Imaginando que também me apressava ao encontro da alegria e compartilhar de sua íntima excitação, eu desejava que fossem felizes.

Durante certo tempo, perdi Jordan Baker de vista, e só a encontrei novamente no meio do verão. No início, fiquei envaidecido por acompanhá-la pois era campeã de golfe e todos sabiam seu nome. Depois, era mais que isso. Não era exatamen-

love, but I felt a sort of tender curiosity. The bored haughty face that she turned to the world concealed something – most affectations conceal something eventually, even though they don't in the beginning – and one day I found what it was. When we were on a house-party together up in Warwick, she left a borrowed car out in the rain with the top down, and then lied about it – and suddenly I remembered the story about her that had eluded me that night at Daisy's. At her first big golf tournament there was a row that nearly reached the newspapers – a suggestion that she had moved her ball from a bad lie in the semi-final round. The thing approached the proportions of a scandal – then died away. A caddy retracted his statement, and the only other witness admitted that he might have been mistaken. The incident and the name had remained together in my mind.

Jordan Baker instinctively avoided clever, shrewd men, and now I saw that this was because she felt safer on a plane where any divergence from a code would be thought impossible. She was incurably dishonest. She wasn't able to endure being at a disadvantage and, given this unwillingness, I suppose she had begun dealing in subterfuges when she was very young in order to keep that cool, insolent smile turned to the world and yet satisfy the demands of her hard, jaunty body.

It made no difference to me. Dishonesty in a woman is a thing you never blame deeply – I was casually sorry, and then I forgot. It was on that same house party that we had a curious conversation about driving a car. It started because she passed so close to some workmen that our fender flicked a button on one man's coat.

"You're a rotten driver," I protested. "Either you ought to be more careful, or you oughtn't to drive at all."

"I am careful."

"No, you're not."

"Well, other people are," she said lightly.

"What's that got to do with it?"

"They'll keep out of my way," she insisted. "It takes two to make an accident."

"Suppose you met somebody just as careless as yourself."

"I hope I never will," she answered. "I hate careless people. That's why I like you."

Her gray, sun-strained eyes stared straight ahead, but she had deliberately shifted our relations, and for a moment I thought I loved her. But I am slow-thinking and full of interior rules that act as brakes on my desires, and I knew that first I had to get myself definitely out of that tangle back home. I'd been writing letters once a week and signing them: "Love, Nick," and all I could think of was how, when that certain girl played tennis, a faint mustache of perspiration appeared on her

te amor, mas sentia uma espécie de terna curiosidade. O arrogante rosto entediado que ela mostrava ao mundo ocultava algo – no final, quase todas as afetações encobrem algo, mesmo que a princípio não o façam – e um dia, descobri o que era. Ao irmos juntos a uma festa em Warwick, ela deixou um carro emprestado na chuva, com a capota abaixada, e depois mentiu sobre o fato – de repente, lembrei a história que ouvira sobre ela e que me fugira aquela noite na casa de Daisy. Em seu primeiro grande torneio de golfe, houve uma confusão que quase chegou aos jornais – uma sugestão de que na volta semifinal ela movera a bola que se encontrava em posição ruim. A coisa quase tomou as proporções de um escândalo – mas depois morreu. O carregador de tacos alterou seu depoimento e a única testemunha admitiu que talvez se enganara. O incidente e o nome permaneceram juntos em minha mente.

Instintivamente, Jordan Baker evitava homens inteligentes e perspicazes, e agora eu sabia que ela agia assim por sentir-se mais segura no terreno em que qualquer divergência de um código de conduta seria considerada impensável. Ela era incuravelmente desonesta. Era incapaz de suportar uma posição de desvantagem e, por isso, suponho que tenha começado muito cedo a usar subterfúgios para manter esse sorriso frio e insolente que exibia para o mundo, ao mesmo tempo satisfazendo as demandas de seu corpo rijo e elegante.

Para mim, isso não fazia qualquer diferença. Desonestidade em uma mulher é algo que jamais se lamenta profundamente – fiquei aborrecido, de modo casual, mas depois esqueci. Nessa mesma festa, mantivemos uma curiosa conversa sobre dirigir carros. Começou porque ela passara tão perto de alguns operários, que nosso para-choque raspou o botão do casaco de um homem.

"Você é péssima motorista", protestei. "Deveria tomar mais cuidado ou deveria deixar de dirigir de uma vez por todas."

"Sou cuidadosa."

"Não, você não é."

"Bem, as outras pessoas são", disse ela despreocupadamente.

"O que isso tem a ver com o fato?"

"Elas ficarão fora do meu caminho", insistiu ela. "São necessárias duas pessoas para que aconteça um acidente."

"Suponha que encontre alguém tão negligente quanto você."

"Espero que isso nunca aconteça", respondeu ela. "Detesto gente descuidada. É por isso que eu gosto de você."

Seus olhos cinzentos, um pouco apertados por causa do sol, olharam diretamente para frente, mas ela deliberadamente alterara nossa relação, e por um momento pensei que a amava. Mas sou de raciocínio lento e cheio de regras interiores que agem como freio aos meus desejos, e sabia que primeiro precisava me livrar definitivamente da confusão que havia lá em casa. Escrevia para lá uma vez por semana e assinava as cartas: "Com amor, Nick", e tudo em que podia pensar era

upper lip. Nevertheless there was a vague understanding that had to be tactfully broken off before I was free.

Every one suspects himself of at least one of the cardinal virtues, and this is mine: I am one of the few honest people that I have ever known.

como, quando certa moça jogava tênis, uma débil camada de suor surgia sobre seu lábio superior. No entanto, havia um vago entendimento que precisava ser desfeito antes que eu pudesse me considerar livre.

Cada um de nós suspeita possuir pelo menos uma virtude básica, e a minha é a seguinte: sou um dos poucos homens honestos que já conheci.

CHAPTER 4

On Sunday morning while church bells rang in the villages alongshore, the world and its mistress returned to Gatsby's house and twinkled hilariously on his lawn.

"He's a bootlegger," said the young ladies, moving somewhere between his cocktails and his flowers. "One time he killed a man who had found out that he was nephew to Von Hindenburg and second cousin to the devil. Reach me a rose, honey, and pour me a last drop into that there crystal glass."

Once I wrote down on the empty spaces of a time-table the names of those who came to Gatsby's house that summer. It is an old time-table now, disintegrating at its folds, and headed "This schedule in effect July 5th, 1922." But I can still read the gray names, and they will give you a better impression than my generalities of those who accepted Gatsby's hospitality and paid him the subtle tribute of knowing nothing whatever about him.

From East Egg, then, came the Chester Beckers and the Leeches, and a man named Bunsen, whom I knew at Yale, and Doctor Webster Civet, who was drowned last summer up in Maine. And the Hornbeams and the Willie Voltaires, and a whole clan named Blackbuck, who always gathered in a corner and flipped up their noses like goats at whosoever came near. And the Ismays and the Chrysties (or rather Hubert Auerbach and Mr. Chrystie's wife), and Edgar Beaver, whose hair, they say, turned cotton-white one winter afternoon for no good reason at all.

Clarence Endive was from East Egg, as I remember. He came only once, in white knickerbockers, and had a fight with a bum named Etty in the garden. From farther out on the Island came the Cheadles and the O. R. P. Schraeders, and the Stonewall Jackson Abrams of Georgia, and the Fishguards and the Ripley Snells. Snell was there three days before he went to the penitentiary, so drunk out on the gravel drive that Mrs. Ulysses Swett's automobile ran over his right hand. The Dancies came, too, and S. B. Whitebait, who was well over sixty, and Maurice A. Flink, and the Hammerheads, and Beluga the tobacco importer, and Beluga's girls.

CAPÍTULO 4

Na manhã de domingo, enquanto os sinos repicavam nas cidadezinhas ao longo da costa, todos retornavam à casa de Gatsby acompanhados de suas amantes, e brilhavam alegremente em seu gramado.

"Ele é contrabandista de bebidas", disse uma das jovens movimentando-se entre seus coquetéis e suas flores. "Certa vez, matou um homem que descobriu que era sobrinho de Von Hinderburg, e primo em segundo grau do diabo. Querido, passe-me uma rosa e sirva-me um último gole naquela taça de cristal."

Uma vez, utilizei os espaços livres duma tabela de horários para escrever os nomes dos que vinham à casa de Gatsby aquele verão. É um velho horário agora, desintegrando-se nas dobras, mas o cabeçalho dizia: "Esta tabela entra em vigor em 5 de julho de 1922." Ainda consigo ler os nomes em cinza, e eles lhe darão uma impressão melhor a respeito das minhas generalidades dos que aceitavam a hospitalidade de Gatsby, a pagar-lhe o tributo de não saber nada sobre a sua pessoa.

De East Egg, vinham os Chester Beckers e os Leeches, e um homem chamado Bunsen, que conhecera em Yale, e o Doutor Webster Civet, que se afogou no Maine no último verão. E os Hornbeams e os Willie Voltaire, e todo um clã de nome Blackbuck, cujos membros sempre se reuniam num canto e levantavam o nariz como bodes quando alguém se aproximava deles. E os Ismays e os Chrysties (ou melhor, Hubert Auerbach e a esposa de Mr. Chrystie), e Edgar Beaver, cujo cabelo, diziam, tornou-se branco como algodão em uma tarde de inverno sem razão nenhuma.

Clarence Endive era de East Egg, pelo que me lembro. Apareceu apenas uma vez, vestido com um calção curto branco e brigou no jardim com um vagabundo chamado Etty. De locais mais distantes da Ilha, vinham os Cheadles e os O. R. P. Schraeders, e os Stonewall Jackson Abrams da Geórgia, os Fishguards e os Ripley Snells. Snell lá estava, três dias antes de ser preso, tão bêbado na alameda de cascalho que o automóvel de Mrs. Ulysses Swett passou por cima de sua mão direita. Os Dancies também vinham, e S. B. Whitebait, que tinha mais de sessenta anos, e Maurice A. Flink, os Hammerheads, e Beluga, importador de tabaco, e suas filhas.

From West Egg came the Poles and the Mulreadys and Cecil Roebuck and Cecil Schoen and Gulick the state senator and Newton Orchid, who controlled "Films Par Excellence", and Eckhaust and Clyde Cohen and Don S. Schwartze (the son) and Arthur McCarty, all connected with the movies in one way or another. And the Catlips and the Bembergs and G. Earl Muldoon, brother to that Muldoon who afterward strangled his wife. Da Fontano the promoter came there, and Ed Legros and James B. ("Rot-Gut.") Ferret and the De Jongs and Ernest Lilly – they came to gamble, and when Ferret wandered into the garden it meant he was cleaned out and Associated Traction would have to fluctuate profitably next day.

A man named Klipspringer was there so often and so long that he became known as "the boarder" – I doubt if he had any other home. Of theatrical people there were Gus Waize and Horace O'donavan and Lester Meyer and George Duckweed and Francis Bull. Also from New York were the Chromes and the Backhyssons and the Dennickers and Russel Betty and the Corrigans and the Kellehers and the Dewars and the Scullys and S. W. Belcher and the Smirkes and the young Quinns, divorced now, and Henry L. Palmetto, who killed himself by jumping in front of a subway train in Times Square.

Benny McClenahan arrived always with four girls. They were never quite the same ones in physical person, but they were so identical one with another that it inevitably seemed they had been there before. I have forgotten their names – Jaqueline, I think, or else Consuela, or Gloria or Judy or June, and their last names were either the melodious names of flowers and months or the sterner ones of the great American capitalists whose cousins, if pressed, they would confess themselves to be.

In addition to all these I can remember that Faustina O'brien came there at least once and the Baedeker girls and young Brewer, who had his nose shot off in the war, and Mr. Albrucksburger and Miss Haag, his fiancee, and Ardita Fitz-Peters and Mr. P. Jewett, once head of the American Legion, and Miss Claudia Hip, with a man reputed to be her chauffeur, and a prince of something, whom we called Duke, and whose name, if I ever knew it, I have forgotten.

All these people came to Gatsby's house in the summer.

At nine o'clock, one morning late in July, Gatsby's gorgeous car lurched up the rocky drive to my door and gave out a burst of melody from its three-noted horn. It was the first time he had called on me, though I had gone to two of his parties, mounted in his hydroplane, and, at his urgent invitation, made frequent use of his beach.

"Good morning, old sport. You're having lunch with me today and I thought we'd ride up together."

He was balancing himself on the dashboard of his car with that resourcefulness of movement that is so peculiarly American – that comes, I suppose, with the absence of lifting work or rigid sitting in youth and, even more, with the formless grace of our nervous, sporadic games. This quality was continually breaking

De West Egg vinham os Poles e os Mulreadys e Cecil Roebuck e Cecil Schoen e Gulick, o senador do Estado, e Newton Orchid, que controlava a "Films Par Excellence", e Eckhaust e Clyde Cohen e Don S. Schwartze (o filho) e Arthur McCarty, todos ligados à indústria do cinema, de uma forma ou outra. E os Catlips e os Bembergs e G. Earl Muldoon, irmão daquele Muldoon que mais tarde estrangulou a mulher. O empresário Da Fontano também aparecia por lá, e Ed Legros e James B. ("Tripa-Podre") Ferret e os De Jongs e Ernest Lilly – eles iam para jogar, e quando Ferret passeava pelo jardim, isso significava que ele fora completamente limpo, e a Associação Traction teria que flutuar proveitosamente no dia seguinte.

Um homem chamado Klipspringer era encontrado ali com tanta frequência e se demorava por tanto tempo que se tornou conhecido como "o pensionista" – duvido que ele tivesse uma outra casa. Da gente de teatro, havia Gus Waize e Horace O'donavan e Lester Meyer e George Duckweed e Francis Bull. Também de Nova Iorque, havia os Chromes e os Backhyssons e os Dennickers e Russel Betty e os Corrigans e os Kellehers e os Dewars e os Scullys e S. W. Belcher e os Smirkes e os jovens Quinns, que agora estão divorciados, e Henry L. Palmetto, que se matou atirando-se na frente de um trem do metrô em Times Square.

Benny McClenahan sempre chegava com quatro garotas. Como pessoas físicas, nem sempre eram as mesmas, mas eram tão idênticas que inevitavelmente davam a impressão de já terem estado lá antes. Esqueci os seus nomes – Jaqueline, creio eu, ou Consuela, ou Glória ou Judy ou June, e seus sobrenomes eram melodiosos nomes de flores e de meses, ou nomes mais severos, de grandes capitalistas americanos, dos quais, se pressionadas, confessariam ser primas.

Além desses, lembro-me de que Faustina O'brien compareceu pelo menos uma vez, e as jovens Baedeker e o jovem Brewer, que teve seu nariz arrancado por um tiro na guerra, e Mr. Albrucksburger e Miss Haag, sua noiva, e Ardita Fitz-Peters e Mr. P. Jewett, que fora presidente da Legião Americana, e Miss Cláudia Hip, com um homem que tinha a fama de ser seu motorista, e um príncipe de algum lugar, a quem chamávamos Duque, cujo nome me esqueci, se é que já o soube algum dia.

Todas essas pessoas frequentavam a casa de Gatsby no verão.

Às nove horas de uma manhã no final de julho, o belo carro de Gatsby subiu o caminho de cascalho que levava à minha casa e produziu uma ruidosa melodia com sua buzina de três notas. Era a primeira vez que ele me visitava, apesar de eu ter comparecido a duas de suas festas, voado em seu hidroavião e, atendendo os seus insistentes convites, usado frequentemente sua praia.

"Bom dia, meu velho. Você vai almoçar comigo hoje e pensei que podíamos dar um passeio, juntos."

Ele estava se balançando sobre o para-lama do carro, com aquele desembaraço de movimentos que é tão peculiar aos americanos – que surge, suponho eu, da ausência de trabalhos pesados ou de sentar rigidamente na juventude e, ainda mais, da graça informe de nossos jogos esporádicos e nervosos. Essa qualidade se

through his punctilious manner in the shape of restlessness. He was never quite still; there was always a tapping foot somewhere or the impatient opening and closing of a hand.

He saw me looking with admiration at his car.

"It's pretty, isn't it, old sport?" He jumped off to give me a better view. "Haven't you ever seen it before?"

I'd seen it. Everybody had seen it. It was a rich cream color, bright with nickel, swollen here and there in its monstrous length with triumphant hat-boxes and supper-boxes and tool-boxes, and terraced with a labyrinth of wind-shields that mirrored a dozen suns. Sitting down behind many layers of glass in a sort of green leather conservatory, we started to town.

I had talked with him perhaps half a dozen times in the past month and found, to my disappointment, that he had little to say. So my first impression, that he was a person of some undefined consequence, had gradually faded and he had become simply the proprietor of an elaborate road-house next door.

And then came that disconcerting ride. We hadn't reached West Egg village before Gatsby began leaving his elegant sentences unfinished and slapping himself indecisively on the knee of his caramel-colored suit.

"Look here, old sport," he broke out surprisingly. "What's your opinion of me, anyhow?" A little overwhelmed, I began the generalized evasions which that question deserves.

"Well, I'm going to tell you something about my life," he interrupted. "I don't want you to get a wrong idea of me from all these stories you hear."

So he was aware of the bizarre accusations that flavored conversation in his halls.

"I'll tell you God's truth." His right hand suddenly ordered divine retribution to stand by. "I am the son of some wealthy people in the Middle West – all dead now. I was brought up in America but educated at Oxford, because all my ancestors have been educated there for many years. It is a family tradition."

He looked at me sideways – and I knew why Jordan Baker had believed he was lying. He hurried the phrase "educated at Oxford," or swallowed it, or choked on it, as though it had bothered him before. And with this doubt, his whole statement fell to pieces, and I wondered if there wasn't something a little sinister about him, after all.

"What part of the Middle West?" I inquired casually.

"San Francisco."

"I see."

revelava continuamente em seus modos meticulosos, na forma de inquietação. Ele jamais permanecia completamente quieto; sempre havia um pé batendo em algum lugar ou o movimento impaciente de abrir e fechar a mão.

Ele notou que eu olhava para o seu carro com admiração.

"Bonito, não acha, meu velho?" Ele saltou do para-lama para me proporcionar uma vista melhor. "Você ainda não o conhecia?"

Eu já o vira. Todos tinham visto. Era duma rica cor de creme, cintilante de metais, estofado aqui e ali em seu monstruoso comprimento com triunfantes compartimentos para chapéus, supercompartimentos, caixas de ferramentas, dotado dum labirinto de para-brisas que refletiam uma dúzia de sóis. Partimos para a cidade, sentados atrás de várias camadas de vidro numa espécie de estufa de couro verde.

Conversara com ele talvez meia dúzia de vezes no último mês e, para meu desapontamento, descobri que ele tinha pouco a dizer. Assim, minha primeira impressão, de ele ser uma pessoa de certa importância, desvaneceu gradualmente e ele se tornou apenas o dono duma elaborada casa de beira de estrada ao lado da minha.

E então, veio aquele passeio desconcertante. Ainda não tínhamos chegado a West Egg quando Gatsby começou a deixar inacabadas suas frases elegantes e, indeciso, passou a dar palmadas no joelho de seu terno cor de caramelo.

"Bem, meu velho", disparou ele, surpreendentemente. "Afinal, qual é sua opinião sobre mim? Um pouco espantado, comecei com as evasivas generalizadas que essa pergunta merece.

"Bem, vou lhe contar algo de minha vida", interrompeu ele. "Não quero que tenha uma ideia errada sobre mim, após todas as histórias que você tem ouvido."

Portanto, ele sabia das bizarras acusações que apimentavam as conversas em seus salões.

"O que vou lhe contar é a mais pura verdade." Sua mão direita subitamente se ergueu como se buscasse o testemunho divino. "Sou filho duma família rica do Centro Oeste – todos já falecidos. Cresci na América, mas eduquei-me em Oxford pois há anos todos os meus ancestrais são educados lá. É uma tradição da família."

Ele me lançou um olhar de soslaio – e eu soube por que Jordan Baker acreditava que ele mentia. Ele apressara a expressão "educado em Oxford", a engolira ou engasgara nela como se já o tivesse incomodado antes. E com essa dúvida, todo seu relato desmoronou e perguntei a mim mesmo se não havia algo de sinistro nele, afinal das contas.

"De que parte do Centro Oeste?", perguntei eu, casualmente.

"De São Francisco."

"Entendo."

"My family all died and I came into a good deal of money."

His voice was solemn, as if the memory of that sudden extinction of a clan still haunted him. For a moment I suspected that he was pulling my leg, but a glance at him convinced me otherwise.

"After that I lived like a young rajah in all the capitals of Europe – Paris, Venice, Rome – collecting jewels, chiefly rubies, hunting big game, painting a little, things for myself only, and trying to forget something very sad that had happened to me long ago."

With an effort I managed to restrain my incredulous laughter. The very phrases were worn so threadbare that they evoked no image except that of a turbaned "character" leaking sawdust at every pore as he pursued a tiger through the Bois de Boulogne.

"Then came the war, old sport. It was a great relief, and I tried very hard to die, but I seemed to bear an enchanted life. I accepted a commission as first lieutenant when it began. In the Argonne Forest I took two machine-gun detachments so far forward that there was a half mile gap on either side of us where the infantry couldn't advance. We stayed there two days and two nights, a hundred and thirty men with sixteen Lewis guns, and when the infantry came up at last they found the insignia of three German divisions among the piles of dead. I was promoted to be a major, and every Allied government gave me a decoration – even Montenegro, little Montenegro down on the Adriatic Sea!"

Little Montenegro! He lifted up the words and nodded at them – with his smile. The smile comprehended Montenegro's troubled history and sympathized with the brave struggles of the Montenegrin people. It appreciated fully the chain of national circumstances which had elicited this tribute from Montenegro's warm little heart. My incredulity was submerged in fascination now; it was like skimming hastily through a dozen magazines.

He reached in his pocket, and a piece of metal, slung on a ribbon, fell into my palm. "That's the one from Montenegro."

To my astonishment, the thing had an authentic look.

"*Orderi di Danilo*," ran the circular legend, "Montenegro, Nicolas Rex."

"Turn it."

"Major Jay Gatsby", I read, "For Valour Extraordinary."

"Here's another thing I always carry. A souvenir of Oxford days. It was taken in Trinity Quad – the man on my left is now the Earl of Dorcaster."

It was a photograph of half a dozen young men in blazers loafing in an archway through which were visible a host of spires. There was Gatsby, looking a little, not much, younger – with a cricket bat in his hand.

Then it was all true. I saw the skins of tigers flaming in his palace on the

"Toda minha família morreu e eu herdei uma boa quantia de dinheiro."

Sua voz era solene, como se a memória dessa súbita extinção de um clã ainda o assombrasse. Por um instante, suspeitei que ele estivesse brincando comigo, mas um olhar de esguelha me convenceu do contrário.

Depois disso, vivi como um jovem rajá em todas as capitais da Europa – Paris, Veneza, Roma – colecionando jóias, principalmente rubis, caçando animais de grande porte, pintando um pouco, coisas apenas para mim mesmo, tentando esquecer algo muito triste que me aconteceu há muito tempo."

Com esforço, consegui reprimir meu riso incrédulo. As frases eram tão gastas e esfarrapadas que não evocavam imagem alguma, exceto a de um "personagem" de turbante, perdendo serragem por todos os poros ao caçar tigres no Bois de Boulogne.

"Então veio a guerra, meu velho. Foi um grande alívio e fiz todo o possível para morrer, mas parece que minha vida era enfeitiçada. Logo no início, aceitei um cargo de primeiro tenente. Na Floresta de Argonne, levei dois destacamentos de artilharia para tão longe que ficou um espaço de 800 metros de cada lado de nosso grupo, por onde a infantaria não podia avançar. Permanecemos ali durante dois dias e duas noites. Éramos 130 homens com 16 metralhadoras, e quando finalmente a infantaria se juntou a nós, encontrou as insígnias de três batalhões alemães entre as pilhas de cadáveres. Fui promovido a major, e todos os governos Aliados me condecoraram – até o pequeno Montenegro, no Mar Adriático!"

O pequeno Montenegro! Ele ergueu as palavras e as cumprimentou com seu sorriso. Um sorriso que compreendia a turbulenta história de Montenegro e se compadecia das bravas lutas de seu povo. Apreciava totalmente a cadeia de circunstâncias nacionais que produzira esse tributo dos cálidos coraçõezinhos montenegrinos. Minha incredulidade se transformou em fascinação; era como se eu folheasse rapidamente uma dúzia de revistas.

Ele procurou algo no bolso, e uma peça de metal, pendurada em uma fita, caiu na palma da minha mão. "Esta é a condecoração de Montenegro."

Para espanto meu, a coisa parecia autêntica.

"*Orderi di Danilo*", dizia a legenda circular, "Montenegro, Nicolas Rex."

"Vire do outro lado."

"Major Jay Gatsby", eu li, "Por Extraordinário Valor."

"Eis outra coisa que carrego sempre. Uma lembrança dos dias de Oxford. Foi tirada em Trinity Quad – o homem à minha esquerda agora é o Conde de Dorcaster."

Era uma fotografia de meia dúzia de rapazes em paletós esportes, passando por um arco através do qual se viam uma série de torres. Lá estava Gatsby, parecendo um pouco, mas não muito, mais jovem, tendo na mão um bastão de críquete.

Pois então, era tudo verdade. Vi as peles de tigres brilhando em seu palácio

Grand Canal; I saw him opening a chest of rubies to ease, with their crimson-lighted depths, the gnawings of his broken heart.

"I'm going to make a big request of you today," he said, pocketing his souvenirs with satisfaction, "so I thought you ought to know something about me. I didn't want you to think I was just some nobody. You see, I usually find myself among strangers because I drift here and there trying to forget the sad thing that happened to me." He hesitated. "You'll hear about it this afternoon."

"At lunch?"

"No, this afternoon. I happened to find out that you're taking Miss Baker to tea."

"Do you mean you're in love with Miss Baker?"

"No, old sport, I'm not. But Miss Baker has kindly consented to speak to you about this matter."

I hadn't the faintest idea what "this matter." was, but I was more annoyed than interested. I hadn't asked Jordan to tea in order to discuss Mr. Jay Gatsby. I was sure the request would be something utterly fantastic, and for a moment I was sorry I'd ever set foot upon his overpopulated lawn.

He wouldn't say another word. His correctness grew on him as we neared the city. We passed Port Roosevelt, where there was a glimpse of red-belted ocean-going ships, and sped along a cobbled slum lined with the dark, undeserted saloons of the faded-gilt nineteen-hundreds. Then the valley of ashes opened out on both sides of us, and I had a glimpse of Mrs. Wilson straining at the garage pump with panting vitality as we went by.

With fenders spread like wings we scattered light through half Long Island City – only half, for as we twisted among the pillars of the elevated I heard the familiar "jug – jug – spat!" of a motorcycle, and a frantic policeman rode alongside.

"All right, old sport", called Gatsby. We slowed down. Taking a white card from his wallet, he waved it before the man's eyes.

"Right you are," agreed the policeman, tipping his cap. "Know you next time, Mr. Gatsby. Excuse me!"

"What was that?" I inquired. "The picture of Oxford?"

"I was able to do the commissioner a favour once and he sends me a Christmas card every year."

Over the great bridge, with the sunlight through the girders making a constant flicker upon the moving cars, with the city rising up across the river in white heaps and sugar lumps all built with a wish out of non-olfactory money. The city seen from the Queensboro Bridge is always the city seen for the first time, in its first wild promise of all the mystery and the beauty in the world.

no Grande Canal; eu o vi abrindo um cofre repleto de rubis, com seus profundos fulgores rubros; o tormento de seu coração partido.

"Hoje vou lhe pedir um imenso favor", disse ele guardando no bolso suas lembranças, com grande satisfação. "Por isso, pensei que você deveria saber algo sobre mim. Não queria que pensasse que sou um joão-ninguém. Em geral, cerco-me de estranhos porque ando de um lado para outro tentando esquecer a grande tristeza que me aconteceu." Ele hesitou. "Esta tarde você vai saber do que se trata."

"Durante o almoço?"

"Não, esta tarde. Acontece que descobri que você levará Miss Baker para tomar chá."

"Está tentando dizer que está apaixonado por Miss Baker?"

"Não, meu velho. Mas Miss Baker gentilmente consentiu em conversar com você sobre esse assunto."

Não tinha a menor ideia de qual fosse "esse assunto", mas fiquei mais aborrecido do que interessado. Não convidara Miss Baker para o chá com a finalidade de discutir Mr. Jay Gatsby. Estava certo de que o favor seria algo absolutamente fantástico, e por um momento lamentei ter frequentado seu gramado superpopulado.

Recusou-se a dizer algo mais. Sua correção cresceu à medida que nos aproximávamos da cidade. Passamos Port Roosevelt, onde pudemos ver os navios com faixas vermelhas que seguiam para o oceano, e seguimos rapidamente por uma rua calçada, ladeada de bares escuros e cheios, lembrando os desvanecidos anos do início do século. Então, o vale das cinzas se abriu de ambos os lados e, ao passarmos, tive um vislumbre de Mrs. Wilson a manobrar energicamente a bomba da oficina.

Com para-lamas abertos como asas, espalhamos brilho por meia Long Island City – apenas metade, pois ao contornarmos as colunas do trem elevado, ouvi o ruído familiar de uma motocicleta e um frenético policial emparelhou conosco.

"Muito bem, meu velho", gritou Gatsby. Diminuímos a velocidade até parar. Ele retirou um cartão branco da carteira e o agitou diante dos olhos do homem.

"Certo", concordou o policial, tocando em seu boné. "Vou reconhecê-lo da próxima vez, Mr. Gatsby. Mil perdões!"

"O que foi isso? A fotografia de Oxford?", perguntei eu.

"Fui capaz de fazer um favor ao comissário certa vez e todos os anos ele me manda um cartão de Natal."

Cruzamos a grande ponte, com o sol através das vigas a lançar constantes lampejos sobre os carros em movimento, com a cidade a se erguer além do rio, como brancos de torrões de açúcar, construída com um desejo que não levava em conta o dinheiro. A cidade vista da Ponte Queensboro é sempre vislumbrada pela primeira vez em sua selvagem promessa de revelar todos os mistérios e belezas do mundo.

A dead man passed us in a hearse heaped with blooms, followed by two carriages with drawn blinds, and by more cheerful carriages for friends. The friends looked out at us with the tragic eyes and short upper lips of southeastern Europe, and I was glad that the sight of Gatsby's splendid car was included in their sombre holiday. As we crossed Blackwell's Island a limousine passed us, driven by a white chauffeur, in which sat three modish negroes, two bucks and a girl. I laughed aloud as the yolks of their eyeballs rolled toward us in haughty rivalry.

"Anything can happen now that we've slid over this bridge," I thought; "anything at all…"

Even Gatsby could happen, without any particular wonder.

Roaring noon. In a well – fanned Forty-second Street cellar I met Gatsby for lunch. Blinking away the brightness of the street outside, my eyes picked him out obscurely in the anteroom, talking to another man.

"Mr. Carraway, this is my friend Mr. Wolfsheim."

A small, flat-nosed Jew raised his large head and regarded me with two fine growths of hair which luxuriated in either nostril. After a moment I discovered his tiny eyes in the half-darkness.

"… So I took one look at him", said Mr. Wolfsheim, shaking my hand earnestly, "and what do you think I did?"

"What?" I inquired politely.

But evidently he was not addressing me, for he dropped my hand and covered Gatsby with his expressive nose.

"I handed the money to Katspaugh and I said: 'all right, Katspaugh, don't pay him a penny till he shuts his mouth.' He shut it then and there."

Gatsby took an arm of each of us and moved forward into the restaurant, whereupon Mr. Wolfsheim swallowed a new sentence he was starting and lapsed into a somnambulatory abstraction.

"Highballs?" asked the head waiter.

"This is a nice restaurant here", said Mr. Wolfsheim, looking at the Presbyterian nymphs on the ceiling. "But I like across the street better!"

"Yes, highballs," agreed Gatsby, and then to Mr. Wolfsheim: "It's too hot over there."

"Hot and small – yes," said Mr. Wolfsheim, "but full of memories."

"What place is that?" I asked. "The old Metropole."

"The old Metropole," brooded Mr. Wolfsheim gloomily. "Filled with faces dead and gone. Filled with friends gone now forever. I can't forget so long as I live the night they shot Rosy Rosenthal there. It was six of us at the table, and Rosy had

Um cadáver passou por nós num ataúde coberto de flores, seguido por duas carruagens com cortinas fechadas e outras mais joviais para os amigos. Estes nos fitaram com olhos trágicos e pequenos lábios superiores do sudeste europeu, e alegrei-me pelo fato da visão do esplêndido carro de Gatsby ter sido incluída em seu feriado sombrio. Ao cruzarmos a Ilha de Blackwell, uma limusine, conduzida por um motorista branco nos ultrapassou, e levava três negros na última moda, dois rapagões e uma moça. Ri alto ao revirarem os olhos e nos olharem com arrogante rivalidade.

"Tudo pode acontecer agora que passamos por esta ponte. Absolutamente tudo...", pensei eu.

Até Gatsby podia acontecer, sem qualquer espanto especial.

Meio-dia vibrante. Em um porão – uma adega bem arejada na Rua 42, encontrei Gatsby para o almoço. Piscando, ofuscado com a claridade da rua, meus olhos o encontraram na penumbra da antessala, conversando com outro homem.

"Mr. Carraway, este é meu amigo, Mr. Wolfsheim."

Um judeu pequeno, de nariz achatado, levantou sua grande cabeça e me fitou com dois luxuriantes tufos de pelos saindo pelas narinas. Após um instante, descobri seus olhos minúsculos na semi-obscuridade.

"...então dei uma olhada nele, e o que acha que fiz?", disse Mr. Wolfsheim, sacudindo vigorosamente minha mão.

"O quê?", perguntei eu, polido.

Mas, evidentemente, ele não se dirigia a mim, pois largou minha mão e cobriu Gatsby com seu nariz expressivo.

"Entreguei o dinheiro a Katspaugh e disse: 'Muito bem, Katspaugh, não lhe pague um centavo até ele fechar a boca'. Ele se calou no mesmo instante."

Gatsby nos tomou a ambos pelo braço e entrou no restaurante, onde o senhor Wolfsheim engoliu a sentença seguinte que iniciara e caiu em uma abstração sonambúlica.

"Uísques com gelo?", perguntou o maître.

"Eis um restaurante agradável", declarou Mr. Wolfsheim, admirando as ninfas presbiterianas pintadas no teto. "Mas prefiro o que fica do outro lado da rua!"

"Sim, uísques com gelo", concordou Gatsby, e depois, dirigindo-se a Mr. Wolfsheim disse, "Ele é quente demais."

"Quente e pequeno – sim, mas cheio de memórias", falou Mr. Wolfsheim.

"Que lugar é esse?", perguntei eu. "O velho Metrópole."

"O velho Metrópole", murmurou sombriamente Mr. Wolfsheim. "Repleto de rostos mortos e esquecidos, de amigos perdidos para sempre. Enquanto viver, não me esquecerei da noite em que atiraram em Rosy Rosenthal lá. Éramos seis à mesa,

eat and drunk a lot all evening. When it was almost morning the waiter came up to him with a funny look and says somebody wants to speak to him outside. 'all right,' says Rosy, and begins to get up, and I pulled him down in his chair.

"'Let the bastards come in here if they want you, Rosy, but don't you, so help me, move outside this room'. It was four o'clock in the morning then, and if we'd of raised the blinds we'd of seen daylight."

"Did he go?" I asked innocently.

"Sure he went." Mr. Wolfsheim's nose flashed at me indignantly. "He turned around in the door and says: 'Don't let that waiter take away my coffee!' Then he went out on the sidewalk, and they shot him three times in his full belly and drove away."

"Four of them were electrocuted," I said, remembering.

"Five, with Becker." His nostrils turned to me in an interested way. "I understand you're looking for a business gonnegtion."

The juxtaposition of these two remarks was startling. Gatsby answered for me:

"Oh, no," he exclaimed, "this isn't the man."

"No?" Mr. Wolfsheim seemed disappointed.

"This is just a friend. I told you we'd talk about that some other time."

"I beg your pardon," said Mr. Wolfsheim, "I had a wrong man."

A succulent hash arrived, and Mr. Wolfsheim, forgetting the more sentimental atmosphere of the old Metropole, began to eat with ferocious delicacy. His eyes, meanwhile, roved very slowly all around the room – he completed the arc by turning to inspect the people directly behind. I think that, except for my presence, he would have taken one short glance beneath our own table.

"Look here, old sport", said Gatsby, leaning toward me, "I'm afraid I made you a little angry this morning in the car."

There was the smile again, but this time I held out against it.

"I don't like mysteries", I answered. "And I don't understand why you won't come out frankly and tell me what you want. Why has it all got to come through Miss Baker?"

"Oh, it's nothing underhand," he assured me. "Miss Baker's a great sportswoman, you know, and she'd never do anything that wasn't all right."

Suddenly he looked at his watch, jumped up, and hurried from the room, leaving me with Mr. Wolfsheim at the table.

"He has to telephone," said Mr. Wolfsheim, following him with his eyes. "Fine fellow, isn't he? Handsome to look at and a perfect gentleman."

e Rosy comera e bebera bastante toda a noite. Já estava a amanhecer quando o garçom chegou com um olhar engraçado e disse que alguém queria lhe falar lá fora. 'Certo', respondeu Rosy começando a se levantar. Eu o puxei de volta para a cadeira.

"'Esses bastardos que venham aqui se quiserem falar com você, mas Rosy, por favor, de modo algum saia desta sala'. Já eram quatro da madrugada, e se abríssemos as cortinas veríamos a luz do dia."

"Ele saiu?", perguntei inocentemente.

"Certamente que sim." O nariz de Mr. Wolfsheim relampejou para mim, indignado. "Quando chegou à porta, ele se voltou e disse: 'Não deixem esse garçom levar embora meu café!' Em seguida, saiu para a calçada. Atiraram três vezes em sua barriga e fugiram."

"Quatro deles morreram na cadeira elétrica", disse eu, me lembrando.

"Cinco, com Becker." Suas narinas se viraram para mim, de um modo interessante. "Soube que está procurando uma ligação comercial."

A justaposição dessas duas observações era espantosa. Gatsby respondeu por mim:

"Ó, não, não é ele", exclamou.

"Não?", Mr. Wolfsheim pareceu desapontado.

"É apenas um amigo. Já lhe disse que falaríamos disso em outra ocasião."

"Peço desculpas", disse Mr. Wolfsheim, "Julguei ser outra pessoa."

Um suculento guisado de carne foi servido e, esquecendo-se da atmosfera mais sentimental do velho Metrópole, Mr. Wolfsheim começou a comer com feroz delicadeza. Enquanto isso, seus olhos percorriam vagarosamente toda a sala – completou o arco voltando a inspecionar as pessoas exatamente atrás dele. Creio que, se não fosse pela minha presença, também teria examinado debaixo de nossa mesa.

"Olhe aqui, meu velho", disse Gatsby, inclinando-se para mim, "acho que eu o irritei um pouco esta manhã no carro."

Aquele sorriso novamente, mas dessa vez me mantive em guarda contra ele.

"Eu não gosto de mistérios", respondi. "E eu não compreendo o porquê de você não dizer francamente o que quer. Por que tudo tem que passar através de Miss Baker?"

"Ó, não é nada secreto", asseverou ele. "Você sabe que Miss Baker é uma grande esportista e jamais faria nada errado."

Subitamente, ele olhou o relógio, teve um sobressalto, levantou-se e saiu do restaurante deixando-me na mesa com Mr. Wolfsheim.

"Ele não tem telefone", disse Mr. Wolfsheim, seguindo-o com os olhos. "Ótimo sujeito, não acha? Bonito de se ver, e um perfeito cavalheiro."

"Yes."

"He's an *Oggsford* man."

"Oh!"

"He went to *Oggsford* in England. You know *Oggsford* College?"

"I've heard of it."

"It's one of the most famous colleges in the world."

"Have you known Gatsby for a long time?" I inquired.

"Several years," he answered in a gratified way. "I made the pleasure of his acquaintance just after the war. But I knew I had discovered a man of fine breeding after I talked with him an hour. I said to myself: 'There's the kind of man you'd like to take home and introduce to your mother and sister'." He paused. "I see you're looking at my cuff buttons." I hadn't been looking at them, but I did now.

They were composed of oddly familiar pieces of ivory.

"Finest specimens of human molars," he informed me.

"Well!" I inspected them. "That's a very interesting idea."

"Yeah." He flipped his sleeves up under his coat. "Yeah, Gatsby's very careful about women. He would never so much as look at a friend's wife."

When the subject of this instinctive trust returned to the table and sat down Mr. Wolfsheim drank his coffee with a jerk and got to his feet.

"I have enjoyed my lunch," he said, "and I'm going to run off from you two young men before I outstay my welcome."

"Don't hurry, Meyer," said Gatsby, without enthusiasm. Mr. Wolfsheim raised his hand in a sort of benediction.

"You're very polite, but I belong to another generation," he announced solemnly. "You sit here and discuss your sports and your young ladies and your…" He supplied an imaginary noun with another wave of his hand. "As for me, I am fifty years old, and I won't impose myself on you any longer."

"Sim."

"Ele é um homem de *Oggsford*.³"

"Ó!"

"Estudou em *Oggsford* na Inglaterra. Conhece a Faculdade de *Oggsford*?"

"Já ouvi falar."

"É uma das universidades mais famosas do mundo."

"Conhece Gatsby há muito tempo?", indaguei eu.

"Há vários anos", respondeu ele satisfeito. "Tive o prazer de conhecê-lo logo após a guerra. Após conversar com ele por uma hora, sabia que descobrira um homem de fina educação. Disse a mim mesmo: 'Esse é o tipo de homem que você gostaria de levar para casa e apresentar à sua mãe e irmã'." Ele fez uma pausa. "Vejo que está observando minhas abotoaduras." Eu não estava, mas então olhei para elas.

Eram feitas de peças de marfim estranhamente familiares.

"Os mais finos espécimes de molares humanos", informou ele.

"Ora!" Eu as examinei. "Essa é uma ideia muito interessante."

"Sem dúvida." E enfiou as mangas no casaco. "Gatsby é muito cuidadoso com relação às mulheres. Jamais lançou um único olhar para a mulher de um amigo."

Quando o assunto dessa confiabilidade instintiva voltou à mesa e se assentou, Mr. Wolfsheim bebeu seu café e de repente ficou em pé.

"Gostei muito do almoço, mas vou deixá-los, meus jovens, antes que minha presença se torne indesejável."

"Não se apresse, Meyer", falou Gatsby sem entusiasmo. Mr. Wolfsheim ergueu a mão em uma espécie de bênção.

"Você é muito gentil, mas pertenço a outra geração", anunciou ele solenemente. "Fiquem aí e discutam seus assuntos esportivos, suas namoradas e suas..." Ele substituiu o substantivo imaginário por outro gesto de mão. "Quanto a mim, tenho 50 anos e não vou impor minha presença por mais tempo."

---

3   A maior parte das personagens de " O Grande Gatsby " são bem-educadas. O modo de se expressarem e o conteúdo dos diálogos refletem essa educação, que por sua vez refletem sua riqueza e ostatus social. Porém nem todas as personagens refletem essas características: Nick aponta a fala afetada de Gatsby, o discurso repleto de "formalidades elaboradas" que chega a beirar o "absurdo", como, por exemplo, ao valer-se constantemente da expressão "Meu velho". Fica claro para ele que Gatsby treinou o modo de se expressar de modo a soar educado e rico. O problema é que Nick não se deixa enganar, tampouco as demais personagens. O modo de se expressar de Gatsby acaba por entregar a sua origem irônica e justamente por ser muito elegante. Mr. Wolfsheim, por outro lado, possui o problema oposto: sua linguagem indica sua falta de instrução e falta de classe, facto que as esnobes pessoas da década de 1920 poderiam chamar de "falta de berço", por exemplo, Oxford torna-se "Oggsford". Contrastando a dicção de Wolfsheim e de Gatsby com as demais pessoas como Nick Carraway, Fitzgerald sugere que as pessoas envolvidas no crime organizado pertencem necessariamente da classe trabalhadora - não importando o quão ricos e poderosos possam parecer ser. N.T.

As he shook hands and turned away his tragic nose was trembling. I wondered if I had said anything to offend him.

"He becomes very sentimental sometimes," explained Gatsby. "This is one of his sentimental days. He's quite a character around New York – a denizen of Broadway."

"Who is he, anyhow, an actor?"

"No."

"A dentist?"

"Meyer Wolfsheim? No, he's a gambler." Gatsby hesitated, then added coolly: "He's the man who fixed the World's Series back in 1919."

"Fixed the World's Series?" I repeated.

The idea staggered me. I remembered, of course, that the World's Series had been fixed in 1919, but if I had thought of it at all I would have thought of it as a thing that merely happened, the end of some inevitable chain. It never occurred to me that one man could start to play with the faith of fifty million people – with the single-mindedness of a burglar blowing a safe.

"How did he happen to do that?" I asked after a minute.

"He just saw the opportunity."

"Why isn't he in jail?"

"They can't get him, old sport. He's a smart man."

I insisted on paying the check. As the waiter brought my change I caught sight of Tom Buchanan across the crowded room.

"Come along with me for a minute," I said; "I've got to say hello to some one." When he saw us Tom jumped up and took half a dozen steps in our direction.

"Where've you been?", he demamded eagerly. "Daisy's furious because you haven't called up."

"This is Mr. Gatsby, Mr. Buchanan."

They shook hands briefly, and a strained, unfamiliar look of embarrassment came over Gatsby's face.

"How've you been, anyhow?" demanded Tom of me. "How'd you happen to come up this far to eat?"

"I've been having lunch with Mr. Gatsby."

I turned toward Mr. Gatsby, but he was no longer there.

One October day in nineteen-seventeen... (said Jordan Baker that afternoon, sitting up very straight on a straight chair in the tea-garden at the Plaza Hotel) – I

Seu trágico nariz tremia enquanto apertava nossas mãos e se voltava para sair. Perguntei a mim mesmo se teria dito algo que pudesse ofendê-lo.

"Certas vezes ele fica muito sentimental", explicou Gatsby. "E este é um de seus dias sentimentais. Ele é uma grande figura em Nova Iorque – um cidadão da Broadway."

"Quem é ele, afinal das contas, um ator?"

"Não."

"Um dentista?"

"Meyer Wolfsheim? Não, ele é jogador." Gatsby hesitou, depois acrescentou friamente: "Foi ele quem 'ajeitou' os resultados do Campeonato Mundial de 1919."

"Ajeitou o Campeonato Mundial?", repeti.

A ideia me abalou. Naturalmente, eu me lembrava de que o Campeonato Mundial fora "ajeitado" em 1919, mas se tivesse pensado melhor no caso imaginaria que fora algo que simplesmente acontecera, o fim de uma cadeia inevitável de acontecimentos. Jamais me ocorrera que um único homem poderia bulir com a fé de 50 milhões de pessoas com a frieza de um arrombador de cofres.

"Como ele conseguiu?", perguntei depois de um minuto.

"Ele apenas aproveitou a oportunidade."

"E por que não está na cadeia?"

"Não conseguem prendê-lo, meu velho. É esperto demais."

Insisti para pagar a conta. Quando o garçom trouxe meu troco, avistei Tom Buchanan do outro lado do salão lotado.

"Venha comigo por um minuto", falei. "Preciso cumprimentar alguém." Quando nos viu, Tom se levantou e deu meia dúzia de passos em nossa direção.

"Por onde tem andado?", perguntou ele entusiasticamente. "Daisy está furiosa por você não ter telefonado."

"Este é Mr. Gatsby, Mr. Buchanan."

Eles trocaram um breve aperto de mão, e uma expressão tensa e pouco familiar de constrangimento surgiu no rosto de Gatsby.

"Afinal das contas, o que tem feito?", perguntou Tom. "Como veio de tão longe para comer aqui?"

"Vim almoçar com Mr. Gatsby."

Voltei-me na direção de Mr. Gatsby, mas ele não mais estava lá.

Certo dia, em outubro de 1917... (disse Jordan Baker naquela tarde, sentada muito ereta em uma cadeira de espaldar alto, no salão de chá do jardim do Hotel

was walking along from one place to another, half on the sidewalks and half on the lawns. I was happier on the lawns because I had on shoes from England with rubber nobs on the soles that bit into the soft ground. I had on a new plaid skirt also that blew a little in the wind, and whenever this happened the red, white, and blue banners in front of all the houses stretched out stiff and said TUT-TUT-TUT-TUT, in a disapproving way.

The largest of the banners and the largest of the lawns belonged to Daisy Fay's house. She was just eighteen, two years older than me, and by far the most popular of all the young girls in Louisville. She dressed in white, and had a little white roadster, and all day long the telephone rang in her house and excited young officers from Camp Taylor demanded the privilege of monopolizing her that night. "Anyways, for an hour!"

When I came opposite her house that morning her white *roadster* was beside the curb, and she was sitting in it with a lieutenant I had never seen before. They were so engrossed in each other that she didn't see me until I was five feet away.

"Hello, Jordan," she called unexpectedly. "Please come here."

I was flattered that she wanted to speak to me, because of all the older girls I admired her most. She asked me if I was going to the Red Cross and make bandages. I was. Well, then, would I tell them that she couldn't come that day? The officer looked at Daisy while she was speaking, in a way that every young girl wants to be looked at sometime, and because it seemed romantic to me I have remembered the incident ever since. His name was Jay Gatsby, and I didn't lay eyes on him again for over four years – even after I'd met him on Long Island I didn't realize it was the same man.

That was nineteen-seventeen. By the next year I had a few beaux myself, and I began to play in tournaments, so I didn't see Daisy very often. She went with a slightly older crowd – when she went with anyone at all. Wild rumors were circulating about her – how her mother had found her packing her bag one winter night to go to New York and say good-bye to a soldier who was going overseas. She was effectually prevented, but she wasn't on speaking terms with her family for several weeks. After that she didn't play around with the soldiers any more, but only with a few flat-footed, short-sighted young men in town, who couldn't get into the army at all.

By the next autumn she was gay again, gay as ever. She had a debut after the Armistice, and in February she was presumably engaged to a man from New Orleans. In June she married Tom Buchanan of Chicago, with more pomp and circumstance than Louisville ever knew before. He came down with a hundred people in four private cars, and hired a whole floor of the Seelbach Hotel, and the day before the wedding he gave her a string of pearls valued at three hundred and fifty thousand dollars.

I was bridesmaid. I came into her room half an hour before the bridal dinner,

Plaza) eu caminhava de um lugar para outro, ora nas calçadas, ora sobre os gramados. Eu ficava mais feliz sobre os gramados porque usava sapatos ingleses de sola de borracha, com travas que afundavam no solo macio. Vestia uma nova saia preguada que levantava um pouco com o vento, e sempre que isso acontecia, as bandeiras diante das casas, com suas cores vermelho, branco e azul, se esticavam e diziam TUT-TUT-TUT-TUT de modo reprovador.

A bandeira maior e o maior gramado pertenciam à casa de Daisy Fay. Ela estava com apenas dezoito anos, era somente dois anos mais velha que eu e, de longe, a mais popular dentre todas as jovens de Louisville. Vestia-se de branco, tinha um pequeno carro esporte, também branco, o dia todo o telefone tocava em sua casa e os jovens oficiais de Camp Taylor, excitados, solicitavam o privilégio de monopolizá-la naquela noite. "Pelo menos por uma hora!"

Ao chegar à sua casa aquela manhã, seu *roadster* branco estava ao lado da curva e ela sentava-se nele com um tenente que eu nunca vira antes. Estavam tão interessados um no outro que ela não me viu até eu estar a uns metros de distância.

"Olá, Jordan", chamou ela inesperadamente. "Venha até aqui, por favor."

Fiquei lisonjeada por ela querer falar comigo, pois, de todas as garotas mais velhas, era ela quem eu mais admirava. Ela me perguntou se eu estava indo à Cruz Vermelha para fazer ataduras. Respondi que sim. Bem, então será que eu poderia avisá-los de que ela não iria naquele dia? Enquanto ela falava, o oficial fitava Daisy da forma que toda garota deseja ser olhada, e porque me pareceu romântico, jamais me esqueci do incidente. Seu nome era Jay Gatsby e não voltei a vê-lo por mais de quatro anos. Quando me encontrei com ele em Long Island, não notei que era o mesmo homem.

Isso foi em 1917. No ano seguinte eu já tinha alguns admiradores e comecei a jogar em competições, por isso não via Daisy com muita frequência. Ela saía com uma turma um pouco mais velha – quando saía com alguém. Rumores ferozes circulavam sobre ela – como sua mãe a encontrara em uma noite de inverno, fazendo a mala para viajar a Nova Iorque despedir-se de um soldado que partiria para a Europa. Foi eficazmente impedida, mas não falou com a família durante várias semanas. Depois disso, deixou de sair com soldados e passou a dar atenção aos rapazes da cidade, míopes de pés chatos que não haviam conseguido entrar em exército algum.

No outono seguinte, ela novamente se mostrou alegre, tão alegre quanto sempre. Debutou depois do Armistício e em fevereiro ficou noiva de um homem de Nova Orleans. Em junho, casou-se com Tom Buchanan, de Chicago, com mais pompa e circunstância que Louisville já tivesse visto antes. Ele chegou com mais cem pessoas em quatro vagões particulares e alugou um andar inteiro do Hotel Seelbach. No dia do casamento, ele a presenteou com um colar de pérolas avaliado em 350 mil dólares.

Eu fui uma das damas de honra. Entrei em seu quarto meia hora antes do

and found her lying on her bed as lovely as the June night in her flowered dress – and as drunk as a monkey. She had a bottle of Sauterne in one hand and a letter in the other.

"'Gratulate me," she muttered. "Never had a drink before, but oh how I do enjoy it."

"What's the matter, Daisy?"

I was scared, I can tell you; I'd never seen a girl like that before.

"Here, deares'." She groped around in a waste-basket she had with her on the bed and pulled out the string of pearls. "Take 'em down-stairs and give 'em back to whoever they belong to. Tell 'em all Daisy's change' her mine. Say: 'Daisy's change' her mine!'."

She began to cry – she cried and cried. I rushed out and found her mother's maid, and we locked the door and got her into a cold bath. She wouldn't let go of the letter. She took it into the tub with her and squeezed it up into a wet ball, and only let me leave it in the soap-dish when she saw that it was coming to pieces like snow.

But she didn't say another word. We gave her spirits of ammonia and put ice on her forehead and hooked her back into her dress, and half an hour later, when we walked out of the room, the pearls were around her neck and the incident was over. Next day at five o'clock she married Tom Buchanan without so much as a shiver, and started off on a three months' trip to the South Seas.

I saw them in Santa Barbara when they came back, and I thought I'd never seen a girl so mad about her husband. If he left the room for a minute she'd look around uneasily, and say: "Where's Tom gone?" and wear the most abstracted expression until she saw him coming in the door. She used to sit on the sand with his head in her lap by the hour, rubbing her fingers over his eyes and looking at him with unfathomable delight. It was touching to see them together – it made you laugh in a hushed, fascinated way. That was in August. A week after I left Santa Barbara Tom ran into a wagon on the Ventura road one night, and ripped a front wheel off his car. The girl who was with him got into the papers, too, because her arm was broken – she was one of the chambermaids in the Santa Barbara Hotel.

The next April Daisy had her little girl, and they went to France for a year. I saw them one spring in Cannes, and later in Deauville, and then they came back to Chicago to settle down. Daisy was popular in Chicago, as you know. They moved with a fast crowd, all of them young and rich and wild, but she came out with an absolutely perfect reputation. Perhaps because she doesn't drink. It's a great advantage not to drink among hard-drinking people. You can hold your tongue, and, moreover, you can time any little irregularity of your own so that everybody else is so blind that they don't see or care. Perhaps Daisy never went in for amour at all – and yet there's something in that voice of hers...

jantar nupcial e a encontrei deitada na cama, linda como uma noite de junho em seu vestido estampado de flores – mas bêbada como um gambá. Ela segurava uma garrafa de Sauterne em uma das mãos e uma carta na outra.

"Felicite-me", murmurou ela. "Nunca tinha bebido antes, mas, ó, como eu estou adorando."

"O que está acontecendo, Daisy?"

Posso lhe garantir que fiquei apavorada; jamais vira uma moça daquele jeito.

"Aqui, minha querida." Ela tateou o interior de uma cesta de papéis que se encontrava com ela sobre a cama e retirou dali o colar de pérolas. "Leve-as para baixo e devolva-as a quem pertencem. Diga a todos que Daisy mudou de ideia. Diga: 'Daisy mudou de ideia!'."

Ela começou a chorar – chorava sem parar. Corri para fora, encontrei a criada de sua mãe, trancamos a porta e a colocamos num banho frio. Ela não queria largar a carta. Levou-a para a banheira, amassou-a e a transformou em uma bola molhada, e só me permitiu deixá-la na saboneteira quando ela viu que ela se desfazia como neve.

Não pronunciou mais nenhuma palavra. Nós a fizemos cheirar amônia, colocamos gelo em sua testa e a vestimos novamente, e meia hora mais tarde, quando entramos na sala, as pérolas estavam em seu pescoço e o incidente tivera fim. Às cinco horas do dia seguinte, casou-se com Tom Buchanan sem um arrepio sequer, e seguiu em lua de mel para uma viagem de três meses pelos mares do Pacífico Sul.

Quando voltaram, encontrei-os em Santa Bárbara e pensei jamais ter visto uma jovem tão apaixonada pelo marido. Mostrava-se inquieta sempre que ele saía da sala por um instante, olhava em torno e perguntava: "Onde estará Tom?" e seu rosto assumia uma expressão distraída até vê-lo novamente entrar pela porta. Costumava sentar-se na areia durante muito tempo, com a cabeça dele em seu colo, passando os dedos pelos seus olhos, fitando-o com incomensurável deleite. Era tocante vê-los juntos – fazia com que ríssemos baixinho, fascinados. Isso foi em agosto. Uma semana depois de eu deixar Santa Bárbara, na estrada para Ventura, uma noite Tom bateu em um caminhão e destruiu a roda da frente de seu carro. A jovem que lhe fazia companhia também apareceu nos jornais pois fraturou o braço – era uma das camareiras do Hotel Santa Bárbara.

No abril seguinte, nasceu sua filhinha e eles foram para França por um ano. Eu os encontrei numa primavera em Cannes, e mais tarde em Dauville. Depois disso, voltaram para Chicago e sossegaram. Daisy era popular em Chicago, como você sabe. Andavam com um grupo de pessoas agitadas, jovens, ricas e delirantes, mas a reputação dela se manteve intocada. Talvez porque não beba. É uma grande vantagem não beber entre pessoas que bebem muito. Pode-se controlar a língua e, além disso, programar qualquer deslize de modo que todas as outras pessoas estejam tão cegas que já não enxerguem nem se importem com nada. Talvez Daisy jamais tenha se interessado por aventuras amorosas – mas ainda assim, há algo em sua voz...

Well, about six weeks ago, she heard the name Gatsby for the first time in years. It was when I asked you – do you remember? – if you knew Gatsby in West Egg. After you had gone home she came into my room and woke me up, and said: "What Gatsby?" and when I described him – I was half asleep – she said in the strangest voice that it must be the man she used to know. It wasn't until then that I connected this Gatsby with the officer in her white car.

When Jordan Baker had finished telling all this we had left the Plaza for half an hour and were driving in a victoria through Central Park. The sun had gone down behind the tall apartments of the movie stars in the West Fifties, and the clear voices of girls, already gathered like crickets on the grass, rose through the hot twilight:

> *"I'm the Sheik of Araby.*
> *Your love belongs to me.*
> *At night when you're are asleep*
> *Into your tent I'll creep..."*

"It was a strange coincidence," I said.

"But it wasn't a coincidence at all."

"Why not?"

"Gatsby bought that house so that Daisy would be just across the bay."

Then it had not been merely the stars to which he had aspired on that June night. He came alive to me, delivered suddenly from the womb of his purposeless splendor.

"He wants to know," continued Jordan, "if you'll invite Daisy to your house some afternoon and then let him come over."

The modesty of the demand shook me. He had waited five years and bought a mansion where he dispensed starlight to casual moths – so that he could "come over." some afternoon to a stranger's garden.

"Did I have to know all this before he could ask such a little thing?"

"He's afraid, he's waited so long. He thought you might be offended. You see, he's a regular tough underneath it all."

Something worried me.

"Why didn't he ask you to arrange a meeting?"

"He wants her to see his house," she explained. "And your house is right next door."

"Oh!"

Pois bem, há cerca de seis semanas ela ouviu o nome Gatsby pela primeira vez em muitos anos. Foi quando lhe perguntei se conhecia Gatsby, de West Egg – lembra-se? Depois que você se retirou ela foi ao meu quarto e disse: "Que Gatsby?" e quando o descrevi – na verdade, eu estava quase dormindo – falou em voz muito estranha que ele provavelmente era alguém que ela conhecera. Só nesse momento liguei este Gatsby ao oficial que eu vira em seu carro branco.

Quando Jordan Baker terminou de contar tudo isso, havíamos saído do Plaza há meia hora e atravessávamos o Central Park numa vitoria. O sol desaparecera atrás dos altos edifícios de apartamentos das estrelas de cinema, do lado oeste das Ruas 50, e as vozes claras das jovens, reunidas como grilos na grama, erguiam-se no crepúsculo ardente:

"Sou o Sheik da Arábia.

Seu amor me pertence.

À noite, quando você dormir,

Escondido, sua tenda vou invadir..."

"Que estranha coincidência", comentei eu.

"Mas não foi coincidência alguma."

"Por que não?"

"Gatsby só comprou essa casa por que Daisy estaria do outro lado da baía."

Então, não haviam sido somente as estrelas que ele aspirara naquela noite de junho. Ele surgiu vivo diante de mim, subitamente nascido do ventre de seu despropositado esplendor.

"Ele deseja saber se, uma tarde dessas, você convidaria Daisy para ir à sua casa e permitiria que ele também comparecesse", continuou Jordan.

A modéstia do pedido me abalou. Ele esperara cinco anos e comprara uma mansão na qual distribuía a luz das estrelas para mariposas casuais – apenas para que, em alguma tarde, pudesse "comparecer" ao jardim de um estranho.

"Eu tinha que saber disso tudo antes que ele me pedisse tal coisa?"

"Ele está com medo, esperou muito tempo. Pensou que você pudesse se ofender. Veja bem, debaixo de tudo isso, ele é uma pessoa obstinada."

Algo me incomodava.

"Porque ele não lhe pediu para arranjar esse encontro?"

"Ele quer que ela veja a casa dele", explicou ela. "E a sua fica exatamente ao lado da dele."

"Ó!"

"I think he half expected her to wander into one of his parties, some night," went on Jordan, "but she never did. Then he began asking people casually if they knew her, and I was the first one he found. It was that night he sent for me at his dance, and you should have heard the elaborate way he worked up to it. Of course, I immediately suggested a luncheon in New York – and I thought he'd go mad:

"'I don't want to do anything out of the way!' he kept saying. 'I want to see her right next door.'

"When I said you were a particular friend of Tom's, he started to abandon the whole idea. He doesn't know very much about Tom, though he says he's read a Chicago paper for years just on the chance of catching a glimpse of Daisy's name."

It was dark now, and as we dipped under a little bridge I put my arm around Jordan's golden shoulder and drew her toward me and asked her to dinner. Suddenly I wasn't thinking of Daisy and Gatsby any more, but of this clean, hard, limited person, who dealt in universal scepticism, and who leaned back jauntily just within the circle of my arm. A phrase began to beat in my ears with a sort of heady excitement: "There are only the pursued, the pursuing, the busy and the tired".

"And Daisy ought to have something in her life," murmured Jordan to me.

"Does she want to see Gatsby?"

"She's not to know about it. Gatsby doesn't want her to know. You're just supposed to invite her to tea."

We passed a barrier of dark trees, and then the facade of Fifty-ninth Street, a block of delicate pale light, beamed down into the park. Unlike Gatsby and Tom Buchanan, I had no girl whose disembodied face floated along the dark cornices and blinding signs, and so I drew up the girl beside me, tightening my arms. Her wan, scornful mouth smiled, and so I drew her up again closer, this time to my face.

"Creio que ele esperava que ela aparecesse em uma de suas festas, uma noite qualquer, mas isso nunca aconteceu", continuou Jordan. "Então, casualmente, começou a perguntar se as pessoas a conheciam. Fui a primeira que ele encontrou. Foi naquela noite em que ele mandou me chamar no jardim, e você precisava ver os rodeios que fez. Naturalmente, sugeri um almoço em Nova Iorque – e pensei que ele tivesse enlouquecido:

"Não quero fazer nada impróprio!", continuava a repetir ele. "Quero vê-la aqui perto."

"Quis abandonar o plano todo quando contei que você era amigo particular de Tom. Não sabe muito sobre Tom, apesar de dizer que leu os jornais de Chicago durante anos, na esperança de encontrar alguma menção do nome de Daisy."

Já escurecera, e enquanto passávamos sob uma pequena ponte, passei o braço em torno dos ombros dourados de Jordan, puxei-a para junto de mim e a convidei para jantar. De repente, já não pensava em Daisy nem em Gatsby, e sim naquela pessoa límpida, sólida e limitada, que se entregara a um ceticismo universal e se acomodara alegremente dentro do círculo do meu braço. Uma frase começou a martelar em meus ouvidos, com uma espécie de intoxicante excitação: "Existem apenas perseguidores e perseguidos, diligentes e extenuados".

"E Daisy deveria ter algo em sua vida", murmurou Jordan.

"Ela deseja ver Gatsby?"

"Ela não deve saber de nada. Gatsby não quer que ela saiba. Você só deve convidá-la para tomar chá."

Ultrapassamos a barreira das árvores escuras e as fachadas da Rua 59, um quarteirão de luzes pálidas e delicadas irradiadas para o parque. Ao contrário de Gatsby e de Tom Buchanan, eu não tinha uma jovem cujo rosto, desligado do corpo, flutuasse ao longo das escuras cornijas e ofuscantes anúncios, então abracei a moça ao meu lado, enlaçando-a com meus braços. Sua boca pálida e desdenhosa sorriu e eu a aproximei mais de mim, dessa vez trazendo-a para junto de meu rosto.

CHAPTER 5

When I came home to West Egg that night I was afraid for a moment that my house was on fire. Two o'clock and the whole corner of the peninsula was blazing with light, which fell unreal on the shrubbery and made thin elongating glints upon the roadside wires. Turning a corner, I saw that it was Gatsby's house, lit from tower to cellar.

At first I thought it was another party, a wild rout that had resolved itself into "hide-and-go-seek." or "sardines-in-the-box." with all the house thrown open to the game. But there wasn't a sound. Only wind in the trees, which blew the wires and made the lights go off and on again as if the house had winked into the darkness. As my táxi groaned away I saw Gatsby walking toward me across his lawn.

"Your place looks like the World's Fair," I said.

"Does it?" He turned his eyes toward it absently. "I have been glancing into some of the rooms. Let's go to Coney Island, old sport. In my car."

"It's too late."

"Well, suppose we take a plunge in the swimming-pool? I haven't made use of it all summer."

"I've got to go to bed."

"All right."

He waited, looking at me with suppressed eagerness.

"I talked with Miss Baker," I said after a moment. "I'm going to call up Daisy tomorrow and invite her over here to tea."

"Oh, that's all right," he said carelessly. "I don't want to put you to any trouble."

"What day would suit you?"

"What day would suit *you*?" he corrected me quickly. "I don't want to put you

CAPÍTULO 5

Naquela noite, quando cheguei a West Egg, temi momentaneamente que minha casa estivesse pegando fogo. Duas horas de manhã e todo aquele canto da península ardia em uma luz que parecia irreal sobre os arbustos, projetando cintilações alongadas sobre os fios da estrada. Virando a esquina, vi que era a casa de Gatsby, acesa desde a torre até o celeiro.

A princípio, pensei que fosse outra festa, uma balbúrdia selvagem que tivesse se transformado em jogos de "esconde-esconde" ou "sardinhas em lata", com toda casa aberta para a brincadeira. Mas não se ouvia um único som. Apenas o vento nas árvores, sacudindo os fios e fazendo com que as luzes desaparecessem e novamente surgissem, como se a casa piscasse na escuridão. Enquanto meu táxi partia gemendo, vi Gatsby caminhando em minha direção.

"Sua casa parece a Feira Mundial", falei

"É mesmo?" Ele voltou os olhos para ela, distraído. "Examinei alguns aposentos. Vamos a Coney Island, meu velho? Em meu carro."

"Já é muito tarde."

"Bem, que tal um mergulho na piscina! Não a usei durante todo o verão."

"Preciso ir para a cama."

"Está bem."

Ele esperou, fitando-me com ansiedade refreada.

"Falei com Miss Baker", declarei depois de um instante. "Vou telefonar para Daisy amanhã e convidá-la para vir tomar chá."

"Ó, isso é ótimo", comentou negligentemente. "Não quero lhe causar qualquer inconveniência."

"Qual o melhor dia para você?"

"Qual o melhor dia para *você*?", corrigiu ele, depressa. "Veja, não quero

to any trouble, you see."

"How about the day after tomorrow?" He considered for a moment. Then, with reluctance:

"I want to get the grass cut," he said.

We both looked at the grass – there was a sharp line where my ragged lawn ended and the darker, well-kept expanse of his began. I suspected that he meant my grass.

"There's another little thing," he said uncertainly, and hesitated.

"Would you rather put it off for a few days?" I asked.

"Oh, it isn't about that. At least..." He fumbled with a series of beginnings. "Why, I thought – why, look here, old sport, you don't make much money, do you?"

"Not very much."

This seemed to reassure him and he continued more confidently.

"I thought you didn't, if you'll pardon my... You see, I carry on a little business on the side, a sort of side line, you understand. And I thought that if you don't make very much... You're selling bonds, aren't you, old sport?"

"Trying to."

"Well, this would interest you. It wouldn't take up much of your time and you might pick up a nice bit of money. It happens to be a rather confidential sort of thing."

I realize now that under different circumstances that conversation might have been one of the crises of my life. But, because the offer was obviously and tactlessly for a service to be rendered, I had no choice except to cut him off there.

"I've got my hands full," I said. "I'm much obliged but I couldn't take on any more work."

"You wouldn't have to do any business with Wolfsheim." Evidently he thought that I was shying away from the "gonnegtion" mentioned at lunch, but I assured him he was wrong. He waited a moment longer, hoping I'd begin a conversation, but I was too absorbed to be responsive, so he went unwillingly home.

The evening had made me light-headed and happy; I think I walked into a deep sleep as I entered my front door. So I didn't know whether or not Gatsby went to Coney Island, or for how many hours he "glanced into rooms." while his house blazed gaudily on. I called up Daisy from the office next morning, and invited her to come to tea.

"Don't bring Tom," I warned her.

"What?"

incomodá-lo."

"Que tal depois de amanhã?" Ele considerou durante um momento. Então, com relutância:

"Quero mandar aparar a grama", disse ele.

Nós dois examinamos a grama – havia uma nítida linha onde terminava meu gramado irregular e o seu começava, bem cuidado e mais escuro. Suspeitei que ele estivesse se referindo ao meu gramado.

"Há outra coisinha", acrescentou ele, incerto, e hesitou.

"Você preferiria que eu adiasse por alguns dias?", perguntei.

"Ó, não se trata disso. Pelo menos..." Ele tentou uma série de inícios de frases. "Bem, pensei – isto é, veja bem, meu velho, você não ganha muito dinheiro, ganha?"

"Não muito."

Isso pareceu tranquilizá-lo e ele prosseguiu, mais confiante.

"Julguei que não ganhava, se perdoa minha... Veja, tenho um pequeno negócio secundário, uma espécie de atividade paralela, você compreende. E pensei que se você não ganha muito... Você vende títulos, não é, meu velho?"

"Tento vender."

"Muito bem, isso iria interessá-lo. Não lhe tomaria muito tempo e você poderia receber um bom dinheiro. Mas acontece que se trata de algo confidencial."

Percebo que, sob circunstâncias diferentes, essa conversa poderia ter sido crucial em minha vida. Porém, como a oferta era rude e óbvia por um serviço que seria prestado, não tive outra escolha senão interrompê-lo.

"Estou sem tempo algum", falei. "Agradeço muito, mas não conseguiria me dedicar a outro trabalho."

"Você não teria que fazer qualquer negócio com Wolfsheim." Evidentemente, ele julgara que eu me esquivava da conexão mencionada no almoço, mas lhe garanti que se enganava. Ele esperou por mais um momento, na esperança que eu iniciasse uma conversação, mas eu estava absorto demais para ser receptivo e ele foi embora, sem vontade.

A noite fizera com que eu me sentisse leve e feliz; creio que mergulhei em um sono profundo assim que entrei em casa. Desse modo, não sabia se Gatsby fora ou não até Coney Island, nem por quantas horas ele "examinara os quartos" enquanto sua casa cintilava de forma gritante. Telefonei para Daisy na manhã seguinte e a convidei para um chá.

"Não traga o Tom", recomendei.

"Como?"

"Don't bring Tom."

"Who is 'Tom'?" she asked innocently.

The day agreed upon was pouring rain. At eleven o'clock a man in a raincoat, dragging a lawn-mower, tapped at my front door and said that Mr. Gatsby had sent him over to cut my grass. This reminded me that I had forgotten to tell my Finn to come back, so I drove into West Egg Village to search for her among soggy, white-washed alleys and to buy some cups and lemons and flowers.

The flowers were unnecessary, for at two o'clock a greenhouse arrived from Gatsby's, with innumerable receptacles to contain it. An hour later the front door opened nervously, and Gatsby, in a white flannel suit, silver shirt, and gold-colored tie, hurried in. He was pale, and there were dark signs of sleeplessness beneath his eyes.

"Is everything all right?" he asked immediately.

"The grass looks fine, if that's what you mean."

"What grass?" he inquired blankly. "Oh, the grass in the yard." He looked out the window at it, but, judging from his expression, I don't believe he saw a thing.

"Looks very good," he remarked vaguely. "One of the papers said they thought the rain would stop about four. I think it was the *Journal*. Have you got everything you need in the shape of... of tea?"

I took him into the pantry, where he looked a little reproachfully at the Finn. Together we scrutinized the twelve lemon cakes from the delicatessen shop.

"Will they do?" I asked.

"Of course, of course! They're fine!" and he added hollowly, "... old sport."

The rain cooled about half-past three to a damp mist, through which occasional thin drops swam like dew. Gatsby looked with vacant eyes through a copy of Clay's Economics, starting at the Finnish tread that shook the kitchen floor, and peering toward the bleared windows from time to time as if a series of invisible but alarming happenings were taking place outside. Finally he got up and informed me, in an uncertain voice, that he was going home.

"Why's that?"

"Nobody's coming to tea. It's too late!" He looked at his watch as if there was some pressing demand on his time elsewhere. "I can't wait all day."

"Don't be silly; it's just two minutes to four."

He sat down miserably, as if I had pushed him, and simultaneously there was the sound of a motor turning into my lane. We both jumped up, and, a little harrowed myself, I went out into the yard.

"Não traga o Tom."

"Quem é 'Tom'?", perguntou ela inocentemente.

No dia combinado, chovia a cântaros. Às 11 horas, um homem vestido com uma capa de chuva, puxando um cortador de grama, bateu na porta da minha casa e anunciou que Mr. Gatsby o enviara para cortar minha grama. Isso lembrou-me que eu me esquecera de avisar minha criada, Finn, para voltar à tarde, então dirigi até West Egg Village atrás dela pelas ruelas e comprar algumas xícaras, limões e flores.

As flores foram desnecessárias, pois, às duas da tarde, uma verdadeira estufa chegou da casa de Gatsby, com inúmeros receptáculos para contê-la. Uma hora depois, a porta da frente de abriu nervosamente, e Gatsby entrou apressado, vestido com um terno branco de flanela, camisa prateada e gravada cor de ouro. Estava pálido e havia olheiras sob seus olhos, sinal de que não dormira.

"Está tudo certo?", perguntou ele, de imediato.

"O gramado parece ótimo, se é isso que você quer dizer."

"Que gramado?", inquiriu ele, sem entender. "Ó, o gramado do jardim." Ele olhou pela janela, mas, a julgar pela sua expressão, não acredito que tenha visto coisa alguma.

"Parece muito bom", observou ele de modo vago. "Um dos jornais diz que é possível que a chuva pare lá pelas quatro horas. Creio que li no *Journal*. Você tem tudo o que necessita para... para o chá?"

Eu o levei até a copa, onde ele fitou Finn com certo ar de reprovação. Juntos, examinamos os doze bolinhos de limão comprados na confeitaria.

"Acha que servirão?", perguntei.

"Claro, claro! São ótimos!", e acrescentou de forma vazia, "... meu velho."

Por volta das três e meia, a chuva deu lugar a uma neblina úmida, com gotinhas ocasionais que caíam como orvalho. Com olhos vazios, Gatsby folheava uma cópia da 'Economics', de Clay, estremecendo com o andar da empregada finlandesa que sacudia o chão da cozinha. De tempos em tempos, espiava as ofuscantes janelas como se uma série de eventos invisíveis, mas alarmantes, acontecessem do lado de fora. Finalmente, levantou-se e, em voz incerta, informou que iria embora.

"Mas por quê?"

"Ninguém vem para o chá. É tarde demais!" Ele consultou o relógio como se algo urgente exigisse sua presença em outro lugar. "Não posso esperar o dia todo."

"Não seja tolo; ainda faltam dois minutos para as quatro."

Miseravelmente, voltou a sentar como se eu o tivesse empurrado; ao mesmo tempo, ouviu-se o som de um motor entrando pela minha estradinha. Nós dois nos levantamos e saí para o jardim, um tanto aflito.

Under the dripping bare lilac-trees a large open car was coming up the drive. It stopped. Daisy's face, tipped sideways beneath a three-cornered lavender hat, looked out at me with a bright ecstatic smile.

"Is this absolutely where you live, my dearest one?"

The exhilarating ripple of her voice was a wild tonic in the rain. I had to follow the sound of it for a moment, up and down, with my ear alone, before any words came through. A damp streak of hair lay like a dash of blue paint across her cheek, and her hand was wet with glistening drops as I took it to help her from the car.

"Are you in love with me," she said low in my ear, "or why did I have to come alone?"

"That's the secret of Castle Rackrent. Tell your chauffeur to go far away and spend an hour."

"Come back in an hour, Ferdie." Then in a grave murmur: "His name is Ferdie."

"Does the gasoline affect his nose?"

"I don't think so," she said innocently. "Why?"

We went in. To my overwhelming surprise the living-room was deserted.

"Well, that's funny," I exclaimed.

"What's funny?"

She turned her head as there was a light dignified knocking at the front door. I went out and opened it. Gatsby, pale as death, with his hands plunged like weights in his coat pockets, was standing in a puddle of water glaring tragically into my eyes.

With his hands still in his coat pockets he stalked by me into the hall, turned sharply as if he were on a wire, and disappeared into the living-room. It wasn't a bit funny. Aware of the loud beating of my own heart I pulled the door to against the increasing rain.

For half a minute there wasn't a sound. Then from the living-room I heard a sort of choking murmur and part of a laugh, followed by Daisy's voice on a clear artificial note: "I certainly am awfully glad to see you again."

A pause; it endured horribly. I had nothing to do in the hall, so I went into the room.

Gatsby, his hands still in his pockets, was reclining against the mantelpiece in a strained counterfeit of perfect ease, even of boredom. His head leaned back so far that it rested against the face of a defunct mantelpiece clock, and from this position his distraught eyes stared down at Daisy, who was sitting, frightened but graceful, on the edge of a stiff chair.

Sob os lilases gotejantes, um grande carro conversível subia pela alameda. Ele se deteve. Inclinado para o lado sob um chapéu de três pontas, cor de lavanda, o rosto de Daisy me fitava com um cintilante sorriso estático.

"Então é aqui que você mora, meu querido?"

Na chuva, o timbre excitante de sua voz era um tônico admirável. Precisei seguir o som por um momento, para cima e para baixo, apenas com meu ouvido, antes que as palavras me atingissem. Uma úmida mecha de cabelo parecia uma pincelada de tinta azul sobre a maçã de seu rosto, e quando tomei sua mão para ajudá-la a descer do carro, ela estava molhada, coberta de gotas cintilantes.

"Você está apaixonado por mim, por isso me pediu para vir sozinha?", disse ela baixinho, no meu ouvido.

"Esse é um segredo do Castelo Rackrent. Mande seu motorista embora e diga-lha para voltar daqui a uma hora."

"Volte em uma hora, Ferdie." Em seguida, em um grave murmúrio: "Seu nome é Ferdie."

"A gasolina afeta o seu nariz?"

"Não creio que o faça", respondeu ela inocentemente. "Por quê?"

Entramos. Para minha imensa surpresa, a sala de estar estava deserta.

"Bem, isso é engraçado", exclamei eu.

"O que é engraçado?"

Ela voltou a cabeça ao ouvir uma batida correta e leve na porta da frente. Pálido como a morte, com as mãos enfiadas como pesos nos bolsos do casaco, Gatsby estava em pé em uma poça de água, os olhos tragicamente cravados nos meus.

Ainda com as mãos nos bolsos, passou por mim no saguão, voltou-se vivamente como se caminhasse sobre uma corda e desapareceu na sala. Não foi nada engraçado. Ouvindo o trovejar do meu coração, fechei a porta contra a chuva que aumentara de intensidade.

Não ouvi som algum por meio minuto. Então, vindo da sala, escutei uma espécie de murmúrio sufocado e parte dum riso, seguido pela voz de Daisy, claramente artificial: "Certamente estou tremendamente feliz por vê-lo outra vez."

Uma pausa perdurou horrivelmente. Eu não tinha nada a fazer no saguão, então entrei na sala.

Com as mãos ainda enfiadas nos bolsos, Gatsby estava reclinado no consolo da lareira, em uma falsa pose de perfeita tranquilidade, ou mesmo de tédio. Sua cabeça inclinava-se tanto para trás que tocava o mostrador de um relógio quebrado, e dessa posição, seus olhos atormentados fitavam Daisy, sentada na borda de uma cadeira dura, amedrontada, porém graciosa.

"We've met before," muttered Gatsby. His eyes glanced momentarily at me, and his lips parted with an abortive attempt at a laugh. Luckily the clock took this moment to tilt dangerously at the pressure of his head, whereupon he turned and caught it with trembling fingers, and set it back in place. Then he sat down, rigidly, his elbow on the arm of the sofa and his chin in his hand.

"I'm sorry about the clock," he said.

My own face had now assumed a deep tropical burn. I couldn't muster up a single commonplace out of the thousand in my head.

"It's an old clock," I told them idiotically.

I think we all believed for a moment that it had smashed in pieces on the floor.

"We haven't met for many years," said Daisy, her voice as matter-of-fact as it could ever be.

"Five years next November."

The automatic quality of Gatsby's answer set us all back at least another minute. I had them both on their feet with the desperate suggestion that they help me make tea in the kitchen when the demoniac Finn brought it in on a tray.

Amid the welcome confusion of cups and cakes a certain physical decency established itself. Gatsby got himself into a shadow and, while Daisy and I talked, looked conscientiously from one to the other of us with tense, unhappy eyes. However, as calmness wasn't an end in itself, I made an excuse at the first possible moment, and got to my feet.

"Where are you going?" demanded Gatsby in immediate alarm.

"I'll be back."

"I've got to speak to you about something before you go."

He followed me wildly into the kitchen, closed the door, and whispered:

"Oh, God!" in a miserable way.

"What's the matter?"

"This is a terrible mistake," he said, shaking his head from side to side, "a terrible, terrible mistake."

"You're just embarrassed, that's all," and luckily I added: "Daisy's embarrassed too."

"She's embarrassed?" he repeated incredulously.

"Just as much as you are."

"Don't talk so loud."

"Já nos conhecemos", murmurou Gatsby. Seus olhos fixaram-se em mim momentaneamente e seus lábios entreabriram-se em uma inútil tentativa de sorriso. Felizmente, nesse momento o relógio balançou perigosamente com a pressão de sua cabeça. Ele se voltou e, com mão trêmula, o colocou de volta em seu lugar. Então, sentou-se rigidamente no braço do sofá, com o queixo apoiado na mão.

"Sinto muito pelo relógio", disse ele.

Meu rosto agora assumira uma cor profunda de queimadura tropical. Não consegui achar um único lugar-comum entre os milhares dentro de minha cabeça.

"É um relógio velho", contei-lhes idioticamente.

Por um instante, creio que todos acreditamos que ele se espatifara no chão.

"Nós não nos vemos há muitos anos", disse Daisy, com sua voz sendo tão objetiva quanto possível.

"Cinco anos, no próximo mês de novembro."

A qualidade automática da resposta de Gatsby nos perturbou pelo menos mais um minuto. Fiz com que ambos se levantassem, sugerindo desesperadamente que me ajudassem a preparar o chá na cozinha. Nesse momento, a demoníaca Finn surgiu com ele em uma bandeja.

No meio da bem-vinda confusão de xícaras e bolos, estabeleceu-se certa decência física. Gatsby colocou-se na penumbra e, enquanto Daisy e eu conversávamos, olhava conscienciosamente para mim e para ela, com olhos tensos e infelizes. Contudo, como por si só a calma não era o que se almejava, na primeira oportunidade me desculpei e me pus em pé.

"Para onde vai?", perguntou Gatsby, imediatamente alarmado.

"Voltarei logo."

"Preciso lhe dizer algo antes que você se vá."

Desnorteado, ele seguiu-me até a cozinha, fechou a porta, e sussurrou:

"Ó, Deus!", de um modo lamentoso.

"Qual é o problema?"

"Isto é um erro terrível", disse ele sacudindo a cabeça de um lado para o outro, "um erro terrível, terrível."

"Você só está envergonhado, nada mais", e felizmente, acrescentei: "Daisy também está envergonhada."

"Ela está envergonhada?", repetiu incrédulo.

"Tanto quanto você está."

"Não fale tão alto."

"You're acting like a little boy," I broke out impatiently. "Not only that, but you're rude. Daisy's sitting in there all alone."

He raised his hand to stop my words, looked at me with unforgettable reproach, and, opening the door cautiously, went back into the other room.

I walked out the back way – just as Gatsby had when he had made his nervous circuit of the house half an hour before – and ran for a huge black knotted tree, whose massed leaves made a fabric against the rain. Once more it was pouring, and my irregular lawn, well-shaved by Gatsby's gardener, abounded in small, muddy swamps and prehistoric marshes. There was nothing to look at from under the tree except Gatsby's enormous house, so I stared at it, like Kant at his church steeple, for half an hour. A brewer had built it early in the "period." craze, a decade before, and there was a story that he'd agreed to pay five years' taxes on all the neighboring cottages if the owners would have their roofs thatched with straw. Perhaps their refusal took the heart out of his plan to Found a Family – he went into an immediate decline. His children sold his house with the black wreath still on the door. Americans, while occasionally willing to be serfs, have always been obstinate about being peasantry.

After half an hour, the sun shone again, and the grocer's automobile rounded Gatsby's drive with the raw material for his servants' dinner – I felt sure he wouldn't eat a spoonful. A maid began opening the upper windows of his house, appeared momentarily in each, and, leaning from a large central bay, spat meditatively into the garden. It was time I went back. While the rain continued it had seemed like the murmur of their voices, rising and swelling a little now and then with gusts of emotion. But in the new silence I felt that silence had fallen within the house too.

I went in – after making every possible noise in the kitchen, short of pushing over the stove – but I don't believe they heard a sound. They were sitting at either end of the couch, looking at each other as if some question had been asked, or was in the air, and every vestige of embarrassment was gone. Daisy's face was smeared with tears, and when I came in she jumped up and began wiping at it with her handkerchief before a mirror. But there was a change in Gatsby that was simply confounding. He literally glowed; without a word or a gesture of exultation a new well-being radiated from him and filled the little room.

"Oh, hello, old sport," he said, as if he hadn't seen me for years. I thought for a moment he was going to shake hands.

"It's stopped raining."

"Has it?" When he realized what I was talking about, that there were twinkle-bells of sunshine in the room, he smiled like a weather man, like an ecstatic patron of recurrent light, and repeated the news to Daisy. "What do you think of that? It's stopped raining."

"I'm glad, Jay." Her throat, full of aching, grieving beauty, told only of her

"Você está agindo como um garotinho", interrompi impaciente. "E não só isso, também está sendo mal-educado. Daisy está lá sentada, totalmente sozinha."

Ele levantou a mão para deter minhas palavras, olhou-me com inesquecível censura e, abrindo a porta com cuidado, voltou para a sala.

Saí pela porta de trás – exatamente como Gatsby, quando contornara nervosamente a casa há meia hora – e corri até uma enorme árvore negra e nodosa, cuja copa formava um abrigo contra a chuva. Chovia a cântaros outra vez, e meu gramado irregular, bem aparado pelo jardineiro de Gatsby, estava repleto de pequenas poças de lama e de pântanos pré-históricos. Não havia nada para se olhar dali sob a árvore, exceto a imensa casa de Gatsby. Então, fitei-a por meia hora, como Kant na torre de sua igreja. Um fabricante de cerveja a construíra no início do "período" de loucuras, uma década antes, e contava-se a história que se oferecera para pagar cinco anos de impostos de todas as casas vizinhas se seus proprietários cobrissem seus telhados com palha. A recusa que recebeu talvez tenha frustrado seu plano de Fundar uma Família – e ele entrou em imediato declínio. Seus filhos venderam a casa com a tarja preta ainda na porta. Os americanos, apesar de ocasionalmente terem o desejo de ser servos, sempre se recusaram obstinadamente a ser proletários.

Depois de meia hora, o sol brilhava do novo e o automóvel da mercearia contornou o jardim de Gatsby com víveres para o jantar dos seus empregados – tinha certeza de que ele não comeria absolutamente nada. Uma criada começou a abrir as janelas superiores de sua casa; surgiu momentaneamente em cada uma e, debruçando na da ala central, cuspiu meditativamente no jardim. Era hora de voltar. Enquanto chovera, a chuva parecera o murmúrio de suas vozes, elevando-se às vezes e dilatando-se com rajadas de emoção. Contudo, no novo silêncio, senti que esse silêncio também invadira a casa.

Entrei após fazer todo barulho possível, só faltando empurrar o fogão – mas não acredito que tenham ouvido um único som. Sentavam-se em cantos opostos do sofá e se olhavam como se alguma pergunta tivesse sido respondida ou pairasse no ar, e todo vestígio de constrangimento desaparecera. O rosto de Daisy estava marcado de lágrimas e, assim que entrei, ela se levantou e começou a enxugá-lo com um lenço, defronte a um espelho. Mas em Gatsby havia uma transformação simplesmente assombrosa. Ele literalmente fulgurava; sem uma palavra, sem um gesto de júbilo, um novo sentimento de bem-estar irradiava dele e preenchia a pequena sala.

"Ó, alô, meu velho", disse ele, como se não me visse há anos. Por um momento, pensei que ele fosse me cumprimentar com um aperto de mão.

"Parou de chover."

"É mesmo?" Quando ele se apercebeu sobre o que eu falava e que raios de sol cintilavam dentro da sala, sorriu como um meteorologista, como um arrebatador patrono da luz recorrente, e repetiu as novidades para Daisy. "O que acha disso? Parou de chover."

"Fico feliz, Jay." Cheia de dolorida e magoada beleza, sua garganta falava

unexpected joy.

"I want you and Daisy to come over to my house," he said, "I'd like to show her around."

"You're sure you want me to come?"

"Absolutely, old sport."

Daisy went up-stairs to wash her face – too late I thought with humiliation of my towels – while Gatsby and I waited on the lawn.

"My house looks well, doesn't it?" he demanded. "See how the whole front of it catches the light."

I agreed that it was splendid.

"Yes." His eyes went over it, every arched door and square tower. "It took me just three years to earn the money that bought it."

"I thought you inherited your money."

"I did, old sport," he said automatically, "but I lost most of it in the big panic – the panic of the war."

I think he hardly knew what he was saying, for when I asked him what business he was in he answered, "That's my affair," before he realized that it wasn't the appropriate reply.

"Oh, I've been in several things," he corrected himself. "I was in the drug business and then I was in the oil business. But I'm not in either one now." He looked at me with more attention. "Do you mean you've been thinking over what I proposed the other night?"

Before I could answer, Daisy came out of the house and two rows of brass buttons on her dress gleamed in the sunlight.

"That huge place *there*?", she cried pointing.

"Do you like it?"

"I love it, but I don't see how you live there all alone."

"I keep it always full of interesting people, night and day. People who do interesting things. Celebrated people."

Instead of taking the short cut along the Sound we went down the road and entered by the big postern. With enchanting murmurs Daisy admired this aspect or that of the feudal silhouette against the sky, admired the gardens, the sparkling odor of jonquils and the frothy odor of hawthorn and plum blossoms and the pale gold odor of kiss-me-at-the-gate. It was strange to reach the marble steps and find no stir of bright dresses in and out the door, and hear no sound but bird voices in the trees.

apenas de seu júbilo inesperado.

"Quero que você e Daisy me acompanhem até minha casa", disse ele. "Gostaria que ela a conhecesse."

"Tem certeza que deseja que eu vá?"

"Certamente, meu velho."

Daisy foi ao andar superior lavar o rosto – tarde demais, pensei, humilhado com o estado de minhas toalhas – enquanto Gatsby e eu esperávamos no jardim.

"Minha casa parece bonita, não é?", perguntou ele. "Veja como toda a fachada recebe luz."

Concordei que era esplêndida.

"Sim." Seus olhos a percorreram, examinando cada porta abobadada e cada torre quadrada. "Demorei três anos para ganhar o dinheiro para comprá-la."

"Pensei que você tivesse herdado seu dinheiro."

"E herdei, meu velho", disse ele automaticamente. "Mas perdi quase tudo no grande pânico – o pânico da guerra."

Creio que ele mal sabia o que dizia, pois quando lhe perguntei com o que ele trabalhava, ele respondeu: "Isso é problema meu", antes de perceber que aquela não era uma resposta apropriada.

"Ó, com várias coisas", corrigiu-se ele. "Trabalhei com a indústria farmacêutica e depois estive com o ramo do petróleo. Mas agora não lido com nenhum dos dois." Ele me fitou com maior atenção. "Quer dizer que está considerando a proposta que eu lhe fiz na outra noite?"

Antes que eu pudesse responder, Daisy saiu da casa e as duas fileiras de botões de seu vestido brilharam ao sol.

"Aquela casa imensa *ali*?", exclamou ela, apontando.

"Gosta dela?"

"Adoro, mas não compreendo como você pode morar ali sozinho."

"Sempre estou cercado de gente interessante, dia e noite. Pessoas que fazem coisas interessantes. Gente famosa."

Em vez de pegar um atalho ao longo de Estreito, fomos pela estrada e entramos pelo grande portão. Com murmúrios de encantamento, Daisy admirava este ou aquele aspecto da silhueta feudal contra o céu, admirava os jardins, o pungente aroma dos junquilhos, o leve odor dos espinheiros e das flores das ameixeiras, a pálida fragrância dourada dos amores-perfeitos. Era estranho chegar à escada de mármore e não encontrar o rodopio dos cintilantes vestidos entrando e saindo pela porta, não ouvir outro som senão as vozes dos pássaros nas árvores.

And inside, as we wandered through Marie Antoinette music-rooms and Restoration salons, I felt that there were guests concealed behind every couch and table, under orders to be breathlessly silent until we had passed through. As Gatsby closed the door of "the Merton College Library." I could have sworn I heard the owl-eyed man break into ghostly laughter.

We went up-stairs, through period bedrooms swathed in rose and lavender silk and vivid with new flowers, through dressing-rooms and poolrooms, and bathrooms with sunken baths – intruding into one chamber where a dishevelled man in pajamas was doing liver exercises on the floor. It was Mr. Klipspringer, the "boarder". I had seen him wandering hungrily about the beach that morning. Finally we came to Gatsby's own apartment, a bedroom and a bath, and an Adam study, where we sat down and drank a glass of some Chartreuse he took from a cupboard in the wall.

He hadn't once ceased looking at Daisy, and I think he revalued everything in his house according to the measure of response it drew from her well-loved eyes. Sometimes, too, he stared around at his possessions in a dazed way, as though in her actual and astounding presence none of it was any longer real. Once he nearly toppled down a flight of stairs.

His bedroom was the simplest room of all – except where the dresser was garnished with a toilet set of pure dull gold. Daisy took the brush with delight, and smoothed her hair, whereupon Gatsby sat down and shaded his eyes and began to laugh.

"It's the funniest thing, old sport," he said hilariously. "I can't... When I try to..."

He had passed visibly through two states and was entering upon a third. After his embarrassment and his unreasoning joy he was consumed with wonder at her presence. He had been full of the idea so long, dreamed it right through to the end, waited with his teeth set, so to speak, at an inconceivable pitch of intensity. Now, in the reaction, he was running down like an overwound clock.

Recovering himself in a minute he opened for us two hulking patent cabinets which held his massed suits and dressing-gowns and ties, and his shirts, piled like bricks in stacks a dozen high.

"I've got a man in England who buys me clothes. He sends over a selection of things at the beginning of each season, spring and fall."

He took out a pile of shirts and began throwing them, one by one, before us, shirts of sheer linen and thick silk and fine flannel, which lost their folds as they fell and covered the table in many-colored disarray. While we admired he brought more and the soft rich heap mounted higher – shirts with stripes and scrolls and plaids in coral and apple-green and lavender and faint orange, and monograms of Indian blue. Suddenly, with a strained sound, Daisy bent her head into the shirts and began to cry stormily.

E dentro da casa, enquanto perambulávamos por salas de música à Maria Antonieta e por salões Restauração, senti que havia hóspedes escondidos atrás de cada sofá e mesa, com ordens para se manterem absolutamente silenciosos até que passássemos. Quando Gatsby fechou a porta da "Biblioteca Merton College", poderia jurar que ouvira o homem com olhos de coruja dar uma gargalhada espectral.

Fomos para o andar superior e atravessamos quartos com móveis de estilo, envoltos em seda rosa e lavanda, tornados vívidos pelas flores recém colhidas; atravessamos quartos de vestir, salas de bilhar, banheiros com banheiras embutidas – penetramos em um quarto onde um homem, desgrenhado e de pijama, fazia ginástica no chão. Era o senhor Klipspringer, o "pensionista". Naquela manhã, eu o vira caminhando famelicamente pela praia. Finalmente, chegamos ao apartamento de Gatsby: um quarto com banheiro, e um escritório onde nos sentamos e bebemos um cálice de Chartreuse que ele tirou de um armário encravado na parede.

Ele não cessara de olhar para Daisy, e creio que reavaliou tudo que havia em sua casa segundo a reação estampada em seus olhos adorados. Certas vezes, também fitava suas possessões de forma deslumbrada, como se na presença espantosa e real de Daisy nada mais fosse verdadeiro. Em certo momento, quase caiu em um lance de escadas.

Seu quarto era o mais simples dentre todos – exceto pela penteadeira, ornamentada com um conjunto de toalete em ouro puro. Daisy pegou a escova com deleite, e penteou os cabelos. Diante disso, Gatsby sentou-se, tapou os olhos e começou a rir.

"É muito engraçado, meu velho", exclamou ele, alegre. "Não posso... Quando tento..."

Visivelmente, já passara por dois estágios e entrava num terceiro. Após o constrangimento e a alegria ilógica, estava consumido pelo milagre da presença dela. Alimentara essa ideia tanto tempo, sonhara com ela em todos os seus detalhes, esperara com dentes cerrados, por assim dizer, num inconcebível grau de intensidade. Agora, sua reação era desandar como um relógio a que se dera corda demais.

Recobrando-se em um minuto, abriu dois maciços armários que continham uma enorme quantidade de ternos, roupões, gravatas e suas camisas, guardadas em altas pilhas de doze, como tijolos.

"Tenho na Inglaterra um homem que compra minhas roupas. Ele envia uma seleção de itens no início de cada estação, primavera e outono."

Retirou uma pilha de camisas e começou a atirá-las, uma a uma, diante de nós, camisas de linho puro, de seda pesada e de fina flanela, que se desdobravam ao cair e cobriam a mesa em multicolorida confusão. Enquanto as admirávamos, ele trouxe outras, e a pilha macia e rica se elevou ainda mais – camisas com listras e espirais, escocesas em coral, verde-maçã, cor de lavanda e claro alaranjado, com monogramas em azul indiano. De repente, com um som tenso, Daisy enfiou a cabeça nas camisas e começou a chorar profusamente.

"They're such beautiful shirts," she sobbed, her voice muffled in the thick folds. "It makes me sad because I've never seen such... such beautiful shirts before."

After the house, we were to see the grounds and the swimming-pool, and the hydroplane and the mid-summer flowers – but outside Gatsby's window it began to rain again, so we stood in a row looking at the corrugated surface of the Sound.

"If it wasn't for the mist we could see your home across the bay," said Gatsby. "You always have a green light that burns all night at the end of your dock."

Daisy put her arm through his abruptly, but he seemed absorbed in what he had just said. Possibly it had occurred to him that the colossal significance of that light had now vanished forever. Compared to the great distance that had separated him from Daisy it had seemed very near to her, almost touching her. It had seemed as close as a star to the moon. Now it was again a green light on a dock. His count of enchanted objects had diminished by one.

I began to walk about the room, examining various indefinite objects in the half darkness. A large photograph of an elderly man in yachting costume attracted me, hung on the wall over his desk.

"Who's this?"

"That? That's Mr. Dan Cody, old sport."

The name sounded faintly familiar.

"He's dead now. He used to be my best friend years ago."

There was a small picture of Gatsby, also in yachting costume, on the bureau – Gatsby with his head thrown back defiantly – taken apparently when he was about eighteen.

"I adore it," exclaimed Daisy. "The pompadour! You never told me you had a pompadour... or a yacht."

"Look at this," said Gatsby quickly. "Here's a lot of clippings... about you."

They stood side by side examining it. I was going to ask to see the rubies when the phone rang, and Gatsby took up the receiver.

"Yes... well, I can't talk now... I can't talk now, old sport... I said a small town... he must know what a small town is... well, he's no use to us if Detroit is his idea of a small town..."

He rang off.

"Come here quick!" cried Daisy at the window.

The rain was still falling, but the darkness had parted in the west, and there was a pink and golden billow of foamy clouds above the sea.

"Look at that," she whispered, and then after a moment: "I'd like to just get one of those pink clouds and put you in it and push you around."

"São camisas tão bonitas", soluçava ela, a voz abafada pelas numerosas dobras. "Fico triste porque jamais vi... camisas tão belas, antes."

Depois da casa, iríamos visitar os jardins e a piscina, o hidroavião e as flores do meio do verão – mas a chuva recomeçou, então ficamos em fila, observando a superfície ondulada do Estreito.

"Se não fosse pela neblina, poderíamos ver sua casa do outro lado da baía", disse Gatsby. "Há sempre uma luz verde na ponto da doca, a brilhar a noite inteira."

Abruptamente, Daisy pôs o braço no dele, mas ele parecia absorto no que acabara de dizer. É possível que lhe tenha ocorrido que o colossal significado daquela luz desaparecera agora para sempre. Comparada com a grande distância que o apartara de Daisy, ela lhe parecera muito próxima dela, quase a tocá-la. Parecera-lhe tão próxima quanto uma estrela da lua. Agora, voltara a ser apenas uma luz verde em um ancoradouro. Sua coleção de objetos encantados perdera um elemento.

Principiei a caminhar pelo aposento, examinando os vários objetos indefinidos na semi-obscuridade. Fui atraído por uma grande fotografia de um homem idoso, vestido em traje de iatista, pendurada na parede, acima de sua mesa.

"Quem é esse homem?"

"Esse? Esse é Mr. Dan Cody, meu velho."

O nome me pareceu ligeiramente familiar.

"Ele já faleceu. Ele costumava ser o meu melhor amigo anos atrás."

Sobre a escrivaninha havia uma pequena fotografia de Gatsby, também em traje de iatista – Gatsby com a cabeça jogada para trás, de forma provocante – aparentemente feita quando ele estava com cerca dos seus dezoito anos.

"Eu o adoro", exclamou Daisy. "O pompadour! Você jamais me contou que tinha um pompadour... ou um iate."

"Veja isto. São vários recortes... sobre você", disse Gatsby rapidamente.

Eles ficaram lado a lado, examinando-os. Eu ia pedir para ver os rubis quando o telefone tocou, e Gatsby atendeu.

"Sim... bem, não posso falar agora... não posso falar agora, meu velho... eu disse uma cidade pequena... ele deve saber o que é uma cidade pequena... bem, ele não serve para nós se ele acha que Detroit é uma cidade pequena..."

Ele desligou.

"Venha aqui, depressa!", exclamou Daisy, diante da janela.

A chuva continuava a cair, mas a escuridão se dissipara no oeste e havia um vagalhão rosa e dourado de nuvens espumantes sobre o mar.

"Veja aquilo", sussurrou ela, e após um momento acrescentou: "Eu gostaria de colocar você sobre uma daquelas nuvens e empurrá-lo por toda parte."

I tried to go then, but they wouldn't hear of it; perhaps my presence made them feel more satisfactorily alone.

"I know what we'll do," said Gatsby, "we'll have Klipspringer play the piano."

He went out of the room calling "Ewing!" and returned in a few minutes accompanied by an embarrassed, slightly worn young man, with shell-rimmed glasses and scanty blond hair. He was now decently clothed in a "sport shirt," open at the neck, sneakers, and duck trousers of a nebulous hue.

"Did we interrupt your exercises?" inquired Daisy politely.

"I was asleep," cried Mr. Klipspringer, in a spasm of embarrassment. "That is, I'd been asleep. Then I got up…"

"Klipspringer plays the piano," said Gatsby, cutting him off. "Don't you, Ewing, old sport?"

"I don't play well. I don't… I hardly play at all. I'm all out of prac…"

"We'll go down-stairs," interrupted Gatsby. He flipped a switch. The gray windows disappeared as the house glowed full of light.

In the music-room Gatsby turned on a solitary lamp beside the piano. He lit Daisy's cigarette from a trembling match, and sat down with her on a couch far across the room, where there was no light save what the gleaming floor bounced in from the hall.

When Klipspringer had played "The Love Nest" he turned around on the bench and searched unhappily for Gatsby in the gloom.

"I'm all out of practice, you see. I told you I couldn't play. I'm all out of prac…"

"Don't talk so much, old sport," commanded Gatsby. "Play!"

"In the morning,

In the evening,

Ain't we got fun…"

Outside the wind was loud and there was a faint flow dock of thunder along the Sound. All the lights were going on in West Egg now; the electric trains, men-carrying, were plunging home through the rain from New York. It was the hour of a profound human change, and excitement was generating on the air.

"One thing's sure and nothing's surer

The rich get richer and the poor get – children.

Tentei me retirar, mas eles nem quiseram ouvir falar em tal coisa; talvez minha presença os fizesse sentir-se mais satisfatoriamente sozinhos.

"Sei o que faremos", disse Gatsby, "pediremos para Klipspringer tocar piano."

Ele saiu do quarto chamando "Ewing!" e retornou em alguns minutos, acompanhado por um jovem envergonhado e um pouco acabado, com óculos de aro de madrepérola e ralos cabelos louros. Estava decentemente vestido com uma camisa esporte aberta no pescoço, tênis e calças de linho grosso, de coloração nebulosa.

"Interrompemos seus exercícios?", indagou Daisy de forma cortês.

"Eu estava dormindo", exclamou Mr. Klipspringer, em um espasmo de constrangimento. "Isto é, eu estava dormindo, depois me levantei..."

"Klipspringer toca piano", disse Gatsby, interrompendo. "Não é mesmo, Ewing, meu velho?"

"Não toco bem. Não... Quase não tenho tocado. Estou fora de forma..."

"Vamos descer", interrompeu Gatsby. Ele apertou um interruptor. As janelas cinzentas desapareceram quando a casa fulgurou, cheia de luz.

Na sala de música, Gatsby acendeu uma lâmpada solitária ao lado do piano. Com mão trêmula, acendeu o cigarro de Daisy e sentou-se com ela em um sofá do outro lado da sala, onde não havia qualquer luz, exceto a refletida pelo brilho do assoalho do saguão.

Depois de tocar "The Love Nest", Klipspringer se virou no banco do piano e, infeliz, procurou por Gatsby na obscuridade.

"Como podem ver, estou fora de forma. Disse-lhes que não podia tocar. Estou fora de for..."

"Não fale tanto, meu velho", ordenou Gatsby. "Toque!"

"De manhã,

À noite,

Nós nos divertimos..."

Do lado de fora, o vento soprava, ruidoso, e ouvia-se um débil rumor de trovões ao longo do Estreito. Agora, todas as luzes estavam acesas no West Egg; trens elétricos lotados mergulhavam na chuva, vindos de Nova Iorque. Era hora de uma profunda mudança humana, e a excitação se fazia sentir no ar.

"Uma coisa é certa, e nada é mais certo.

Os ricos ficam mais ricos e os pobres ficam – mais cheio de filhos.

In the meantime,

In between time..."

As I went over to say good-by I saw that the expression of bewilderment had come back into Gatsby's face, as though a faint doubt had occurred to him as to the quality of his present happiness. Almost five years! There must have been moments even that afternoon when Daisy tumbled short of his dreams – not through her own fault, but because of the colossal vitality of his illusion. It had gone beyond her, beyond everything. He had thrown himself into it with a creative passion, adding to it all the time, decking it out with every bright feather that drifted his way. No amount of fire or freshness can challenge what a man will store up in his ghostly heart.

As I watched him he adjusted himself a little, visibly. His hand took hold of hers, and as she said something low in his ear he turned toward her with a rush of emotion. I think that voice held him most, with its fluctuating, feverish warmth, because it couldn't be over-dreamed – that voice was a deathless song.

They had forgotten me, but Daisy glanced up and held out her hand; Gatsby didn't know me now at all. I looked once more at them and they looked back at me, remotely, possessed by intense life. Then I went out of the room and down the marble steps into the rain, leaving them there together.

Enquanto isso,

Nesse meio-tempo..."

Quando me aproximei para me despedir, vi que a expressão de perplexidade voltara ao rosto de Gatsby, como se lhe tivesse ocorrido uma leve dúvida quanto à qualidade de sua atual felicidade. Quase cinco anos! Naquela tarde, Daisy talvez não tenha correspondido aos seus sonhos em alguns momentos – não por culpa dela, mas pela monumental potência de sua ilusão. Ele projetara essa ilusão para além dela, para além de tudo. Mergulhara nela com paixão criadora, acrescentando-lhe algo o tempo todo, enfeitando-a com todas as plumagens coloridas que cruzavam seu caminho. Não há ardor ou frescor que possam contestar o que um homem armazena em seu fantasmagórico coração.

Enquanto eu o observava, ele visivelmente procurou se recompor um pouco. Pegou sua mão, e quando ela falou algo baixinho em seu ouvido, voltou-se para ela tomado de emoção. Creio que era essa voz que o prendia com seu calor flutuante e febril, porque não podia suplantar seu sonho – essa voz era uma canção imortal.

Ambos haviam se esquecido de mim, mas Daisy olhou para cima e levantou a mão; Gatsby não tomou conhecimento de minha presença. Fitei-os mais uma vez e eles também me fitaram, porém remotamente, possuídos pela intensidade da vida. Então saí da sala, desci a escadaria de mármore, penetrei na chuva, deixando-os ali juntos.

CHAPTER 6

About this time an ambitious young reporter from New York arrived one morning at Gatsby's door and asked him if he had anything to say.

"Anything to say about what?" inquired Gatsby politely.

"Why... any statement to give out."

It transpired after a confused five minutes that the man had heard Gatsby's name around his office in a connection which he either wouldn't reveal or didn't fully understand. This was his day off and with laudable initiative he had hurried out "to see."

It was a random shot, and yet the reporter's instinct was right. Gatsby's notoriety, spread about by the hundreds who had accepted his hospitality and so become authorities on his past, had increased all summer until he fell just short of being news. Contemporary legends such as the "underground pipe-line to Canada." attached themselves to him, and there was one persistent story that he didn't live in a house at all, but in a boat that looked like a house and was moved secretly up and down the Long Island shore. Just why these inventions were a source of satisfaction to James Gatz of North Dakota, isn't easy to say.

James Gatz: that was really, or at least legally, his name. He had changed it at the age of seventeen and at the specific moment that witnessed the beginning of his career – when he saw Dan Cody's yacht drop anchor over the most insidious flat on Lake Superior. It was James Gatz who had been loafing along the beach that afternoon in a torn green jersey and a pair of canvas pants, but it was already Jay Gatsby who borrowed a rowboat, pulled out to the Tuolomee, and informed Cody that a wind might catch him and break him up in half an hour.

I suppose he'd had the name ready for a long time, even then. His parents were shiftless and unsuccessful farm people – his imagination had never really accepted them as his parents at all. The truth was that Jay Gatsby of West Egg, Long Island, sprang from his Platonic conception of himself. He was a son of God – a phrase which, if it means anything, means just that – and he must be about His Fa-

CAPÍTULO 6

Em uma manhã, mais ou menos nessa hora, um ambicioso repórter de Nova Iorque chegou à casa de Gatsby e perguntou se ele tinha algo a dizer.

"Algo a dizer sobre o quê?", indagou Gatsby educadamente.

"Ora... qualquer declaração a fazer."

Depois de cinco minutos de confusão, transpirou que o homem ouvira o nome de Gatsby em sua sala, ligado a algo que ele não quis revelar ou não compreendeu bem. Era seu dia de folga e ele tivera a louvável iniciativa de correr até lá "para ver o que havia."

Era um tiro no escuro, contudo, o instinto do repórter estava certo. A notoriedade de Gatsby, espalhada por centenas de pessoas que aceitaram sua hospitalidade e assim se converteram em autoridades do seu passado, crescera em todo verão, a ponto de ele se transformar em notícia. Lendas contemporâneas como a do "oleoduto subterrâneo ao Canadá", ligavam-se a ele e corria uma história persistente de que ele não morava numa casa, mas num barco semelhante a uma casa, transportado secretamente para cima e para baixo na costa de Long Island. Não é fácil dizer por que tais invenções eram uma fonte de satisfação para James Gatz, de Dakota do Norte.

James Gatz: na realidade, era esse seu nome, pelo menos legalmente. Ele o trocara aos 17 anos, no exato momento em que presenciara o início de sua carreira, ao ver o iate de Dan Cody baixar âncora no mais lugar mais traiçoeiro do Lago Superior. Fora James Gatz quem estivera vagabundeando pela praia naquela tarde, vestido com uma esfiapada camisa de malha e um par de calças de lona, mas fora Jay Gatsby quem pedira um bote emprestado, aproximara-se do Tuolomee e informara Cody que, em meia hora, uma ventania poderia apanhar seu iate e destruí-lo.

Suponho que já tivesse o nome pronto há tempos, até mesmo naquela época. Seus pais eram agricultores ineptos e mal-sucedidos – e sua imaginação jamais os aceitara como pais. Na verdade, Jay, de West Egg, Long Island, surgiu da platônica concepção que fazia de si. Era filho de Deus – uma frase que, se tiver algum significado, exprime exatamente isso – e assim, precisava se dedicar aos negócios de

ther's business, the service of a vast, vulgar, and meretricious beauty. So he invented just the sort of Jay Gatsby that a seventeen-year-old boy would be likely to invent, and to this conception he was faithful to the end.

For over a year he had been beating his way along the south shore of Lake Superior as a clam-digger and a salmon-fisher or in any other capacity that brought him food and bed. His brown, hardening body lived naturally through the half-fierce, half-lazy work of the bracing days. He knew women early, and since they spoiled him he became contemptuous of them, of young virgins because they were ignorant, of the others because they were hysterical about things which in his overwhelming self-absorbtion he took for granted.

But his heart was in a constant, turbulent riot. The most grotesque and fantastic conceits haunted him in his bed at night. A universe of ineffable gaudiness spun itself out in his brain while the clock ticked on the wash-stand and the moon soaked with wet light his tangled clothes upon the floor. Each night he added to the pattern of his fancies until drowsiness closed down upon some vivid scene with an oblivious embrace. For a while these reveries provided an outlet for his imagination; they were a satisfactory hint of the unreality of reality, a promise that the rock of the world was founded securely on a fairy's wing.

An instinct toward his future glory had led him, some months before, to the small Lutheran college of St. Olaf in southern Minnesota. He stayed there two weeks, dismayed at its ferocious indifference to the drums of his destiny, to destiny itself, and despising the janitor's work with which he was to pay his way through. Then he drifted back to Lake Superior, and he was still searching for something to do on the day that Dan Cody's yacht dropped anchor in the shallows alongshore.

Cody was fifty years old then, a product of the Nevada silver fields, of the Yukon, of every rush for metal since seventy-five. The transactions in Montana copper that made him many times a millionaire found him physically robust but on the verge of soft-mindedness, and, suspecting this, an infinite number of women tried to separate him from his money. The none too savory ramifications by which Ella Kaye, the newspaper woman, played Madame de Maintenon to his weakness and sent him to sea in a yacht, were common knowledge to the turgid sub-journalism of 1902. He had been coasting along all too hospitable shores for five years when he turned up as James Gatz's destiny at Little Girls Point.

To the young Gatz, resting on his oars and looking up at the railed deck, the yacht represented all the beauty and glamour in the world. I suppose he smiled at Cody – he had probably discovered that people liked him when he smiled. At any rate Cody asked him a few questions (one of them elicited the brand new name) and found that he was quick and extravagantly ambitious. A few days later he took him to Duluth and bought him a blue coat, six pair of white duck trousers, and a yachting cap. And when the Tuolomee left for the West Indies and the Barbary Coast Gatsby left too.

He was employed in a vague personal capacity – while he remained with

seu Pai, ao serviço de uma beleza vasta, vulgar e ilegítima. Desse modo, inventou exatamente a espécie de Jay Gatsby que um garoto de 17 anos inventaria, e até o fim foi fiel a essa concepção.

Durante mais de um ano, na costa sul do Lago Superior, ele ganhara a vida como apanhador de moluscos e pescador de salmão, ou qualquer outro ofício que lhe proporcionasse cama e comida. Seu corpo rijo e bronzeado se desenvolveu naturalmente em meio à faina, ora ardente, ora preguiçosa, dos dias de trabalhador braçal. Conheceu mulheres muito cedo, e como elas o mimavam, ele as desdenhava: as jovens virgens, pois eram ignorantes, as outras por serem histéricas sobre coisas que, devido à sua infinita preocupação por si mesmo, considerava naturais.

Mas seu coração estava em conflito constante e turbulento. Os mais grotescos e fantásticos conceitos o assombravam à noite em sua cama. Um universo de inefável ostentação girava em seu cérebro enquanto o relógio trabalhava sobre o lavatório e o luar banhava suas roupas amontoadas no chão. A cada noite que passava, ampliava suas ilusões até que a sonolência cerrava alguma cena vívida com seu abraço de esquecimento. Durante certo tempo, esses sonhos foram uma válvula de escape à sua imaginação; eram uma sugestão satisfatória da irrealidade da realidade, uma promessa de que a rocha do mundo apoiava-se seguramente sobre uma asa encantada.

Alguns meses antes, um instinto na direção de sua futura glória o levara à pequena Faculdade Luterana de St. Olaf, no sul de Minnesota. Ali permaneceu por duas semanas, consternado com a feroz indiferença da escola pelo bramir de seu destino, com o próprio destino, desprezando o trabalho de zelador com o qual deveria pagar seus estudos. Então, voltou ao Lago Superior, e ainda buscava algo para fazer quando o iate de Dan Cody lançou âncora nas águas rasas ao longo da costa.

À época, Cody tinha 50 anos, um produto das minas de prata de Nevada, do Yukon, de todas as corridas em busca de metal desde 75. As transações com cobre de Montana, que o tornaram várias vezes milionário, encontraram-no fisicamente robusto, mas à beira de ficar com a cabeça fraca e, suspeitando disso, um número infinito de mulheres tentaram separá-lo de seu dinheiro. Os subterfúgios não muito cheirosos pelos quais a jornalista Ella Kaye se fez passar por Madame de Maintenon, para explorar sua fraqueza e enviá-lo ao mar num iate, eram notórios no empolado sub-jornalismo de 1902. Navegou pela costa hospitaleira por cinco anos quando se transformou no destino de James Gatz, em Little Girls Point.

Para o jovem Gatz, apoiado em seus remos admirando o convés gradeado, o iate representava toda a beleza e todo encanto do mundo. Suponho que tenha sorrido para Cody – provavelmente descobrira que as pessoas gostavam dele quando sorria. De qualquer modo, Cody lhe fez algumas perguntas (uma das quais originou seu novo nome) e descobriu que ele era rápido e delirantemente ambicioso. Alguns dias mais tarde levou-o para Duluth, comprou-lhe um casaco azul, seis pares de calças brancas, de linho, e um boné de tripulante de iate. E quando zarpou para as Índias Ocidentais e para a Costa de Barbary, Gatsby também foi.

Foi contratado para ocupar posição incerta – enquanto permaneceu com

Cody he was in turn steward, mate, skipper, secretary, and even jailor, for Dan Cody sober knew what lavish doings Dan Cody drunk might soon be about, and he provided for such contingencies by reposing more and more trust in Gatsby. The arrangement lasted five years, during which the boat went three times around the Continent. It might have lasted indefinitely except for the fact that Ella Kaye came on board one night in Boston and a week later Dan Cody inhospitably died.

I remember the portrait of him up in Gatsby's bedroom, a gray, florid man with a hard, empty face – the pioneer debauchee, who during one phase of American life brought back to the Eastern seaboard the savage violence of the frontier brothel and saloon. It was indirectly due to Cody that Gatsby drank so little. Sometimes in the course of gay parties women used to rub champagne into his hair; for himself he formed the habit of letting liquor alone.

And it was from Cody that he inherited money – a legacy of twenty-five thousand dollars. He didn't get it. He never understood the legal device that was used against him, but what remained of the millions went intact to Ella Kaye. He was left with his singularly appropriate education; the vague contour of Jay Gatsby had filled out to the substantiality of a man.

He told me all this very much later, but I've put it down here with the idea of exploding those first wild rumors about his antecedents, which weren't even faintly true. Moreover he told it to me at a time of confusion, when I had reached the point of believing everything and nothing about him. So I take advantage of this short halt, while Gatsby, so to speak, caught his breath, to clear this set of misconceptions away.

It was a halt, too, in my association with his affairs. For several weeks I didn't see him or hear his voice on the phone – mostly I was in New York, trotting around with Jordan and trying to ingratiate myself with her senile aunt – but finally I went over to his house one Sunday afternoon. I hadn't been there two minutes when somebody brought Tom Buchanan in for a drink. I was startled, naturally, but the really surprising thing was that it hadn't happened before.

They were a party of three on horseback – Tom and a man named Sloane and a pretty woman in a brown riding-habit, who had been there previously.

"I'm delighted to see you," said Gatsby, standing on his porch. "I'm delighted that you dropped in."

As though they cared!

"Sit right down. Have a cigarette or a cigar." He walked around the room quickly, ringing bells. "I'll have something to drink for you in just a minute."

He was profoundly affected by the fact that Tom was there. But he would be uneasy anyhow until he had given them something, realizing in a vague way that that was all they came for. Mr. Sloane wanted nothing. A lemonade? No, thanks. A

Cody, alternadamente foi comissário, oficial, comandante, secretário e até carcereiro, pois quando sóbrio, Dan Cody sabia a que excessos de generosidade Dan Cody era capaz quando bêbado, e para tais contingências, passou a confiar cada vez mais em Gatsby. O arranjo durou cinco anos, durante os quais o barco deu três voltas em torno do Continente. Poderia ter persistido indefinidamente, não fosse o fato de, uma noite, Ella Kaye ter subido à bordo em Boston, e uma semana depois Dan Cody morrer inesperadamente.

Lembro-me do retrato dele no quarto de Gatsby, um homem grisalho e avermelhado, com rosto duro e inexpressivo – o pioneiro boêmio que, durante uma fase da vida americana, levou de volta ao litoral leste a selvagem violência dos bordéis e tabernas da fronteira. Indiretamente, Cody foi a causa de Gatsby beber tão pouco. Certas vezes, no decorrer das festas alegres, as mulheres costumavam esfregar champanhe em seus cabelos; por si, adquiriu o hábito de se afastar das bebidas.

E foi de Cody que ele herdou dinheiro – um legado de 25 mil dólares que jamais recebeu. Nunca compreendeu a artimanha legal usada contra ele, mas o que restou dos milhões passou para Ella Kay, intacto. Ele ficou com sua educação singularmente adequada. O vago contorno de Jay Gatsby preenchera a substancialidade de um homem.

Ele me contou tudo isso muito mais tarde, mas aqui estou, escrevendo com a ideia de acabar com aqueles primeiro rumores sobre seus antecedentes, que estavam longe da verdade. Além disso, ele me relatou tudo isso em uma época de confusão, quando eu chegara ao ponto de acreditar em tudo e em nada do que era contado sobre ele. Assim, aproveito-me desta pequena pausa enquanto Gatsby, por assim dizer, toma fôlego para desfazer todos os mitos sobre ele.

Também foi uma interrupção na minha ligação com seus negócios. Por várias semanas, não o vi nem ouvi sua voz ao telefone – na maior parte do tempo estava em Nova Iorque a passear com Jordan, tentando me congraçar com a tia senil – mas finalmente fui à sua casa num domingo à tarde. Estava há menos de dois minutos lá quando alguém surgiu com Tom Buchanan para uma bebida. Surpreendi-me, é claro, mas realmente surpreendente era que isso não acontecesse antes.

Eram um grupo de três pessoas a cavalo – Tom, um homem chamado Sloane e uma mulher bonita, trajando roupa de montaria, que ali estivera anteriormente.

"Encantado por vê-los", disse Gatsby, em pé em seu terraço. "Estou encantado por terem vindo."

Como se eles se importassem!

"Sentem-se. Fumem um cigarro ou um charuto." Ele caminhou pela sala rapidamente, tocando sinetas. "Eu lhes servirei algo para beber num minuto."

Ele abalara-se profundamente pelo fato de Tom se encontrar ali. Mas, de qualquer forma, ficaria constrangido se não lhes servisse algo, percebendo vagamente que só estavam ali para isso. Mr. Sloane não queria nada. Uma limonada?

little champagne? Nothing at all, thanks... I'm sorry...

"Did you have a nice ride?"

"Very good roads around here."

"I suppose the automobiles..."

"Yeah."

Moved by an irresistible impulse, Gatsby turned to Tom, who had accepted the introduction as a stranger.

"I believe we've met somewhere before, Mr. Buchanan."

"Oh, yes," said Tom, gruffly polite, but obviously not remembering. "So we did. I remember very well."

"About two weeks ago."

"That's right. You were with Nick here."

"I know your wife," continued Gatsby, almost aggressively.

"That so?"

Tom turned to me.

"You live near here, Nick?"

"Next door."

"That so?"

Mr. Sloane didn't enter into the conversation, but lounged back haughtily in his chair; the woman said nothing either – until unexpectedly, after two highballs, she became cordial.

"We'll all come over to your next party, Mr. Gatsby," she suggested. "What do you say?"

"Certainly; I'd be delighted to have you."

"Be ver' nice," said Mr. Sloane, without gratitude. "Well... think ought to be starting home."

"Please don't hurry," Gatsby urged them. He had control of himself now, and he wanted to see more of Tom. "Why don't you – why don't you stay for supper? I wouldn't be surprised if some other people dropped in from New York."

"You come to supper with *me*," said the lady enthusiastically. "Both of you."

This included me. Mr. Sloane got to his feet.

"Come along," he said, but to her only.

"I mean it," she insisted. "I'd love to have you. Lots of room."

Não, obrigado. Um pouco de champanhe? Nada mesmo, obrigado... Sinto muito...

"Fizeram um bom passeio a cavalo?"

"As estradas são muito boas por aqui."

"Suponho que os automóveis..."

"Sim."

Movido por um impulso irresistível, Gatsby se voltou para Tom, que aceitara a apresentação como se fosse um estranho.

"Creio que nós já nos encontramos antes, Mr. Buchanan."

"Ó, sim", disse Tom rispidamente polido, mas obviamente não se recordando de quando. "É verdade. Lembro-me muito bem."

"Foi há cerca de duas semanas."

"Correto. Você aqui estava com Nick."

"Eu conheço a sua esposa", continuou Gatsby, quase agressivamente.

"É mesmo?"

Tom se virou para mim.

"Você mora perto daqui, Nick?"

"Aqui ao lado."

"Verdade?"

Mr. Sloane não tomava parte na conversação, mas recostou-se arrogantemente em sua poltrona; a mulher também não disse nada – até que, inesperadamente, depois de duas doses de uísque com soda, tornou-se cordial.

"Nós todos viremos à sua próxima festa, Mr. Gatsby", sugeriu ela. "O que acha disso?"

"Certamente; eu ficarei encantado em recebê-los."

"Vai ser muito agradável", disse Mr. Sloane, sem gratidão alguma. "Bem... creio que está na hora de irmos para casa."

"Por favor, não se apressem", insistiu Gatsby. Ele agora tinha pleno domínio de si e queria observar Tom mais um pouco. "Porque... Porque não ficam para o jantar? Não me surpreenderia se outras pessoas aparecessem vindas de Nova Iorque."

"Vocês vêm jantar *comigo*", disse a senhora com entusiasmo. "Vocês dois."

Isso me incluía. Mr. Sloane se levantou.

"Venha", disse ele, mas apenas para ela.

"Estou falando sério", insistiu ela. "Adoraria recebê-los. Há muitos quartos."

Gatsby looked at me questioningly. He wanted to go, and he didn't see that Mr. Sloane had determined he shouldn't.

"I'm afraid I won't be able to," I said.

"Well, you come," she urged, concentrating on Gatsby.

Mr. Sloane murmured something close to her ear.

"We won't be late if we start now," she insisted aloud.

"I haven't got a horse," said Gatsby. "I used to ride in the army, but I've never bought a horse. I'll have to follow you in my car. Excuse me for just a minute."

The rest of us walked out on the porch, where Sloane and the lady began an impassioned conversation aside.

"My God, I believe the man's coming," said Tom. "Doesn't he know she doesn't want him?"

"She says she does want him."

"She has a big dinner party and he won't know a soul there." He frowned. "I wonder where in the devil he met Daisy. By God, I may be old-fashioned in my ideas, but women run around too much these days to suit me. They meet all kinds of crazy fish."

Suddenly Mr. Sloane and the lady walked down the steps and mounted their horses.

"Come on," said Mr. Sloane to Tom, "we're late. We've got to go." And then to me: "Tell him we couldn't wait, will you?"

Tom and I shook hands, the rest of us exchanged a cool nod, and they trotted quickly down the drive, disappearing under the August foliage just as Gatsby, with hat and light overcoat in hand, came out the front door.

Tom was evidently perturbed at Daisy's running around alone, for on the following Saturday night he came with her to Gatsby's party. Perhaps his presence gave the evening its peculiar quality of oppressiveness – it stands out in my memory from Gatsby's other parties that summer. There were the same people, or at least the same sort of people, the same profusion of champagne, the same many-colored, many-keyed commotion, but I felt an unpleasantness in the air, a pervading harshness that hadn't been there before. Or perhaps I had merely grown used to it, grown to accept West Egg as a world complete in itself, with its own standards and its own great figures, second to nothing because it had no consciousness of being so, and now I was looking at it again, through Daisy's eyes. It is invariably saddening to look through new eyes at things upon which you have expended your own powers of adjustment.

They arrived at twilight, and, as we strolled out among the sparkling hundreds, Daisy's voice was playing murmurous tricks in her throat.

Gatsby olhou para mim com expressão indagadora. Ele queria ir e não percebia que Mr. Sloane determinara que ele não aceitasse.

"Receio não poder aceitar", falei.

"Bem, venha você", instou ela, concentrando-se em Gatsby.

Mr. Sloane murmurou algo no ouvido dela.

"Não chegaremos tarde se sairmos agora", insistiu ela em voz alta.

"Não tenho cavalo", falou Gatsby. "Costumava cavalgar no exército, mas nunca comprei um. Terei que segui-los em meu carro. Perdoem-me um minuto."

O resto de nós saiu para o terraço, onde Sloane e a senhora começaram uma veemente conversação, separados dos outros.

"Meu Deus, acho que o homem vem mesmo", disse Tom. "Será que não percebe que ela não quer que ele vá?"

"Ela afirma querer muito que ele vá."

"Ela vai dar um grande jantar e ele não vai conhecer viva alma, lá." Ele franziu as sobrancelhas, "Gostaria de saber em que diabo de lugar Daisy o conheceu. Por Deus, posso ter ideias retrógradas, mas hoje em dia as mulheres estão independentes demais para o meu gosto. Conhecem todo tipo de gente esquisita."

De repente, Mr. Sloane e senhora desceram as escadas e montaram em seus cavalos.

"Vamos", disse Mr. Sloane a Tom, "estamos atrasados. Precisamos ir." E então, dirigindo-se a mim: "Diga-lhe que não pudemos esperar, por favor?"

Tom e eu nos cumprimentamos, os outros somente trocaram um frio meneio e, em trote rápido pela estrada a desaparecer sob a folhagem de agosto no momento em que Gatsby surgia à porta da frente com chapéu e um casaco leve às mãos.

Era evidente que Tom estava perturbado com as saídas solitárias de Daisy, pois no sábado seguinte apareceu com ela na festa de Gatsby. Talvez sua presença tenha dado à noite sua peculiar qualidade de opressão. Na minha memória, ela se destaca das outras festas dadas por Gatsby naquele verão. As mesmas pessoas compareceram ou, pelo menos, a mesma espécie de gente, havia a mesma profusão de champanha, a mesma comoção multicolorida e multifacetada, mas senti algo desagradável no ar, uma dureza penetrante que não estivera lá antes. Ou talvez eu tenha simplesmente me habituado, aceitado West Egg como um mundo completo em si mesmo, com seus próprios padrões e suas próprias grandes figuras, um lugar incomparável porque não tinha consciência do que era, e agora eu olhava para esse mundo através dos olhos de Daisy. É sempre triste olhar, através de novos olhos, para coisas nas quais consumimos nossos próprios poderes de adaptação.

Eles chegaram ao anoitecer e, enquanto caminhávamos entre centenas de pessoas radiantes, a voz de Daisy realizava truques murmurantes em sua garganta.

"These things excite me so," she whispered.

"If you want to kiss me any time during the evening, Nick, just let me know and I'll be glad to arrange it for you. Just mention my name. Or present a green card. I'm giving out green..."

"Look around," suggested Gatsby.

"I'm looking around. I'm having a marvelous..."

"You must see the faces of many people you've heard about."

Tom's arrogant eyes roamed the crowd.

"We don't go around very much," he said. "In fact, I was just thinking I don't know a soul here."

"Perhaps you know that lady." Gatsby indicated a gorgeous, scarcely human orchid of a woman who sat in state under a white plum tree. Tom and Daisy stared, with that peculiarly unreal feeling that accompanies the recognition of a hitherto ghostly celebrity of the movies.

"She's lovely," said Daisy.

"The man bending over her is her director."

He took them ceremoniously from group to group:

"Mrs. Buchanan... and Mr. Buchanan..." After an instant's hesitation he added: "the polo player."

"Oh no," objected Tom quickly, "not me."

But evidently the sound of it pleased Gatsby, for Tom remained "the polo player." for the rest of the evening.

"I've never met so many celebrities!" Daisy exclaimed. "I liked that man – what was his name? – with the sort of blue nose."

Gatsby identified him, adding that he was a small producer.

"Well, I liked him anyhow."

"I'd a little rather not be the polo player," said Tom pleasantly, "I'd rather look at all these famous people in... in oblivion."

Daisy and Gatsby danced. I remember being surprised by his graceful, conservative fox-trot – I had never seen him dance before. Then they sauntered over to my house and sat on the steps for half an hour, while at her request I remained watchfully in the garden. "In case there's a fire or a flood," she explained, "or any act of God."

Tom appeared from his oblivion as we were sitting down to supper together. "Do you mind if I eat with some people over here?" he said. "A fellow's getting off some funny stuff."

"Essas coisas me excitam tanto", sussurrou ela.

"Se quiser me beijar em qualquer momento desta noite, Nick, é só me dizer que ficarei feliz em arranjar as coisas para você. Apenas mencione meu nome. Ou apresente um cartão verde. Estou oferecendo cartões..."

"Olhe em torno", sugeriu Gatsby.

"Estou olhando. Estou tendo uma maravilhosa..."

"Vai ver os rostos de muitas pessoas de quem ouviu falar."

Os olhos arrogantes de Tom perambularam pela multidão.

"Não saímos muito", disse ele. "Na verdade, estava pensando que não conheço ninguém por aqui."

"Talvez conheça aquela senhora." Gatsby indicou uma criatura lindíssima, parecida com uma orquídea humana, sentada solenemente sob uma ameixeira branca. Tom e Daisy fitaram-na com aquele peculiar sentimento de irrealidade que acompanha o reconhecimento de uma fantasmagórica celebridade do cinema.

"Ela é encantadora", disse Daisy.

"O homem debruçado sobre ela é seu diretor."

Cerimoniosamente, ele os levou de grupo em grupo:

"Mrs. Buchanan... e Mr. Buchanan..." Depois de um instante de hesitação, acrescentou: "O jogador de polo."

"Ó, não", objetou Tom depressa, "eu não."

Mas, evidentemente, o som da frase agradou Gatsby, pois Tom ficou sendo "o jogador de polo" pelo resto da noite.

"Jamais fui apresentada a tantas celebridades!", exclamou Daisy. "Gosto daquele homem de nariz azulado – qual o seu nome?"

Gatsby o identificou, acrescentando que era um pequeno produtor.

"Bem, gosto dele de qualquer jeito."

"Eu preferiria não ser o jogador de polo", disse Tom de forma amigável, "gostaria de conhecer todas essas pessoas famosas... anonimamente."

Daisy e Gatsby dançaram. Lembro-me de me surpreender com seu gracioso e conservador fox-trot – antes, eu nunca o vira dançar. Eles então foram à minha casa e sentaram-se nos degraus da escada durante meia hora, enquanto eu ficava de vigia, no jardim. "No caso de haver um incêndio, uma inundação, ou qualquer outro ato divino", explicou ela.

Tom surgiu de seu anonimato enquanto nos sentávamos para jantar. "Importam-se se eu jantar com algumas pessoas que ali estão?", perguntou. "Um sujeito está contando uma história engraçada."

"Go ahead," answered Daisy genially, "and if you want to take down any addresses here's my little gold pencil." ... she looked around after a moment and told me the girl was "common but pretty," and I knew that except for the half-hour she'd been alone with Gatsby she wasn't having a good time.

We were at a particularly tipsy table. That was my fault – Gatsby had been called to the phone, and I'd enjoyed these same people only two weeks before. But what had amused me then turned septic on the air now.

"How do you feel, Miss Baedeker?"

The girl addressed was trying, unsuccessfully, to slump against my shoulder. At this inquiry she sat up and opened her eyes.

"Wha'?"

A massive and lethargic woman, who had been urging Daisy to play golf with her at the local club tomorrow, spoke in Miss Baedeker's defence:

"Oh, she's all right now. When she's had five or six cocktails she always starts screaming like that. I tell her she ought to leave it alone."

"I do leave it alone," affirmed the accused hollowly.

"We heard you yelling, so I said to Doc Civet here: 'There's somebody that needs your help, Doc.'"

"She's much obliged, I'm sure," said another friend, without gratitude. "But you got her dress all wet when you stuck her head in the pool."

"Anything I hate is to get my head stuck in a pool," mumbled Miss Baedeker. "They almost drowned me once over in New Jersey."

"Then you ought to leave it alone," countered Doctor Civet.

"Speak for yourself!" cried Miss Baedeker violently. "Your hand shakes. I wouldn't let you operate on me!"

It was like that. Almost the last thing I remember was standing with Daisy and watching the moving-picture director and his Star. They were still under the white plum tree and their faces were touching except for a pale, thin ray of moonlight between. It occurred to me that he had been very slowly bending toward her all evening to attain this proximity, and even while I watched I saw him stoop one ultimate degree and kiss at her cheek.

"I like her," said Daisy, "I think she's lovely."

But the rest offended her – and inarguably, because it wasn't a gesture but an emotion. She was appalled by West Egg, this unprecedented "place." that Broadway had begotten upon a Long Island fishing village – appalled by its raw vigor that chafed under the old euphemisms and by the too obtrusive fate that herded its inhabitants along a short-cut from nothing to nothing. She saw something awful in the very simplicity she failed to understand.

"Vá", respondeu Daisy, alegre, "e se desejar tomar nota de algum endereço, aqui está minha canetinha de ouro"... ela olhou em torno depois de um momento e confidenciou que a moça era "vulgar, mas bonitinha", e eu soube que, exceto pela meia hora que passara sozinha com Gatsby, ela não se divertira.

Estávamos numa mesa particularmente de beberrões. Culpa minha – Gatsby fora chamado ao telefone e eu passara momentos agradáveis com essas mesmas pessoas apenas há duas semanas. Mas o que antes me divertira agora infectava o ar.

"Como está, Miss Baedeker?"

Sem sucesso, a moça a quem eu me dirigira tentava se apoiar no meu ombro. Diante de minha pergunta, ela se empertigou e abriu os olhos.

"Como?"

Uma mulher gigantesca e letárgica, que insistia para Daisy jogar golfe com ela no dia seguinte, no clube local, defendeu Miss Baedeker:

"Ó, ela agora está bem. Sempre que toma cinco ou seis aperitivos, começa a gritar assim. Eu sempre lhe digo que deveria parar de beber."

"Já parei de beber", afirmou a acusada, de modo insincero.

"Nós a ouvimos gritar, então eu disse para o Doutor Civet, aqui: 'Alguém está precisando da sua ajuda'."

"Ela agradece muito, tenho certeza", afirmou outro amigo, sem gratidão. "Mas quando você enfiou a cabeça dela na piscina, encharcou seu vestido."

"Detesto que enfiem minha cabeça na piscina", resmungou Miss Baedeker. "Certa vez, quase me afogaram em Nova Jersey."

"Então, você deveria mesmo abandonar a bebida", redarguiu o Doutor Civet.

"Fale por si mesmo!", gritou Miss Baedeker, com violência. "Suas mãos estão trêmulas. Eu jamais deixaria você me operar!"

Era assim. Quase a última coisa de que me lembro foi ter permanecido em pé ao lado de Daisy, observando o diretor de cinema e sua "estrela." Ambos ainda se encontravam sob a ameixeira, e seus rostos só não se tocavam porque um tênue raio de luar se insinuava entre eles. Ocorreu-me que ele passara a noite a se inclinar lentamente para ela, até chegar àquele estágio de proximidade, e enquanto observava, eu o vi vencer a distância final e beijar seu rosto.

"Eu gosto dela", disse Daisy. "É encantadora."

Mas o restante a ofendia – indiscutivelmente, por não se tratar dum gesto, mas sim duma emoção. Ficou horrorizada com West Egg, esse "lugar" sem precedentes que Broadway criara na aldeia pesqueira de Long Island – horrorizada com seu rude vigor, que se desgastava sob velhos eufemismos, e pelo destino por demais invasivo que reunia seus habitantes num atalho que saía do nada até lugar nenhum. Ela viu algo terrível na própria simplicidade que não conseguiu compreender.

I sat on the front steps with them while they waited for their car. It was dark here in front; only the bright door sent ten square feet of light volleying out into the soft black morning. Sometimes a shadow moved against a dressing-room blind above, gave way to another shadow, an indefinite procession of shadows, who rouged and powdered in an invisible glass.

"Who is this Gatsby anyhow?" demanded Tom suddenly. "Some big bootlegger?"

"Where'd you hear that?" I inquired.

"I didn't hear it. I imagined it. A lot of these newly rich people are just big bootleggers, you know."

"Not Gatsby," I said shortly.

He was silent for a moment. The pebbles of the drive crunched under his feet.

"Well, he certainly must have strained himself to get this menagerie together."

A breeze stirred the gray haze of Daisy's fur collar.

"At least they're more interesting than the people we know," she said with an effort.

"You didn't look so interested."

"Well, I was."

Tom laughed and turned to me.

"Did you notice Daisy's face when that girl asked her to put her under a cold shower?"

Daisy began to sing with the music in a husky, rhythmic whisper, bringing out a meaning in each word that it had never had before and would never have again. When the melody rose, her voice broke up sweetly, following it, in a way contralto voices have, and each change tipped out a little of her warm human magic upon the air.

"Lots of people come who haven't been invited," she said suddenly. "That girl hadn't been invited. They simply force their way in and he's too polite to object."

"I'd like to know who he is and what he does," insisted Tom. "And I think I'll make a point of finding out."

"I can tell you right now," she answered. "He owned some drug-stores, a lot of drug-stores. He built them up himself."

The dilatory limousine came rolling up the drive.

"Good night, Nick," said Daisy.

Her glance left me and sought the lighted top of the steps, where three o'clock

Sentei-me na escadaria da frente enquanto esperavam por seu carro. Estava escuro ali na frente; apenas uma porta brilhante enviava três metros quadrados de luz ao encontro da suave e negra madrugada. Algumas vezes, uma sombra se movia contra a veneziana do quarto de vestir, dava lugar a outra sombra, uma indefinida procissão de sombras que se pintavam e se empoavam em um espelho invisível.

"Afinal de contas, quem é esse Gatsby?", perguntou Tom subitamente. "Algum contrabandista importante?"

"Onde ouviu isso?", perguntei eu.

"Não ouvi. Imaginei. Você sabe que muitos desses novos ricos não são mais do que grandes contrabandistas de bebidas?"

"Gatsby não", atalhei incisivo.

Manteve-se em silêncio um momento. O cascalho rangia sob seus pés.

"Bem, ele certamente deve ter se esforçado muito para conseguir montar este zoológico."

Uma brisa agitou a névoa cinzenta da gola de pele do casaco de Daisy.

"Pelo menos são mais interessantes do que as pessoas que conhecemos", disse ela com esforço.

"Você não pareceu tão interessada."

"Mas eu estava."

Tom riu e se voltou para mim.

"Você notou a expressão de Daisy quando aquela moça lhe pediu para colocá-la em um chuveiro frio?"

Daisy começou a cantar ao som da música, em um sussurro rouco e rítmico, dando a cada palavra um significado que jamais possuíra antes, e jamais voltaria a ter. Quando a melodia ficou mais forte, sua voz se alteou com doçura, acompanhando-a como fazem as vozes de contralto, e cada modulação conferia ao ar um pouco de seu mágico calor humano.

"Vários vieram sem convite", disse ela de repente. "Aquela moça não foi convidada. Simplesmente forçam a entrada e ele é educado demais para se opor."

"Gostaria de saber quem é ele e o que ele faz", insistiu Tom. "Acho que será para mim um ponto de honra descobrir."

"Posso lhe contar imediatamente", respondeu ela. "Ele possuía algumas drogarias, várias delas. Ele próprio as transformou em um sucesso."

Vagarosa, a limusine subia pela alameda.

"Boa noite, Nick", disse Daisy.

Seus olhos me deixaram, buscando o topo iluminado das escadas, a porta

in the morning, a neat, sad little waltz of that year, was drifting out the open door. After all, in the very casualness of Gatsby's party there were romantic possibilities totally absent from her world. What was it up there in the song that seemed to be calling her back inside? What would happen now in the dim, incalculable hours? Perhaps some unbelievable guest would arrive, a person infinitely rare and to be marvelled at, some authentically radiant young girl who with one fresh glance at Gatsby, one moment of magical encounter, would blot out those five years of unwavering devotion.

I stayed late that night, Gatsby asked me to wait until he was free, and I lingered in the garden until the inevitable swimming party had run up, chilled and exalted, from the black beach, until the lights were extinguished in the guest-rooms overhead. When he came down the steps at last the tanned skin was drawn unusually tight on his face, and his eyes were bright and tired.

"She didn't like it," he said immediately.

"Of course she did."

"She didn't like it," he insisted. "She didn't have a good time."

He was silent, and I guessed at his unutterable depression.

"I feel far away from her," he said. "It's hard to make her understand."

"You mean about the dance?"

"The dance?" He dismissed all the dances he had given with a snap of his fingers. "Old sport, the dance is unimportant."

He wanted nothing less of Daisy than that she should go to Tom and say: "I never loved you." After she had obliterated four years with that sentence they could decide upon the more practical measures to be taken. One of them was that, after she was free, they were to go back to Louisville and be married from her house – just as if it were five years ago.

"And she doesn't understand," he said. "She used to be able to understand. We'd sit for hours..."

He broke off and began to walk up and down a desolate path of fruit rinds and discarded favors and crushed flowers.

"I wouldn't ask too much of her," I ventured. "You can't repeat the past."

"Can't repeat the past?" he cried incredulously. "Why of course you can!"

He looked around him wildly, as if the past were lurking here in the shadow of his house, just out of reach of his hand.

"I'm going to fix everything just the way it was before," he said, nodding determinedly. "She'll see."

He talked a lot about the past, and I gathered that he wanted to recover

por onde se ouvia a triste e elegante valsa daquele ano, Three o'clock in the morning. Afinal das contas, a própria casualidade da festa de Gatsby apresentava possibilidades românticas totalmente ausentes em seu mundo. O que havia naquela canção que parecia atraí-la de volta à casa? O que aconteceria agora, nas indistintas e incalculáveis horas? Talvez surgisse algum convidado extraordinário, uma pessoa infinitamente rara que provocasse um sentimento de maravilha, alguma jovem autenticamente radiante que, com um olhar puro dirigido a Gatsby em um momento de encontro mágico, aniquilasse aqueles cinco anos de inabalável devoção.

Fiquei até tarde naquela noite. Gatsby me pedira para esperar ele ficar livre, e permaneci no jardim até que o inevitável grupo de banhistas voltasse correndo da praia negra, gelado e exaltado; até que as luzes se extinguissem nos quartos de hóspedes, acima. Quando ele finalmente desceu as escadas, sua pele morena parecia invulgarmente distendida em seu rosto, e seus olhos estavam cintilantes e cansados.

"Ela não gostou da festa", disse ele de imediato.

"Claro que gostou."

"Ela não gostou", insistiu ele. "Não se divertiu."

Ele se calou, e pude imaginar sua indescritível depressão.

"Sinto-me afastado dela", disse ele. "É difícil fazer com que ela compreenda."

"Você se refere ao baile?"

"O baile?" Com um estalar de dedos, descartou todos os bailes que dera. "Meu velho, o baile não tem importância alguma."

Ele só desejava que Daisy se aproximasse de Tom e dissesse: "Nunca o amei." Depois que ela tivesse extinguido quatro anos com essa frase, poderiam tratar das medidas mais práticas a serem tomadas. Assim que ela estivesse livre, a primeira coisa a fazer seria voltar a Louisville, onde se casariam na casa dela – exatamente como se os últimos cinco anos não tivessem existido.

"Ela não compreende", disse ele. "Costumava compreender. Conversávamos durante horas…"

Ele se interrompeu e começou a andar de um lado para o outro em um desolado caminho cheio de cascas de frutas, favores descartados e flores amassadas.

"Não exija muito, dela", arrisquei. "Não se pode repetir o passado."

"Não se pode repetir o passado?", bradou com incredulidade. "Claro que sim!"

Ele olhou em torno de modo selvagem, como se o passado estivesse escondido nas sombras de sua casa, bem ao alcance da mão.

"Vou consertar tudo e deixar exatamente como era antes", disse ele balançando a cabeça com determinação. "Ela vai ver."

Ele falou muito sobre o passado, e compreendi que queria recuperar algo

something, some idea of himself perhaps, that had gone into loving Daisy. His life had been confused and disordered since then, but if he could once return to a certain starting place and go over it all slowly, he could find out what that thing was...

... One autumn night, five years before, they had been walking down the street when the leaves were falling, and they came to a place where there were no trees and the sidewalk was white with moonlight. They stopped here and turned toward each other. Now it was a cool night with that mysterious excitement in it which comes at the two changes of the year. The quiet lights in the houses were humming out into the darkness and there was a stir and bustle among the stars. Out of the corner of his eye Gatsby saw that the blocks of the sidewalks really formed a ladder and mounted to a secret place above the trees – he could climb to it, if he climbed alone, and once there he could suck on the pap of life, gulp down the incomparable milk of wonder.

His heart beat faster and faster as Daisy's white face came up to his own. He knew that when he kissed this girl, and forever wed his unutterable visions to her perishable breath, his mind would never romp again like the mind of God. So he waited, listening for a moment longer to the tuning-fork that had been struck upon a star. Then he kissed her. At his lips' touch she blossomed for him like a flower and the incarnation was complete.

Through all he said, even through his appalling sentimentality, I was reminded of something – an elusive rhythm, a fragment of lost words, that I had heard somewhere a long time ago. For a moment a phrase tried to take shape in my mouth and my lips parted like a dumb man's, as though there was more struggling upon them than a wisp of startled air. But they made no sound, and what I had almost remembered was uncommunicable forever.

alguma ideia que fizera de si próprio, talvez, e que perdera ao se apaixonar por Daisy. Sua vida fora confusa e desordenada desde então, mas se conseguisse voltar ao ponto de partida e analisar tudo com vagar poderia descobrir que coisa era...

...Numa noite de outono, cinco anos antes, eles tinham caminhado pela rua enquanto as folhas caíam das árvores, e chegaram a um local onde não havia árvores e a calçada estava branca com a luz da lua. Eles pararam e voltaram-se um para o outro. Na ocasião estava uma noite fresca, com aquela misteriosa excitação que surge nas duas mudanças do ano. As luzes tranquilas das casas estavam sussurrando na escuridão e havia uma agitação, um tumulto entre as estrelas. Pelo canto dos seus olhos, Gatsby viu que os blocos das calçadas realmente formavam uma escada que levava a um lugar secreto acima das árvores – ele poderia subir, se subisse sozinho, e uma vez lá poderia sugar o seio da vida e ingerir o leite incomparável dos milagres.

Seu coração bateu mais forte e mais depressa quando o alvo rosto de Daisy se aproximou do seu. Sabia que quando beijasse essa moça e unisse para sempre suas indescritíveis visões ao seu hálito perecível, sua mente jamais se entregaria a brincadeiras, como a mente de Deus. Aguardou, ouvindo por mais um instante o diapasão que vibrava sobre uma estrela. Então, ele a beijou. Ao toque de seus lábios, ela desabrochou para ele como uma flor, e a encarnação se completou.

Através de tudo o que ele disse, através de sua espantosa sentimentalidade, relembrei algo – um ritmo indefinível, um fragmento de palavras perdidas que eu ouvira em algum lugar, há muito tempo. Por um momento, uma frase tentou tomar forma em minha boca e meus lábios se entreabriram como os de um homem mudo, como se precisassem despender um enorme esforço, maior do que o necessário para exalar um sopro de ar. Mas eles não emitiram som algum, e aquilo de que quase me lembrei permaneceu para sempre incomunicável.

CHAPTER 7

It was when curiosity about Gatsby was at its highest that the lights in his house failed to go on one Saturday night – and, as obscurely as it had begun, his career as Trimalchio was over. Only gradually did I become aware that the automobiles which turned expectantly into his drive stayed for just a minute and then drove sulkily away. Wondering if he were sick I went over to find out: an unfamiliar butler with a villainous face squinted at me suspiciously from the door.

"Is Mr. Gatsby sick?"

"Nope." After a pause he added "sir." in a dilatory, grudging way.

"I hadn't seen him around, and I was rather worried. Tell him Mr. Carraway came over."

"Who?" he demanded rudely.

"Carraway."

"Carraway. All right, I'll tell him." Abruptly he slammed the door.

My Finn informed me that Gatsby had dismissed every servant in his house a week ago and replaced them with half a dozen others, who never went into West Egg Village to be bribed by the tradesmen, but ordered moderate supplies over the telephone. The grocery boy reported that the kitchen looked like a pigsty, and the general opinion in the village was that the new people weren't servants at all.

Next day Gatsby called me on the phone.

"Going away?" I inquired.

"No, old sport."

"I hear you fired all your servants."

"I wanted somebody who wouldn't gossip. Daisy comes over quite often – in the afternoons."

So the whole caravansary had fallen in like a card house at the disapproval

CAPÍTULO 7

Foi quando a curiosidade sobre Gatsby chegou ao auge que as luzes de sua casa não se acenderam num sábado à noite – e, tão obscuramente quanto começara, sua carreira como Trimalchio terminou. Aos poucos notei que os automóveis que entravam no jardim, cheios de expectativa, permaneciam por apenas um minuto e então saíam de mau humor. Imaginei se estava doente e fui procurá-lo: um mordomo desconhecido, mal encarado, abriu a porta e me espiou com desconfiança.

"Mr. Gatsby está doente?"

"Não". Após uma pausa vagarosa e de má vontade acrescentou, "senhor."

"Eu não o tenho visto e fiquei um pouco preocupado. Diga-lhe que Mr. Carraway esteve aqui."

"Quem?", perguntou ele rudemente.

"Carraway."

"Carraway. Muito bem, eu lhe direi." Abruptamente, bateu a porta.

Finn informou-me que há uma semana Gatsby despedira todos os criados da casa e os substituíra por outra meia dúzia, que jamais iam à West Egg Village para serem subornados pelos comerciantes, e encomendava suprimentos moderados por telefone. O rapaz da mercearia relatou que a cozinha parecia um chiqueiro e, na cidade, a opinião geral era que as pessoas novas não eram servos de facto.

Gatsby me telefonou no dia seguinte.

"Vai viajar?", perguntei eu.

"Não, meu velho."

"Soube que você despediu todos os seus criados."

"Eu queria gente que não falasse demais. Daisy vem aqui com bastante frequência – durante as tardes."

Então, toda aquela hospedaria desmoronara como um castelo de cartas

in her eyes.

"They're some people Wolfsheim wanted to do something for. They're all brothers and sisters. They used to run a small hotel."

"I see."

He was calling up at Daisy's request – would I come to lunch at her house tomorrow? Miss Baker would be there. Half an hour later Daisy herself telephoned and seemed relieved to find that I was coming. Something was up. And yet I couldn't believe that they would choose this occasion for a scene – especially for the rather harrowing scene that Gatsby had outlined in the garden.

The next day was broiling, almost the last, certainly the warmest, of the summer. As my train emerged from the tunnel into sunlight, only the hot whistles of the National Biscuit Company broke the simmering hush at noon. The straw seats of the car hovered on the edge of combustion; the woman next to me perspired delicately for a while into her white shirtwaist, and then, as her newspaper dampened under her fingers, lapsed despairingly into deep heat with a desolate cry. Her pocket-book slapped to the floor.

"Oh, my!" she gasped.

I picked it up with a weary bend and handed it back to her, holding it at arm's length and by the extreme tip of the corners to indicate that I had no designs upon it – but every one near by, including the woman, suspected me just the same.

"Hot!" said the conductor to familiar faces. "Some weather! hot! hot! hot! Is it hot enough for you? Is it hot? Is it...?"

My commutation ticket came back to me with a dark stain from his hand. That any one should care in this heat whose flushed lips he kissed, whose head made damp the pajama pocket over his heart!

... Through the hall of the Buchanans' house blew a faint wind, carrying the sound of the telephone bell out to Gatsby and me as we waited at the door.

"The master's body!" roared the butler into the mouthpiece. "I'm sorry, madame, but we can't furnish it – it's far too hot to touch this noon!"

What he really said was: "Yes... yes... I'll see."

He set down the receiver and came toward us, glistening slightly, to take our stiff straw hats.

"Madame expects you in the salon!" he cried, needlessly indicating the direction. In this heat every extra gesture was an affront to the common store of life.

The room, shadowed well with awnings, was dark and cool. Daisy and Jordan lay upon an enormous couch, like silver idols weighing down their own white dresses against the singing breeze of the fans.

"We can't move," they said together.

diante da desaprovação que vira nos olhos dela.

"São pessoas que Wolfsheim desejava auxiliar. São todos irmãos e irmãs. Eles costumavam dirigir um hotelzinho."

"Percebo."

Estava ligando a pedido de Daisy – eu poderia almoçar na casa dela, no dia seguinte? Miss Baker estaria presente. Meia hora depois, a própria Daisy me telefonou, parecendo aliviada ao saber que eu compareceria. Havia algo no ar. Ainda assim, eu não conseguia acreditar que eles escolheriam aquela ocasião para fazer uma cena – especialmente a cena um tanto angustiante que Gatsby armou no jardim.

O dia seguinte estava quentíssimo – quase o ultimo dia do verão, e certamente o mais quente. Quando meu trem saiu do túnel para a luz do sol, apenas os cáusticos apitos da National Biscuit Company rompiam o sufocante silêncio do meio-dia. No vagão, os assentos de palha beiravam o ponto de combustão; durante algum tempo, a mulher sentada ao meu lado transpirou delicadamente em sua blusa branca, mas quando o jornal ficou empapado sob seus dedos, desesperada, entregou-se ao calor com um grito desolado. Seu livro de bolso caiu no chão.

"Ó, meu senhor!", suspirou ela.

Eu o apanhei, curvando-me cansado, segurando-o pela ponta das páginas para indicar que não tinha qualquer intenção quanto a ele – porém, todas as pessoas das proximidades suspeitaram de mim, inclusive a mulher.

"Que calor!", disse o condutor para os rostos familiares. "Que tempo! Quente! Quente! Está suficientemente quente para vocês? Está quente? Está..."

Meu bilhete permanente voltou para mim com uma nódoa escura deixada por sua mão. E pensar que alguém, nesse calor, pudesse querer beijar lábios rosados, ter sobre seu coração uma cabeça querida umedecendo seu pijama!

... Pelo saguão da casa dos Buchanans soprava um vento suave, a carregar o som da campainha do telefone até Gatsby e mim, enquanto esperávamos à porta.

"O corpo do patrão!", berrava o mordomo no bocal do telefone. "Perdão, senhora, mas não podemos fornecê-lo – está quente demais para tocar nele agora!"

O que ele realmente dizia era: "Sim... sim... perfeitamente."

Ele desligou o telefone e, ligeiramente lustroso, aproximou-se de nós para pegar nossas palhetas.

"A senhora os espera no salão!", disse ele, apontando desnecessariamente a direção. Naquele calor, cada gesto extra era uma afronta ao estoque comum de vida.

Bem sombreado pelos toldos, o aposento estava escuro e fresco. Como dois ídolos de prata, Daisy e Jordan recostavam-se em um imenso sofá, impedindo que seus vestidos fossem levados pela cantante brisa dos ventiladores.

"Não conseguimos nos mexer", disseram elas juntas.

Jordan's fingers, powdered white over their tan, rested for a moment in mine.

"And Mr. Thomas Buchanan, the athlete?" I inquired.

Simultaneously I heard his voice, gruff, muffled, husky, at the hall telephone.

Gatsby stood in the centre of the crimson carpet and gazed around with fascinated eyes. Daisy watched him and laughed, her sweet, exciting laugh; a tiny gust of powder rose from her bosom into the air.

"The rumor is," whispered Jordan, "that that's Tom's girl on the telephone."

We were silent. The voice in the hall rose high with annoyance: "Very well, then, I won't sell you the car at all... I'm under no obligations to you at all... and as for your bothering me about it at lunch time, I won't stand that at all!"

"Holding down the receiver," said Daisy cynically.

"No, he's not," I assured her. "It's a bona-fide deal. I happen to know about it."

Tom flung open the door, blocked out its space for a moment with his thick body, and hurried into the room.

"Mr. Gatsby!" He put out his broad, flat hand with well-concealed dislike. "I'm glad to see you, sir... Nick..."

"Make us a cold drink," cried Daisy.

As he left the room again she got up and went over to Gatsby and pulled his face down, kissing him on the mouth.

"You know I love you," she murmured.

"You forget there's a lady present," said Jordan.

Daisy looked around doubtfully.

"You kiss Nick too."

"What a low, vulgar girl!"

"I don't care!" cried Daisy, and began to clog on the brick fireplace. Then she remembered the heat and sat down guiltily on the couch just as a freshly laundered nurse leading a little girl came into the room.

"Bles-sed pre-cious," she crooned, holding out her arms. "Come to your own mother that loves you."

The child, relinquished by the nurse, rushed across the room and rooted shyly into her mother's dress.

"The bles-sed pre-cious! Did mother get powder on your old yellowy hair? Stand up now, and say – How-de-do."

Brancos de pó de arroz sobre a pele morena, os dedos de Jordan pousaram sobre os meus por um momento.

"E Mr. Thomas Buchanan, o atleta?", perguntei.

Simultaneamente, ouvi a voz dele, áspera, rouca, ao telefone no saguão.

Gatsby se encontrava no centro do tapete vermelho e olhava em torno com olhos fascinados. Daisy, que o observava, riu seu riso doce e excitante, e uma minúscula rajada de pó de arroz se elevou de seu peito.

"Corre o boato de que é a namorada de Tom ao telefone", sussurrou Jordan.

Mantivemo-nos em silêncio. A voz se ergueu no saguão, descontente: "Muito bem, então não lhe venderei o carro, de modo algum... não tenho qualquer obrigação... e não lhe permito que me aborreça com isso na hora do almoço!"

"Desligando o telefone", disse Daisy cinicamente.

"Não é nada disso", assegurei-lhe. "é um negócio autêntico. Acontece que sei do que se trata."

Tom escancarou a porta, bloqueando momentaneamente o vão com seu corpo maciço, e entrou apressado no aposento.

"Mr. Gatsby!", Estendeu a mão larga e chata com aversão bem dissimulada. "Prazer em vê-lo, meu senhor... Nick..."

"Sirva-nos uma bebida gelada", pediu Daisy.

Ela se levantou assim que ele deixou a sala, aproximou-se de Gatsby, puxou seu rosto e o beijou na boca.

"Você sabe que eu o amo", murmurou ela.

"Você se esquece de que há uma senhora presente", falou Jordan.

Daisy olhou em torno, duvidosamente.

"Você também pode beijar Nick."

"Que garota baixa, vulgar!"

"Não me importo!", protestou Daisy, e começou a chutar a lareira de tijolos. Então, lembrou-se do calor e, arrependida, sentou-se no sofá exatamente no momento em que uma jovem babá entrava na sala, conduzindo uma garotinha.

"Mi-nha lin-di-nha", sussurrou ela abrindo os braços. "Venha para a mamãe que a ama."

Solta pela babá, a criança correu pela sala e se abrigou timidamente nas saias da mãe.

"Que-ri-di-nha! A mamãe sujou de pó de arroz seus lindos cabelos louros? Fique em pé e diga – Como vai?"

Gatsby and I in turn leaned down and took the small, reluctant hand. Afterward he kept looking at the child with surprise. I don't think he had ever really believed in its existence before.

"I got dressed before luncheon," said the child, turning to Daisy.

"That's because your mother wanted to show you off." Her face bent into the single wrinkle of the small, white neck. "You dream, you. You absolute little dream."

"Yes," admitted the child calmly. "Aunt Jordan's got on a white dress too."

"How do you like mother's friends?" Daisy turned her around so that she faced Gatsby. "Do you think they're pretty?"

"Where's Daddy?"

"She doesn't look like her father," explained Daisy. "She looks like me. She's got my hair and shape of the face."

Daisy sat back upon the couch. The nurse took a step forward and held out her hand.

"Come, Pammy."

"Good-bye, sweetheart!"

With a reluctant backward glance the well-disciplined child held to her nurse's hand and was pulled out the door, just as Tom came back, preceding four gin rickeys that clicked full of ice.

Gatsby took up his drink.

"They certainly look cool," he said, with visible tension.

We drank in long, greedy swallows.

"I read somewhere that the sun's getting hotter every year," said Tom genially. "It seems that pretty soon the earth's going to fall into the sun – or wait a minute – it's just the opposite – the sun's getting colder every year.

"Come outside," he suggested to Gatsby, "I'd like you to have a look at the place."

I went with them out to the veranda. On the green Sound, stagnant in the heat, one small sail crawled slowly toward the fresher sea. Gatsby's eyes followed it momentarily; he raised his hand and pointed across the bay.

"I'm right across from you."

"So you are."

Our eyes lifted over the rose-beds and the hot lawn and the weedy refuse of the dog-days along-shore. Slowly the white wings of the boat moved against the blue cool limit of the sky. Ahead lay the scalloped ocean and the abounding blessed isles.

Gatsby e eu nos inclinamos e, separadamente, apertamos a mãozinha relutante. Depois disso, ele ficou olhando para a criança com ar de surpresa. Creio que, antes, jamais acreditara realmente em sua existência.

"Vesti-me antes do almoço", disse a criança, voltando-se para Daisy.

"Pois sua mãe queria exibi-la." Seu rosto se inclinou para a única dobra existente no alvo pescocinho da filha. "Você é um sonho. Um sonhinho perfeito."

"Sim", admitiu a criança calmamente. "Tia Jordan também está de branco."

"Você gostou dos amigos da mamãe?" Daisy fez com que ela se virasse de modo a ficar de frente para Gatsby. "Você acha que são bonitos?"

"Onde está o papai?"

"Ela não se parece com o pai", explicou Daisy. "Puxou por mim. Tem meus cabelos e meu formato de rosto."

Daisy voltou a se sentar no sofá. A babá deu um passo para frente e estendeu a mão.

"Venha, Pammy."

"Até logo, minha querida!"

Com um olhar relutante, a criança bem disciplinada segurou a mão da babá e saiu pela porta, exatamente quanto Tom voltava precedido por quarto aperitivos à base de gim, que tilintavam, cheios de gelo.

Gatsby pegou seu aperitivo.

"Eles parecem bem gelados, com certeza", comentou com visível tensão.

Bebemos em goles longos, gananciosos.

"Li em algum lugar que, a cada ano, o sol fica mais quente", disse Tom alegremente. "Parece que em pouco tempo a Terra cairá dentro do sol. Esperem um minuto, talvez seja exatamente o oposto – o sol a cada ano fica mais frio."

"Vamos para fora", sugeriu ele a Gatsby. "Gostaria que você desse uma olhada no lugar."

Fui com eles para a varanda. No verde Estreito estagnado no calor, uma pequena vela se arrastava lentamente na direção do mar, mais fresco. Os olhos de Gatsby a seguiram momentaneamente; ele levantou a mão e apontou para a baía.

"Estamos em lados exatamente opostos."

"É verdade."

Nossos olhos deixaram os canteiros de rosas, o gramado ardente e os resquícios daninhos dos dias de cão passados ao longo do litoral. Devagar, as velas brancas do barco moviam-se contra o limite azul do céu. Adiante, estendiam-se o oceano recortado e as abundantes ilhas abençoadas.

"There's sport for you," said Tom, nodding. "I'd like to be out there with him for about an hour."

We had luncheon in the dining-room, darkened too against the heat, and drank down nervous gayety with the cold ale.

"What'll we do with ourselves this afternoon?" cried Daisy, "and the day after that, and the next thirty years?"

"Don't be morbid," Jordan said. "Life starts all over again when it gets crisp in the fall."

"But it's so hot," insisted Daisy, on the verge of tears, "and everything's so confused. Let's all go to town!"

Her voice struggled on through the heat, beating against it, molding its senselessness into forms.

"I've heard of making a garage out of a stable," Tom was saying to Gatsby, "but I'm the first man who ever made a stable out of a garage."

"Who wants to go to town?" demanded Daisy insistently. Gatsby's eyes floated toward her. "Ah," she cried, "you look so cool."

Their eyes met, and they stared together at each other, alone in space. With an effort she glanced down at the table.

"You always look so cool," she repeated.

She had told him that she loved him, and Tom Buchanan saw. He was astounded. His mouth opened a little, and he looked at Gatsby, and then back at Daisy as if he had just recognized her as some one he knew a long time ago.

"You resemble the advertisement of the man," she went on innocently. "You know the advertisement of the man..."

"All right," broke in Tom quickly, "I'm perfectly willing to go to town. Come on – we're all going to town."

He got up, his eyes still flashing between Gatsby and his wife. No one moved.

"Come on!" His temper cracked a little. "What's the matter, anyhow? If we're going to town, let's start."

His hand, trembling with his effort at self-control, bore to his lips the last of his glass of ale. Daisy's voice got us to our feet and out on to the blazing gravel drive.

"Are we just going to go?" she objected. "Like this? Aren't we going to let any one smoke a cigarette first?"

"Everybody smoked all through lunch."

"Aquilo é que é esporte", disse Tom balançando a cabeça. "Eu gostaria de estar lá durante pelo menos meia hora."

Almoçamos na sala de jantar, escurecida contra o calor, e bebemos alegria nervosa com cerveja gelada.

"O que faremos nesta tarde, e depois dela, e nos próximos trinta anos?", perguntou Daisy.

"Não seja mórbida", falou Jordan. "A vida recomeça quando o outono fica fresco."

"Mas está tão quente", insistiu Daisy, à beira das lágrimas, "e tudo está tão confuso! Vamos todos para a cidade!"

Sua voz lutava contra o calor, debatendo-se contra ele, dando formas à sua falta de sentido.

"Já ouvi que há quem transforme um estábulo em garagem, mas sou a primeira pessoa que transformou uma garagem em estábulo", dizia Tom a Gatsby.

"Quem quer ir até a cidade?", perguntou Daisy insistentemente. Os olhos de Gatsby flutuaram até ela. "Ah, você parece tão calmo!", exclamou ela.

Seus olhos se encontraram e eles olharam um para o outro, sozinhos no espaço. Com esforço, ela baixou os olhos para a mesa.

"Você sempre parece tão calmo", repetiu ela.

Ela lhe dissera que o amava, e Tom Buchanan percebeu. Ficou atônito. Sua boca se abriu um pouco. Olhou para Gatsby e depois voltou a fitar Daisy como se acabasse de perceber que ela era alguém que ele conhecia há muito tempo.

"Você parece o anúncio do homem", continuou ela inocentemente. "Sabe, o anúncio do homem..."

"Muito bem", interrompeu Tom, depressa, "Estou perfeitamente disposto a ir até a cidade. Vamos – vamos todos até a cidade."

Ele se levantou, os olhos ainda faiscando entre Gatsby e a sua mulher. Ninguém se moveu.

"Vamos!" Sua paciência se abalou um pouco. "Afinal das contas, o que há? Se temos que ir à cidade, vamos logo."

Sua mão, trêmula devido ao esforço para se controlar, levou aos lábios o resto da cerveja que havia no copo. A voz de Daisy fez com que nos puséssemos de pé e saíssemos para o caminho de cascalho escaldante.

"Vamos saindo assim, sem mais nem menos?", objetou ela. "Assim? Não vamos deixar ninguém fumar um cigarro antes?"

"Todos já fumaram durante o almoço."

"Oh, let's have fun," she begged him. "It's too hot to fuss." He didn't answer.

"Have it your own way," she said. "Come on, Jordan."

They went up-stairs to get ready while we three men stood there shuffling the hot pebbles with our feet. A silver curve of the moon hovered already in the western sky. Gatsby started to speak, changed his mind, but not before Tom wheeled and faced him expectantly.

"Have you got your stables here?" asked Gatsby with an effort.

"About a quarter of a mile down the road."

"Oh."

A pause.

"I don't see the idea of going to town," broke out Tom savagely. "Women get these notions in their heads…"

"Shall we take anything to drink?" called Daisy from an upper window.

"I'll get some whiskey," answered Tom. He went inside.

Gatsby turned to me rigidly:

"I can't say anything in his house, old sport."

"She's got an indiscreet voice," I remarked. "It's full of…" I hesitated.

"Her voice is full of money," he said suddenly.

That was it. I'd never understood before. It was full of money – that was the inexhaustible charm that rose and fell in it, the jingle of it, the cymbals' song of it… high in a white palace the king's daughter, the golden girl…

Tom came out of the house wrapping a quart bottle in a towel, followed by Daisy and Jordan wearing small tight hats of metallic cloth and carrying light capes over their arms.

"Shall we all go in my car?" suggested Gatsby. He felt the hot, green leather of the seat. "I ought to have left it in the shade."

"Is it standard shift?" demanded Tom.

"Yes."

"Well, you take my coupe and let me drive your car to town."

The suggestion was distasteful to Gatsby.

"I don't think there's much gas," he objected.

"Plenty of gas," said Tom boisterously. He looked at the gauge. "And if it runs out I can stop at a drug-store. You can buy anything at a drug-store nowadays."

"Ó, vamos nos divertir", implorou ela. "Está quente demais para termos confusão." Ele não respondeu.

"Faça como quiser", disse ela. "Venha, Jordan."

Ambas subiram para se arrumar enquanto os três homens permaneciam ali, remexendo o cascalho com os pés. No oeste, o círculo prateado da lua já pairava no céu. Gatsby começou a falar e mudou de ideia, porém, não antes de Tom ter se voltado, fitando-o ansiosamente.

"Seus estábulos estão aqui?", perguntou Gatsby com esforço.

"Ficam mais ou menos a um 400 metros, perto da estrada."

"Ó."

Uma pausa.

"Não vejo nada de bom na ideia de ir para a cidade", explodiu Tom com selvageria. "Mas as mulheres enfiam essas ideias na cabeça..."

"Devemos levar algo para beber?", perguntou Daisy da janela superior.

"Vou levar um pouco de uísque", respondeu Tom, e entrou na casa.

Gatsby se virou para mim, rígido:

"Não consigo dizer nada nesta casa, meu velho."

"Ela tem uma voz indiscreta", comentei. "Cheia de..." Eu hesitei.

"A voz dela é cheia de dinheiro", disse ele repentinamente.

Era isso mesmo. Jamais percebera antes. Mas era mesmo cheia de dinheiro – esse era o charme inextinguível que ondulava lá, seu tilintar, a música de címbalos nela presente... e lá no alto, em um alvo palácio, a filha do rei, a jovem dourada.

Tom saiu da casa embrulhando um quarto de galão de uísque em uma toalha, seguido por Daisy e por Jordan. Ambas usavam pequenos chapéus justos de tecido metálico e carregavam nos braços leves capas de lã.

"Vamos em meu carro?", sugeriu Gatsby. Ele apalpou o couro verde e quente do assento. "Eu deveria tê-lo deixado na sombra."

"O câmbio é padrão?", perguntou Tom.

"Sim."

"Bem, vocês vão no meu cupê e eu guio seu carro até a cidade."

Gatsby detestou a sugestão.

"Não creio que haja muita gasolina no tanque", objetou ele.

"Gasolina suficiente", disse Tom impetuosamente. Examinou o indicador. "E se terminar, paro numa drogaria. Hoje em dia, compra-se de tudo nas drogarias."

A pause followed this apparently pointless remark. Daisy looked at Tom frowning, and an indefinable expression, at once definitely unfamiliar and vaguely recognizable, as if I had only heard it described in words, passed over Gatsby's face.

"Come on, Daisy," said Tom, pressing her with his hand toward Gatsby's car. "I'll take you in this circus wagon."

He opened the door, but she moved out from the circle of his arm.

"You take Nick and Jordan. We'll follow you in the coupe."

She walked close to Gatsby, touching his coat with her hand. Jordan and Tom and I got into the front seat of Gatsby's car, Tom pushed the unfamiliar gears tentatively, and we shot off into the oppressive heat, leaving them out of sight behind.

"Did you see that?" demanded Tom.

"See what?"

He looked at me keenly, realizing that Jordan and I must have known all along.

"You think I'm pretty dumb, don't you?" he suggested. "Perhaps I am, but I have a – almost a second sight, sometimes, that tells me what to do. Maybe you don't believe that, but science..."

He paused. The immediate contingency overtook him, pulled him back from the edge of the theoretical abyss.

"I've made a small investigation of this fellow," he continued. "I could have gone deeper if I'd known..."

"Do you mean you've been to a medium?" inquired Jordan humorously.

"What?" Confused, he stared at us as we laughed. "A medium?"

"About Gatsby."

"About Gatsby! No, I haven't. I said I'd been making a small investigation of his past."

"And you found he was an Oxford man," said Jordan helpfully.

"An Oxford man!" He was incredulous. "Like hell he is! He wears a pink suit."

"Nevertheless he's an Oxford man."

"Oxford, New Mexico," snorted Tom contemptuously, "or something like that."

"Listen, Tom. If you're such a snob, why did you invite him to lunch?" demanded Jordan crossly.

Essa observação aparentemente inútil foi seguida por uma pausa. Carrancuda, Daisy olhou para Tom, e, de imediato, passou pelo rosto de Gatsby uma expressão indefinível, que era ao mesmo tempo absolutamente desconhecida e vagamente reconhecível, como se eu só a tivesse ouvido descrita em palavras.

"Vamos, Daisy", disse Tom, empurrando-a na direção do carro de Gatsby. "Vou levá-la nesta carroça de circo."

Ele abriu a porta, mas ela se desvencilhou do círculo de seu braço.

"Você leva Nick e Jordan. Nós o seguiremos no cupê."

Ela caminhava próxima de Gatsby, tocando o seu paletó com a mão. Jordan, Tom e eu nos acomodamos no assento da frente do carro de Gatsby. Tom experimentou o câmbio desconhecido e nós disparamos pelo calor opressivo, deixando-os para trás, fora de nossa linha de visão.

"Viu isso?", perguntou Tom.

"Viu o quê?"

Ele me lançou um olhar penetrante, percebendo que há tempos eu e Jordan já sabíamos de tudo.

"Vocês acham que sou idiota, não é mesmo?", sugeriu ele. "Pode ser que eu seja, mas às vezes tenho uma espécie de sexto sentido que diz o que devo fazer. Talvez vocês não acreditem, mas a ciência..."

Ele se interrompeu. A contingência imediata se apoderou dele, trazendo-o de volta da beira do abismo teórico.

"Fiz uma pequena investigação sobre esse sujeito", continuou. "Poderia me aprofundar mais, se soubesse..."

"Quer dizer que consultou um médium?", perguntou Jordan com humor.

"Quê?" Confuso, olhou para nós enquanto ríamos. "Um médium?"

"Sobre Gatsby."

"Sobre Gatsby! Não, não consultei. Quis dizer que fiz uma pequena investigação sobre seu passado."

"E descobriu que ele estudou em Oxford", falou Jordan amavelmente.

"Estudou em Oxford!" Mostrou-se incrédulo. "Uma ova! Ele usa ternos rosa!"

"Apesar disso, ele é um homem de Oxford."

"Oxford, Novo México", bufou Tom desdenhosamente, "ou algo parecido com isso."

"Ouça, Tom. Se você é tão esnobe, por que o convidou para almoçar?", perguntou Jordan de mau humor.

"Daisy invited him; she knew him before we were married – God knows where!"

We were all irritable now with the fading ale, and aware of it we drove for a while in silence. Then as Dr. T. J. Eckleburg's faded eyes came into sight down the road, I remembered Gatsby's caution about gasoline.

"We've got enough to get us to town," said Tom.

"But there's a garage right here," objected Jordan. "I don't want to get stalled in this baking heat." Tom threw on both brakes impatiently, and we slid to an abrupt dusty stop under Wilson's sign. After a moment the proprietor emerged from the interior of his establishment and gazed hollow-eyed at the car.

"Let's have some gas!" cried Tom roughly. "What do you think we stopped for… to admire the view?"

"I'm sick," said Wilson without moving. "Been sick all day."

"What's the matter?"

"I'm all run down."

"Well, shall I help myself?" Tom demanded. "You sounded well enough on the phone."

With an effort Wilson left the shade and support of the doorway and, breathing hard, unscrewed the cap of the tank. In the sunlight his face was green.

"I didn't mean to interrupt your lunch," he said. "But I need money pretty bad, and I was wondering what you were going to do with your old car."

"How do you like this one?" inquired Tom. "I bought it last week."

"It's a nice yellow one," said Wilson, as he strained at the handle.

"Like to buy it?"

"Big chance," Wilson smiled faintly. "No, but I could make some money on the other."

"What do you want money for, all of a sudden?"

"I've been here too long. I want to get away. My wife and I want to go West."

"Your wife does," exclaimed Tom, startled.

"She's been talking about it for ten years." He rested for a moment against the pump, shading his eyes. "And now she's going whether she wants to or not. I'm going to get her away."

The coupe flashed by us with a flurry of dust and the flash of a waving hand.

"What do I owe you?" demanded Tom harshly.

"Foi Daisy quem o convidou; ela o conheceu antes de nos casarmos – só Deus sabe onde!"

Estávamos irritados com o desaparecimento da cerveja e, cientes disso, permanecemos algum tempo em silêncio. Então, os olhos desbotados do Dr. T. J. Eckleburg surgiram na estrada e lembrei-me da advertência de Gatsby sobre a gasolina.

"Temos o suficiente para chegar até a cidade", disse Tom.

"Mas há uma oficina logo ali, objetou Jordan. "Não quero ficar parada, sem gasolina neste forno." Impaciente, Tom utilizou os dois freios e paramos abruptamente sob a tabuleta do Wilson. Depois de um momento, o proprietário emergiu do interior de seu estabelecimento e olhou para o carro com seus olhos fundos.

"Encha logo o tanque!", gritou Tom rudemente. "Por que acha que paramos... para admirar a vista?"

"Estou doente", disse Wilson sem se mexer. "Senti-me mal o dia todo."

"O que é que há?"

"Estou fraco."

"Bem, quer que eu mesmo me sirva?", perguntou. "Você parecia bastante bem ao telefone."

Com dificuldade, Wilson deixou a sombra e o apoio da entrada e, respirando penosamente, retirou a tampa do tanque. Ao sol, seu rosto estava esverdeado.

"Eu não pretendia interromper seu almoço, mas estou precisando muito de dinheiro e queria saber o que o senhor pretende fazer com seu carro velho."

"Gosta deste?", perguntou Tom. "Eu o comprei na semana passada."

"É um belo amarelo", disse Wilson, esforçando-se na bomba de gasolina.

"Gostaria de comprá-lo?"

"Quem me dera." Wilson sorriu fragilmente. "Não, mas eu poderia ganhar algum dinheiro com o outro."

"Para quê quer dinheiro, assim de repente?"

"Estou aqui há tempo demais. Quero ir embora. Minha mulher e eu queremos ir para o Oeste."

"Sua mulher quer", exclamou Tom, espantado.

"Há dez anos ela fala nisso." Ele descansou por um instante, encostando-se na bomba de gasolina, protegendo os olhos do sol. "E agora, ela vai comigo, querendo ou não. Vou levá-la para longe."

O cupê passou por nós com uma onda de poeira e o brilho dum aceno de mão.

"Quanto lhe devo?", perguntou Tom em um timbre duro.

"I just got wised up to something funny the last two days," remarked Wilson. "That's why I want to get away. That's why I been bothering you about the car."

"What do I owe you?"

"Dollar twenty."

The relentless beating heat was beginning to confuse me and I had a bad moment there before I realized that so far his suspicions hadn't alighted on Tom. He had discovered that Myrtle had some sort of life apart from him in another world, and the shock had made him physically sick. I stared at him and then at Tom, who had made a parallel discovery less than an hour before – and it occurred to me that there was no difference between men, in intelligence or race, so profound as the difference between the sick and the well. Wilson was so sick that he looked guilty, unforgivably guilty – as if he had just got some poor girl with child.

"I'll let you have that car," said Tom. "I'll send it over tomorrow afternoon."

That locality was always vaguely disquieting, even in the broad glare of afternoon, and now I turned my head as though I had been warned of something behind. Over the ashheaps the giant eyes of Doctor T. J. Eckleburg kept their vigil, but I perceived, after a moment, that other eyes were regarding us with peculiar intensity from less than twenty feet away.

In one of the windows over the garage the curtains had been moved aside a little, and Myrtle Wilson was peering down at the car. So engrossed was she that she had no consciousness of being observed, and one emotion after another crept into her face like objects into a slowly developing picture. Her expression was curiously familiar – it was an expression I had often seen on women's faces, but on Myrtle Wilson's face it seemed purposeless and inexplicable until I realized that her eyes, wide with jealous terror, were fixed not on Tom, but on Jordan Baker, whom she took to be his wife.

There is no confusion like the confusion of a simple mind, and as we drove away Tom was feeling the hot whips of panic. His wife and his mistress, until an hour ago secure and inviolate, were slipping precipitately from his control. Instinct made him step on the accelerator with the double purpose of overtaking Daisy and leaving Wilson behind, and we sped along toward Astoria at fifty miles an hour, until, among the spidery girders of the elevated, we came in sight of the easy-going blue coupe.

"Those big movies around Fiftieth Street are cool," suggested Jordan. "I love New York on summer afternoons when every one's away. There's something very sensuous about it – overripe, as if all sorts of funny fruits were going to fall into your hands."

The word "sensuous" had the effect of further disquieting Tom, but before he could invent a protest the coupe came to a stop, and Daisy signaled us to draw up alongside.

"Soube de algo engraçado nos últimos dois dias", observou Wilson. "Por isso quero ir embora. Por isso eu o incomodo sobre o carro."

"Quanto lhe devo?"

"Um dólar e vinte."

O calor implacável começava a me confundir e passei por um mau momento antes de perceber que suas suspeitas não recaiam sobre Tom. Descobrira que Myrtle tinha uma vida aparte da sua, em outro mundo, e o choque o deixara fisicamente doente. Olhei para ele e depois para Tom, que fizera descoberta semelhante menos de uma hora antes – e me ocorreu que não havia diferença tão profunda entre os homens, quanto à inteligência ou à raça, quanto a diferença entre um homem doente e um homem saudável. Wilson estava tão doente que parecia culpado, imperdoavelmente culpado – como se tivesse acabado de engravidar alguma pobre moça.

"Eu lhe cederei o carro", disse Tom. "Vou enviá-lo amanhã à tarde."

Aquele lugar era sempre vagamente inquietante, mesmo na ampla claridade da tarde, e virei a cabeça como se tivesse sido alertado de que havia algo atrás de mim. Acima dos montes de cinzas, os gigantescos olhos do Doutor T. J. Eckleburg mantinham sua vigília, mas, depois de um momento, notei que outros olhos nos fitavam com peculiar intensidade, a menos de seis metros de distância.

Em uma das janelas acima da oficina, as cortinas haviam sido um pouco afastadas e Myrtle Wilson espiava o carro. Achava-se tão entretida que não tinha consciência de estar sendo observada, e uma emoção atrás da outra invadia seu rosto, como objetos surgindo lentamente em um negativo de fotografia sendo revelado. Sua expressão era curiosamente familiar – uma expressão que eu vira com frequência nos rosto das mulheres, mas no rosto de Myrtle Wilson parecia sem propósito e inexplicável, até que notei que seus olhos, arregalados em ciumento terror, não se fixavam em Tom e sim em Jordan Baker, que tomara por sua esposa.

Não há confusão que se compare ao tumulto de uma mente simples, e enquanto nos afastávamos, Tom sentia as cáusticas chicotadas do pânico. Sua mulher e sua amante, até uma hora atrás seguras e invioladas, começavam a sair precipitadamente de seu controle. O instinto o fez pisar no acelerador com o duplo propósito de ultrapassar Daisy e deixar Wilson para trás, e voamos na direção do Astória a 80 quilômetros por hora, até que, por entre a teia de pilares do elevado, avistamos o cupê azul seguindo calmamente.

"Esses grandes cinemas em torno da Rua 50 são ótimos", sugeriu Jordan. "Adoro Nova Iorque nas tardes de sábado, quando todo mundo está fora. Há algo de sensual nisso – algo de muito maduro, como se toda espécie de frutas interessantes estivesse prestes a cair as suas mãos."

A palavra "sensual" teve o efeito de inquietar Tom ainda mais, porém, antes que ele pudesse inventar um protesto, o cupê estacionou e Daisy fez um sinal para pararmos ao lado deles.

"Where are we going?" she cried.

"How about the movies?"

"It's so hot," she complained. "You go. We'll ride around and meet you after." With an effort her wit rose faintly, "We'll meet you on some corner. I'll be the man smoking two cigarettes."

"We can't argue about it here," Tom said impatiently, as a truck gave out a cursing whistle behind us. "You follow me to the south side of Central Park, in front of the Plaza."

Several times he turned his head and looked back for their car, and if the traffic delayed them he slowed up until they came into sight. I think he was afraid they would dart down a side street and out of his life forever.

But they didn't. And we all took the less explicable step of engaging the parlor of a suite in the Plaza Hotel.

The prolonged and tumultuous argument that ended by herding us into that room eludes me, though I have a sharp physical memory that, in the course of it, my underwear kept climbing like a damp snake around my legs and intermittent beads of sweat raced cool across my back. The notion originated with Daisy's suggestion that we hire five bathrooms and take cold baths, and then assumed more tangible form as "a place to have a mint julep." Each of us said over and over that it was a "crazy idea" – we all talked at once to a baffled clerk and thought, or pretended to think, that we were being very funny...

The room was large and stifling, and, though it was already four o'clock, opening the windows admitted Only a gust of hot shrubbery from the Park. Daisy went to the mirror and stood with her back to us, fixing her hair.

"It's a swell suite," whispered Jordan respectfully, and every one laughed.

"Open another window," commanded Daisy, without turning around.

"There aren't any more."

"Well, we'd better telephone for an axe..."

"The thing to do is to forget about the heat," said Tom impatiently. "You make it ten times worse by crabbing about it."

He unrolled the bottle of whiskey from the towel and put it on the table.

"Why not let her alone, old sport?" remarked Gatsby. "You're the one that wanted to come to town."

There was a moment of silence. The telephone book slipped from its nail and splashed to the floor, whereupon Jordan whispered, "Excuse me." – but this time no one laughed.

"I'll pick it up," I offered.

"Para onde vamos?", perguntou ela.

"Que tal irmos ao cinema?"

"Está tão quente", reclamou ela. "Vão sozinhos. Vamos passear por aí e nos encontramos mais tarde." Com dificuldade, sua disposição se elevou um pouco. "Encontraremo-nos em alguma esquina. Serei o homem fumando dois cigarros."

"Não podemos discutir esse assunto aqui", disse Tom com impaciência, enquanto um caminhão buzinava irritado, atrás de nós. "Sigam-me até a parte sul do Central Park, em frente ao Plaza."

Por várias vezes, virou a cabeça a procura do carro deles, e se o tráfego os atrasava, diminuía a velocidade até surgirem em seu campo de visão. Creio que temia que enveredassem por uma rua lateral e sumissem para sempre de sua vida.

Porém, eles não o fizeram. E todos nós escolhemos tomar a atitude menos explicável de usar o salão de um apartamento do Hotel Plaza.

Foge-me qual prolongada e tumultuosa discussão terminou a nos levar àquele aposento, embora possua uma aguda memória física de que, durante seu curso, minha roupa de baixo se enroscava em minhas pernas como uma cobra e intermitentes bagas de suor escorriam em minhas costas. A noção se originou com a sugestão de Daisy para alugarmos cinco banheiros e tomarmos banhos frios, e então assumiu a forma tangível de "um lugar para tomarmos mint julep." Todos repetiram várias vezes que era uma "ideia louca" – falávamos ao mesmo tempo com um empregado desnorteado e pensávamos, ou fingíamos, que estávamos sendo muito engraçados...

O aposento era grande e abafado e, apesar de já serem quatro horas da tarde, abrir as janelas só serviu para trazer uma lufada de ar quente vinda dos arbustos do parque. Daisy foi até o espelho e ficou de costas para nós, penteando o cabelo.

"É uma suíte ótima", murmurou Jordan respeitosamente, e todos riram.

"Abram outra janela", ordenou Daisy, sem se voltar.

"Não há mais nenhuma."

"Bem, então é melhor telefonar e pedir um machado..."

"O melhor a fazer é esquecer o calor", disse Tom, impaciente. "Você faz com que fique dez vezes pior, reclamando."

Ele desenrolou da toalha a garrafa de uísque e a colocou sobre a mesa.

"Por que não a deixa em paz, meu velho?", advertiu Gatsby. "Foi você quem quis vir à cidade."

Houve um momento de silêncio. A lista telefônica escorregou do gancho e se espatifou no chão, e como consequência disso, Jordan sussurrou, "Perdão" – mas dessa vez ninguém riu.

"Eu pego", ofereci.

"I've got it." Gatsby examined the parted string, muttered "Hum!" in an interested way, and tossed the book on a chair.

"That's a great expression of yours, isn't it?" said Tom sharply.

"What is?"

"All this 'old sport' business. Where'd you pick that up?"

"Now see here, Tom," said Daisy, turning around from the mirror, "if you're going to make personal remarks I won't stay here a minute. Call up and order some ice for the mint julep."

As Tom took up the receiver the compressed heat exploded into sound and we were listening to the portentous chords of Mendelssohn's Wedding March from the ballroom below.

"Imagine marrying anybody in this heat!" cried Jordan dismally.

"Still – I was married in the middle of June," Daisy remembered, "Louisville in June! Somebody fainted. Who was it fainted, Tom?"

"Biloxi," he answered shortly.

"A man named Biloxi. 'blocks' Biloxi, and he made boxes – that's a fact – and he was from Biloxi, Tennessee."

"They carried him into my house," appended Jordan, "because we lived just two doors from the church. And he stayed three weeks, until Daddy told him he had to get out. The day after he left Daddy died." After a moment she added as if she might have sounded irreverent, "There wasn't any connection."

"I used to know a Bill Biloxi from Memphis," I remarked.

"That was his cousin. I knew his whole family history before he left. He gave me an aluminum putter that I use today."

The music had died down as the ceremony began and now a long cheer floated in at the window, followed by intermittent cries of "Yea-ea-ea!" and finally by a burst of jazz as the dancing began.

"We're getting old," said Daisy. "If we were young we'd dance."

"Remember Biloxi," Jordan warned her. "Where'd you know him, Tom?"

"Biloxi?" He concentrated with an effort. "I didn't know him. He was a friend of Daisy's."

"He was not," she denied. "I'd never seen him before. He came down in the private car."

"Well, he said he knew you. He said he was raised in Louisville. Asa Bird brought him around at the last minute and asked if we had room for him."

Jordan smiled.

"Eu já peguei." Gatsby examinou o barbante partido, murmurou "Hum!" com interesse, e jogou a lista em uma cadeira.

"Essa é uma grande expressão sua, não é?", perguntou Tom com aspereza.

"Qual?"

"Essa história de 'meu velho'. Onde aprendeu isso?"

"Olha aqui, Tom", falou Daisy, afastando-se do espelho, "se vai fazer observações pessoais, não ficarei aqui nem mais um minuto. Telefone e peça um pouco de gelo para os mint juleps."

Assim que Tom pegou o fone, o calor comprimido explodiu em sons, e ouvimos os portentosos acordes da Marcha Nupcial de Mendelssohn, vindos do salão de baile, no andar de baixo.

"Imagine se casar com alguém neste calor!", exclamou Jordan tristemente.

"Eu me casei em meados de junho", lembrou Daisy. "Louisville em junho! Alguém desmaiou. Quem desmaiou, Tom?"

"Biloxi", respondeu ele, de modo sucinto.

"Um homem chamado Biloxi. 'Caixas' Biloxi, ele fabricava caixas – isso é fato – e era de Biloxi, Tennessee."

"Ele foi carregado para minha casa por morarmos a dois passos da igreja", acrescentou Jordan. Permaneceu ali por três semanas, até papai mandá-lo embora. No dia seguinte, papai morreu." Depois de um momento, acrescentou, como se seu comentário tivesse soado irreverente. "Não houve ligação nenhuma entre os fatos."

"Conheci um Bill Biloxi, de Memphis", observei.

"Era primo dele. Soube de toda a história da família antes de ele ir embora. Ele me presenteou com o putter de alumínio que uso até hoje."

A música cessara ao se iniciar a cerimônia e, em seguida, uma longa aclamação flutuou junto à janela, seguida por vivas intermitentes e, finalmente, por uma explosão de jazz quando o baile começou.

"Estamos envelhecendo", disse Daisy. "Se fôssemos jovens, iríamos dançar."

"Lembre-se de Biloxi.", avisou Jordan. "Onde você o conheceu, Tom?"

"Biloxi?" Ele se concentrou com certo esforço. "Eu não o conhecia. Ele era um amigo de Daisy."

"Ele não era", negou ela. "Eu jamais o vira antes. Ele chegou no vagão privativo."

"Bem, ele disse que a conhecia. Afirmou que crescera em Louisville. Asa Bird o levou no último minuto e perguntou se tínhamos um lugar para ele."

Jordan sorriu.

"He was probably bumming his way home. He told me he was president of your class at Yale."

Tom and I looked at each other blankly.

"Biloxi?"

"First place, we didn't have any president..."

Gatsby's foot beat a short, restless tattoo and Tom eyed him suddenly.

"By the way, Mr. Gatsby, I understand you're an Oxford man."

"Not exactly."

"Oh, yes, I understand you went to Oxford."

"Yes... I went there."

A pause. Then Tom's voice, incredulous and insulting: "You must have gone there about the time Biloxi went to New Haven."

Another pause. A waiter knocked and came in with crushed mint and ice but, the silence was unbroken by his "thank you." and the soft closing of the door. This tremendous detail was to be cleared up at last.

"I told you I went there," said Gatsby.

"I heard you, but I'd like to know when."

"It was in nineteen-nineteen, I only stayed five months. That's why I can't really call myself an Oxford man."

Tom glanced around to see if we mirrored his unbelief. But we were all looking at Gatsby.

"It was an opportunity they gave to some of the officers after the Armistice," he continued. "We could go to any of the universities in England or France."

I wanted to get up and slap him on the back. I had one of those renewals of complete faith in him that I'd experienced before.

Daisy rose, smiling faintly, and went to the table.

"Open the whiskey, Tom," she ordered, "and I'll make you a mint julep. Then you won't seem so stupid to yourself... Look at the mint!"

"Wait a minute," snapped Tom, "I want to ask Mr. Gatsby one more question."

"Go on," Gatsby said politely.

"What kind of a row are you trying to cause in my house anyhow?"

They were out in the open at last and Gatsby was content.

"He isn't causing a row." Daisy looked desperately from one to the other.

"Provavelmente ele estava querendo uma carona para casa. Ele me disse que foi presidente de sua classe em Yale."

Tom e eu trocamos um olhar vago.

"Biloxi?"

"Em primeiro lugar, não tínhamos nenhum presidente..."

Gatsby sapateou um ritmo curto, inquieto, e Tom olhou para ele subitamente.

"A propósito, Mr. Gatsby, ouvi dizer que estudou em Oxford."

"Não exatamente."

"Ó, sim, soube que você esteve em Oxford."

"Sim... eu estive lá."

Uma pausa. Em seguida, a voz de Tom, incrédula e insultuosa: "Você deve ter estado lá mais ou menos na mesma época em que Biloxi foi para New Haven."

Outra pausa. Um garçom bateu na porta e entrou com menta amassada e gelo, mas o silêncio não foi quebrado por seu 'muito obrigado', nem pelo suave fechar da porta. Finalmente, esse tremendo detalhe seria esclarecido.

"Eu lhes contei que estive lá.", disse Gatsby.

"Eu o ouvi, mas gostaria de saber quando foi isso."

"Foi em 1919, e lá fiquei por apenas cinco meses. Por isso, não posso realmente dizer que estudei em Oxford."

Tom olhou em torno para ver se estávamos tão incrédulos quanto ele. Mas todos nós fitávamos Gatsby.

"Foi uma oportunidade dada a alguns oficiais depois do Armistício", continuou ele. "Podíamos frequentar qualquer universidade da Inglaterra ou da França."

Tive vontade de me levantar e dar um tapinha em suas costas. Senti uma total renovação da fé que tinha nele antes.

Sorrindo levemente, Daisy se levantou e se encaminhou para a mesa.

"Abra o uísque, Tom.", ordenou ela, "vou lhe fazer um mint julep. Depois disso, já não parecerá tão idiota aos seus próprios olhos... Dê-me a menta!"

"Espere um instante", atalhou Tom. "Quero fazer mais uma pergunta a Mr. Gatsby."

"Perfeitamente.", disse Gatsby, com educação.

"Afinal, que tipo de confusão está tentando provocar em minha casa?"

Finalmente falavam às claras e Gatsby estava satisfeito.

"Não está causando confusão alguma." Daisy olhou desesperada de um para

"You're causing a row. Please have a little self-control."

"Self-control!" Repeated Tom incredulously. "I suppose the latest thing is to sit back and let Mr. Nobody from Nowhere make love to your wife. Well, if that's the idea you can count me out... Nowadays people begin by sneering at family life and family institutions, and next they'll throw everything overboard and have intermarriage between black and white."

Flushed with his impassioned gibberish, he saw himself standing alone on the last barrier of civilization.

"We're all white here," murmured Jordan.

"I know I'm not very popular. I don't give big parties. I suppose you've got to make your house into a pigsty in order to have any friends – in the modern world."

Angry as I was, as we all were, I was tempted to laugh whenever he opened his mouth. The transition from libertine to prig was so complete.

"I've got something to tell you, old sport..." began Gatsby. But Daisy guessed at his intention.

"Please don't!" she interrupted helplessly. "Please let's all go home. Why don't we all go home?"

"That's a good idea." I got up. "Come on, Tom. Nobody wants a drink."

"I want to know what Mr. Gatsby has to tell me."

"Your wife doesn't love you," said Gatsby. "She's never loved you. She loves me."

"You must be crazy!" exclaimed Tom automatically.

Gatsby sprang to his feet, vivid with excitement.

"She never loved you, do you hear?" he cried. "She only married you because I was poor and she was tired of waiting for me. It was a terrible mistake, but in her heart she never loved any one except me!"

At this point Jordan and I tried to go, but Tom and Gatsby insisted with competitive firmness that we remain – as though neither of them had anything to conceal and it would be a privilege to partake vicariously of their emotions.

"Sit down, Daisy," Tom's voice groped unsuccessfully for the paternal note. "What's been going on? I want to hear all about it."

"I told you what's been going on," said Gatsby. "Going on for five years – and you didn't know."

Tom turned to Daisy sharply.

"You've been seeing this fellow for five years?"

"Not seeing," said Gatsby. "No, we couldn't meet. But both of us loved each other all that time, old sport, and you didn't know. I used to laugh sometimes." – but

o outro. "É você quem a está causando. Por favor, tenha um pouco de autocontrole!"

"Autocontrole!", repetiu Tom, incrédulo. "Suponho que a última moda é relaxar e permitir que um joão-ninguém, vindo de sabe-se lá onde, faça amor à sua mulher. Bem, se essa é a ideia, não conte comigo… Hoje em dia, as pessoas começam ridicularizando a vida em família e as instituições familiares, em seguida jogarão tudo para o alto e teremos casamentos interraciais entre negros e brancos."

Animado com seu palavrório apaixonado, via-se em pé, sozinho como o último baluarte da civilização.

"Aqui somos todos brancos", murmurou Jordan.

"Sei que não sou muito popular. Não dou grandes festas. Suponho que seja preciso transformar a casa em chiqueiro para ter amigos – no mundo moderno."

Furioso como eu estava, como todos estavam, senti-me tentado a rir sempre que ele abria a boca, tão completa fora sua transição, de libertino para pedante.

"Tenho algo para dizer a você, meu velho…", começou Gatsby. Mas Daisy adivinhou sua intenção.

"Por favor, não!", interrompeu ela, abatida. "Por favor, vamos todos para casa. Por que não vamos todos para casa?"

"É uma boa ideia." Levantei-me. "Vamos, Tom. Ninguém quer beber nada."

"Quero saber o que Mr. Gatsby tem para me dizer."

"Sua mulher não o ama", disse Gatsby. "Nunca o amou. É a mim que ama."

"Você deve estar louco!", exclamou Tom automaticamente,

Gatsby ficou em pé, vívido com a excitação.

"Ela jamais o amou, compreende?", bradou ele. "Só se casou com você porque eu era pobre e ela se cansou de esperar por mim. Foi um erro terrível, mas, em seu coração, nunca amou outra pessoa, só a mim!"

Nesse ponto, Jordan e eu tentamos sair, mas, com competitiva firmeza, Tom e Gatsby insistiram para que ficássemos – como se nenhum deles tivesse nada a esconder e para nós fosse um privilégio compartilhar indiretamente de suas emoções.

"Sente-se, Daisy." Sem sucesso, a voz de Tom buscava uma nota paternal. "O que está acontecendo? Quero saber de tudo."

"Já lhe disse o que está acontecendo", atalhou Gatsby. "O mesmo que acontece há cinco anos – sem você saber de nada."

Tom se voltou vivamente para Daisy.

"Você tem visto esse sujeito há cinco anos?"

"Não nos vemos", disse Gatsby. "Não, não podíamos. Mas amamos um ao outro esse tempo todo, meu velho, sem você nada saber. Ria algumas vezes, pensan-

there was no laughter in his eyes..." to think that you didn't know."

"Oh... that's all." Tom tapped his thick fingers together like a clergyman and leaned back in his chair.

"You're crazy!" he exploded. "I can't speak about what happened five years ago, because I didn't know Daisy then – and I'll be damned if I see how you got within a mile of her unless you brought the groceries to the back door. But all the rest of that's a God damned lie. Daisy loved me when she married me and she loves me now."

"No," said Gatsby, shaking his head.

"She does, though. The trouble is that sometimes she gets foolish ideas in her head and doesn't know what she's doing." He nodded sagely. "And what's more, I love Daisy too. Once in a while I go off on a spree and make a fool of myself, but I always come back, and in my heart I love her all the time."

"You're revolting," said Daisy. She turned to me, and her voice, dropping an octave lower, filled the room with thrilling scorn: "Do you know why we left Chicago? I'm surprised that they didn't treat you to the story of that little spree."

Gatsby walked over and stood beside her.

"Daisy, that's all over now," he said earnestly. "It doesn't matter any more. Just tell him the truth – that you never loved him – and it's all wiped out forever."

She looked at him blindly. "Why – how could I love him – possibly?"

"You never loved him."

She hesitated. Her eyes fell on Jordan and me with a sort of appeal, as though she realized at last what she was doing – and as though she had never, all along, intended doing anything at all. But it was done now. It was too late.

"I never loved him," she said, with perceptible reluctance.

"Not at Kapiolani?" demanded Tom suddenly.

"No."

From the ballroom beneath, muffled and suffocating chords were drifting up on hot waves of air.

"Not that day I carried you down from the Punch Bowl to keep your shoes dry?" There was a husky tenderness in his tone... "Daisy?"

"Please don't." Her voice was cold, but the rancor was gone from it. She looked at Gatsby. "There, Jay..." she said – but her hand as she tried to light a cigarette was trembling. Suddenly she threw the cigarette and the burning match on the carpet.

"Oh, you want too much!" she cried to Gatsby. "I love you now – isn't that enough? I can't help what's past." She began to sob helplessly. "I did love him once

do que você não nada sabia." Mas não havia qualquer traço de riso em seus olhos...

"Ó... basta." Exatamente como um padre faz, Tom juntou os seus dedos grossos e se recostou na poltrona.

"Você está louco!", explodiu. "Não posso falar sobre o que aconteceu há cinco anos pois não conhecia Daisy à época – mas que o diabo me carregue se entender como conseguiu chegar a dois quilômetros dela, a menos que fosse o empregado que entregava os mantimentos na porta do fundo da casa. É tudo uma deslavada mentira. Daisy me amava quando se casou comigo, e continua me amando."

"Não", disse Gatsby, sacudindo a cabeça.

"Mas a verdade é essa. O problema é que algumas vezes enfia algumas ideias loucas na cabeça e não sabe o que faz." Ele balançou a cabeça sabiamente. "Eu também amo Daisy. De vez em quando me meto em alguma pequena besteira e faço papel de bobo, mas sempre volto, e no fundo do meu coração eu a amo o tempo todo."

"Você é revoltante", falou Daisy. Ela se virou para mim. Sua voz caiu uma oitava e preencheu o aposento com um desprezo eletrizante. "Sabe por que deixamos Chicago? Estou surpresa por ele não ter lhe contado a história de sua besteirinha."

Gatsby caminhou até ela e ficou em pé ao seu lado.

"Daisy, isso agora acabou", disse ele com sinceridade. "Já não importa. Apenas diga-lhe a verdade – que jamais o amou – e isso tudo vai terminar para sempre."

Ela o fitou cegamente. "Bem – como poderia amá-lo – como seria possível?"

"Você jamais o amou."

Ela hesitou. Seus olhos caíram em Jordan e em mim com uma espécie de apelo, como se finalmente percebesse o que fazia – e como se, durante todo o tempo, nunca pretendesse fazer nada disso. Mas agora estava feito. Era tarde demais.

"Eu jamais o amei", disse ela com uma perceptível relutância.

"Nem em Kapiolani?", perguntou Tom de repente.

"Não."

Do salão de baile, embaixo, acordes abafados e sufocantes subiam com as quentes correntes de ar.

"Nem naquele dia em que eu a carreguei de Punch Bowl para que seus sapatos se mantivessem secos?" Havia uma áspera ternura em seu tom de voz... "Daisy?"

"Por favor, não." Sua voz era fria, mas o rancor havia desaparecido. Ela olhou para Gatsby. "Lá, Jay...", disse ela – mas quando ela tentou acender um cigarro, sua mão estava tremendo. Subitamente, ela arremessou o cigarro e o fósforo aceso no tapete.

"Ó, eu o quero tanto!", bradou ela para Gatsby. "Eu o amo agora – isso não basta? Não posso fazer nada quanto ao passado." Ela começou a chorar desconso-

– but I loved you too."

Gatsby's eyes opened and closed.

"You loved me too?" he repeated.

"Even that's a lie," said Tom savagely. "She didn't know you were alive. Why... there're things between Daisy and me that you'll never know, things that neither of us can ever forget."

The words seemed to bite physically into Gatsby.

"I want to speak to Daisy alone," he insisted. "She's all excited now..."

"Even alone I can't say I never loved Tom," she admitted in a pitiful voice. "It wouldn't be true."

"Of course it wouldn't," agreed Tom.

She turned to her husband.

"As if it mattered to you," she said.

"Of course it matters. I'm going to take better care of you from now on."

"You don't understand," said Gatsby, with a touch of panic. "You're not going to take care of her any more."

"I'm not?" Tom opened his eyes wide and laughed. He could afford to control himself now. "Why's that?"

"Daisy's leaving you."

"Nonsense."

"I am, though," she said with a visible effort.

"She's not leaving me!" Tom's words suddenly leaned down over Gatsby. "Certainly not for a common swindler who'd have to steal the ring he put on her finger."

"I won't stand this!" cried Daisy. "Oh, please let's get out."

"Who are you, anyhow?" broke out Tom. "You're one of that bunch that hangs around with Meyer Wolfsheim – that much I happen to know. I've made a little investigation into your affairs – and I'll carry it further tomorrow."

"You can suit yourself about that, old sport." said Gatsby steadily.

"I found out what your 'drug-stores' were." He turned to us and spoke rapidly. "He and this Wolfsheim bought up a lot of side-street drug-stores here and in Chicago and sold grain alcohol over the counter. That's one of his little stunts. I picked him for a bootlegger the first time I saw him, and I wasn't far wrong."

"What about it?" said Gatsby politely. "I guess your friend Walter Chase wasn't too proud to come in on it."

ladamente. "Já o amei – mas também amava você."

Gatsby abriu e fechou os olhos.

"Você também me amava?", repetiu ele.

"Até isso é mentira", disse Tom com selvageria. "Ela nem sabia que estava vivo. Porque... Há coisas entre mim e Daisy que você jamais saberá, coisas que nós nunca e jamais esqueceremos."

As palavras pareceram ferir Gatsby fisicamente.

"Quero falar a sós com Daisy", insistiu ele. "Ela agora está muito excitada..."

"Mesmo a sós, não poderei dizer que jamais amei Tom", admitiu ela em voz patética. "Não seria verdade."

"Claro que não seria", concordou Tom.

Ela se voltou para o marido.

"Como se isso lhe importasse", disse ela.

"Claro que importa. Vou cuidar melhor de você daqui por diante."

"Você não compreende", disse Gatsby, com um toque de pânico. "Você não vai mais cuidar dela."

"Não vou?", Tom arregalou os olhos e riu. Ele agora já conseguia se controlar. "E por que diz isso?"

"Daisy vai abandoná-lo."

"Absurdo."

"Mas eu vou", disse ela com visível esforço.

"Ela não me deixará!" As palavras de Tom subitamente se inclinaram sobre Gatsby. "Com certeza, não me abandonaria por um vigarista comum que teria que roubar um anel para colocar na mão dela."

"Não vou suportar isso!", gritou Daisy. "Ó, por favor, vamos embora."

"Afinal das contas, quem é você?", explodiu Tom. "Faz parte do grupo que vive em torno de Meyer Wolfsheim – como sei muito bem. Fiz uma pequena investigação nos seus negócios – e vou aprofundá-la amanhã mesmo."

"Pode ficar à vontade, meu velho", disse Gatsby firmemente.

"Descobri o que eram suas drogarias." Virou-se para nós e falou rapidamente. "Ele e esse Wolfsheim compraram várias pequenas drogarias aqui e em Chicago, e vendiam álcool em grão no balcão. Essa é uma de suas pequenas façanhas. Assim que o vi, achei que ele era um contrabandista de bebidas, e não estava tão errado."

"E daí?", disse Gatsby delicadamente. "Imagino que o seu amigo Walter Chase não foi orgulhoso demais para entrar nesse negócio."

"And you left him in the lurch, didn't you? You let him go to jail for a month over in New Jersey. God! You ought to hear Walter on the subject of you."

"He came to us dead broke. He was very glad to pick up some money, old sport."

"Don't you call me 'old sport'!" cried Tom. Gatsby said nothing. "Walter could have you up on the betting laws too, but Wolfsheim scared him into shutting his mouth."

That unfamiliar yet recognizable look was back again in Gatsby's face.

"That drug-store business was just small change," continued Tom slowly, "but you've got something on now that Walter's afraid to tell me about."

I glanced at Daisy, who was staring terrified between Gatsby and her husband, and at Jordan, who had begun to balance an invisible but absorbing object on the tip of her chin. Then I turned back to Gatsby – and was startled at his expression. He looked – and this is said in all contempt for the babbled slander of his garden – as if he had "killed a man." For a moment the set of his face could be described in just that fantastic way.

It passed, and he began to talk excitedly to Daisy, denying everything, defending his name against accusations that had not been made. But with every word she was drawing further and further into herself, so he gave that up, and only the dead dream fought on as the afternoon slipped away, trying to touch what was no longer tangible, struggling unhappily, undespairingly, toward that lost voice across the room.

The voice begged again to go.

"Please, Tom! I can't stand this any more."

Her frightened eyes told that whatever intentions, whatever courage, she had had, were definitely gone.

"You two start on home, Daisy," said Tom. "In Mr. Gatsby's car."

She looked at Tom, alarmed now, but he insisted with magnanimous scorn.

"Go on. He won't annoy you. I think he realizes that his presumptuous little flirtation is over."

They were gone, without a word, snapped out, made accidental, isolated, like ghosts, even from our pity.

After a moment Tom got up and began wrapping the unopened bottle of whiskey in the towel.

"Want any of this stuff? Jordan?... Nick?"

I didn't answer.

"Nick?" He asked again.

"E você o deixou em apuros, não? Deixou que fosse para a cadeia por um mês em Nova Jersey. Deus! Precisa ouvir o que Walter tem a dizer sobre você."

"Quando foi nos procurar, estava totalmente quebrado. Ficou muito feliz por conseguir ganhar algum dinheiro, meu velho."

"Não me chame de 'meu velho'!", gritou Tom. Gatsby nada respondeu. "Walter poderia entregá-los às autoridades, mas Wolfsheim o aterrorizou para mantê-lo de boca fechada."

Aquele olhar estranho, mas reconhecível, voltara ao rosto de Gatsby.

"Esse negócio das drogarias é de pouca monta", continuou Tom devagar, "você tem estado metido agora em algo que Walter tem medo de contar."

Fitei Daisy, cujo olhar aterrorizado oscilava entre Gatsby, seu marido e Jordan, que começara a equilibrar na ponta do queixo um objeto invisível, mas apaixonante. Então me voltei para Gatsby – e me espantei com sua expressão. Ele parecia já ter "matado um homem" – e digo isso com desprezo total pelas calúnias sussurradas em seu jardim. Por um momento, a expressão de seu rosto só poderia ser descrita desse modo fantástico.

Essa expressão passou e, excitado, ele começou a conversar com Daisy, negando tudo, defendendo seu nome contra acusações que não haviam sido feitas. Mas com tudo isso, ela se fechava cada vez mais em si mesma, e assim, ele desistiu, e apenas o sonho morto prosseguiu lutando enquanto a tarde se extinguia, tentando tocar o que deixara de ser tangível, batalhando infeliz, desesperadamente, para alcançar aquela voz perdida do outro lado do aposento.

A voz novamente implorou para ir embora.

"Por favor, Tom! Não aguento mais."

Seus olhos assustados mostravam que, fossem quais fossem suas intenções e a coragem demonstrada, isso definitivamente acabara.

"Vocês dois vão para casa, Daisy", disse Tom. "No carro de Mr. Gatsby."

Ela olhou para Tom, alarmada, mas ele insistiu com magnânimo desprezo.

"Vão. Ele não a incomodará. Creio que já percebeu que seu flerte presunçoso chegou ao fim."

Eles saíram sem dizer palavra, arrancados, tornados acidentais, fantasmas, isolados até mesmo de nossa piedade.

Depois de um momento, Tom se levantou e começou a enrolar na toalha e garrafa fechada de uísque.

"Querem um pouco? Jordan?... Nick?"

Não respondi.

"Nick?", insistiu ele novamente.

"What?"

"Want any?"

"No... I just remembered that today's my birthday."

I was thirty. Before me stretched the portentous, menacing road of a new decade.

It was seven o'clock when we got into the coupe with him and started for Long Island. Tom talked incessantly, exulting and laughing, but his voice was as remote from Jordan and me as the foreign clamor on the sidewalk or the tumult of the elevated overhead. Human sympathy has its limits, and we were content to let all their tragic arguments fade with the city lights behind. Thirty... the promise of a decade of loneliness, a thinning list of single men to know, a thinning briefcase of enthusiasm, thinning hair. But there was Jordan beside me, who, unlike Daisy, was too wise ever to carry well-forgotten dreams from age to age. As we passed over the dark bridge her wan face fell lazily against my coat's shoulder and the formidable stroke of thirty died away with the reassuring pressure of her hand.

So we drove on toward death through the cooling twilight.

The young Greek, Michaelis, who ran the coffee joint beside the ashheaps was the principal witness at the inquest. He had slept through the heat until after five, when he strolled over to the garage, and found George Wilson sick in his office – really sick, pale as his own pale hair and shaking all over. Michaelis advised him to go to bed, but Wilson refused, saying that he'd miss a lot of business if he did. While his neighbor was trying to persuade him a violent racket broke out overhead.

"I've got my wife locked in up there," explained Wilson calmly. "She's going to stay there till the day after tomorrow, and then we're going to move away."

Michaelis was astonished; they had been neighbors for four years, and Wilson had never seemed faintly capable of such a statement. Generally he was one of these worn-out men: when he wasn't working, he sat on a chair in the doorway and stared at the people and the cars that passed along the road. When any one spoke to him he invariably laughed in an agreeable, colorless way. He was his wife's man and not his own.

So naturally Michaelis tried to find out what had happened, but Wilson wouldn't say a word – instead he began to throw curious, suspicious glances at his visitor and ask him what he'd been doing at certain times on certain days. Just as the latter was getting uneasy, some workmen came past the door bound for his restaurant, and Michaelis took the opportunity to get away, intending to come back later. But he didn't. He supposed he forgot to, that's all. When he came outside again, a little after seven, he was reminded of the conversation because he heard Mrs. Wilson's voice, loud and scolding, down-stairs in the garage.

"Sim?"

"Quer um pouco?"

"Não... acabei de me lembrar que hoje é meu aniversário."

Eu estava completando 30 anos. Diante de mim, estendia-se a estrada ameaçadora de uma nova década.

Eram sete horas ao entrarmos com ele no cupê e iniciarmos a viagem de volta a Long Island. Tom falava sem cessar, exultante e risonho, mas sua voz era tão remota quanto o clamor das calçadas ou o tumulto do elevado acima de nós. A simpatia humana tem limite, e estávamos felizes por deixar todos os trágicos argumentos desaparecerem com as luzes da cidade lá atrás. Trinta... a promessa duma década de solidão, uma lista cada vez menor de homens solteiros a conhecer, o entusiasmo cada vez menor, cada vez menos cabelo. Mas ali estava Jordan ao meu lado, Jordan que, ao contrário de Daisy, era demasiadamente sábia para carregar sonhos esquecidos duma época para outra. Ao passarmos pela ponte escura, seu rosto pálido se apoiou preguiçosamente em meu ombro, e o choque dos 30 anos desapareceu com a pressão tranquilizadora de sua mão.

Assim, através do refrescante crepúsculo, encaminhamo-nos à morte.

Michaelis, o jovem grego que dirigia o café ao lado das pilhas de cinzas, era a principal testemunha do inquérito. Naquele calor, ele dormira até depois das cinco horas, quando se dirigira até a oficina e encontrara George Wilson doente em seu escritório – realmente doente, tremendo todo e tão pálido quanto seu cabelo. Michaelis o aconselhara a ir para a cama, mas Wilson se recusara, dizendo que perderia muitos negócios se o fizesse. Enquanto seu vizinho tentava persuadi-lo, uma barulheira tremenda irrompeu no andar de cima.

"Tranquei minha mulher lá em cima", explicou Wilson calmamente. "Ela vai ficar lá até o dia depois de amanhã, quando então nós iremos embora."

Michaelis ficou atônito; eram vizinhos há quatro anos e Wilson jamais demonstrara ser capaz de tal coisa. Em geral, era um desses homens acabados: quando não estava trabalhando, sentava-se em uma cadeira diante da porta e ficava olhando para as pessoas e os carros que passavam pela estrada. Quando alguém falava com ele, invariavelmente ria de modo agradável e descorado. Vivia apenas para sua mulher, não para si mesmo.

Naturalmente, Michaelis tentou descobrir o que acontecera, mas Wilson se recusou a dizer qualquer coisa – em vez disso, começou a lançar olhares curiosos e desconfiados para seu visitante, a perguntar o que fizera em certas horas, em determinados dias. Ao começar a se sentir desconfortável, alguns operários passaram diante da porta a caminho de seu restaurante, e Michaelis aproveitou a oportunidade para ir embora, pretendendo voltar depois. Mas não o fez. Simplesmente se esqueceu, nada mais. Ao sair novamente, logo após as sete, lembrou-se da conversa porque ouviu a voz de Mrs. Wilson, alta e áspera, no andar térreo da oficina.

"Beat me!" he heard her cry. "Throw me down and beat me, you dirty little coward!"

A moment later she rushed out into the dusk, waving her hands and shouting – before he could move from his door the business was over.

The "death car." as the newspapers called it, didn't stop; it came out of the gathering darkness, wavered tragically for a moment, and then disappeared around the next bend. Michaelis wasn't even sure of its color – he told the first policeman that it was light green. The other car, the one going toward New York, came to rest a hundred yards beyond, and its driver hurried back to where Myrtle Wilson, her life violently extinguished, knelt in the road and mingled her thick dark blood with the dust.

Michaelis and this man reached her first, but when they had torn open her shirtwaist, still damp with perspiration, they saw that her left breast was swinging loose like a flap, and there was no need to listen for the heart beneath. The mouth was wide open and ripped at the corners, as though she had choked a little in giving up the tremendous vitality she had stored so long.

We saw the three or four automobiles and the crowd when we were still some distance away.

"Wreck!" said Tom. "That's good. Wilson'll have a little business at last."

He slowed down, but still without any intention of stopping, until, as we came nearer, the hushed, intent faces of the people at the garage door made him automatically put on the brakes.

"We'll take a look," he said doubtfully, "just a look."

I became aware now of a hollow, wailing sound which issued incessantly from the garage, a sound which as we got out of the coupe and walked toward the door resolved itself into the words "Oh, my God!" uttered over and over in a gasping moan.

"There's some bad trouble here," said Tom excitedly.

He reached up on tiptoes and peered over a circle of heads into the garage, which was lit only by a yellow light in a swinging wire basket overhead. Then he made a harsh sound in his throat, and with a violent thrusting movement of his powerful arms pushed his way through.

The circle closed up again with a running murmur of expostulation; it was a minute before I could see anything at all. Then new arrivals deranged the line, and Jordan and I were pushed suddenly inside.

Myrtle Wilson's body, wrapped in a blanket, and then in another blanket, as though she suffered from a chill in the hot night, lay on a work-table by the wall, and Tom, with his back to us, was bending over it, motionless. Next to him stood a motorcycle policeman taking down names with much sweat and correction in a

"Bata em mim!", ele a ouviu gritar. "Jogue-me no chão e me bata, seu covardezinho sujo!"

Depois de um momento, ela saiu correndo no crepúsculo, abanando as mãos e gritando. Antes que houvesse tempo de sair pela porta de sua loja, tudo terminou.

O "carro da morte", como os jornais o chamaram, não parou. Surgiu das trevas que se avolumavam, vacilou tragicamente por um instante e então desapareceu na curva seguinte. Michaelis não conseguiu ver muito bem a sua cor – declarou ao policial que era verde claro. O outro carro que se dirigia para Nova Iorque parou a cerca de uns cem metros e seu motorista retornou até onde caíra Myrtle Wilson, com sua vida violentamente extinta, ajoelhou-se na estrada e misturou o seu sangue espesso à poeira.

Michaelis e esse homem foram os primeiros a chegar a ela, mas quando conseguiram abrir sua blusa, viram que seu seio esquerdo quase fora arrancado e balançava como uma asa, e, nem havia necessidade de procurar sentir seu coração. A boca estava muito aberta, rasgada nos cantos, como se ela tivesse sufocado um pouco ao desistir da tremenda vitalidade que armazenara por tanto tempo.

Ainda estávamos a certa distância quando vimos três ou quatro automóveis e a multidão.

"Um desastre!", disse Tom. "Isso é bom. Wilson afinal terá algum trabalho."

Ele diminuiu a marcha, mas ainda sem qualquer intenção de parar, até que, ao chegar mais perto, os rostos silenciosos e solícitos das pessoas que se encontravam na porta da oficina o fizeram acionar os frios automaticamente.

"Vamos dar uma olhada", disse ele, em dúvida, "apenas uma olhada."

Nesse instante, percebi um som cavo, lamentoso e incessante vindo da oficina, um som que, ao sairmos do cupê e caminharmos na direção da porta, se resolveu nas palavras "Ó, meu Deus!", repetidas inúmeras vezes em um gemido profundo.

"Aconteceu algo muito trágico, aqui", disse Tom, excitado.

Ficou nas pontas dos pés e espiou a oficina por cima do círculo de cabeças. Estava iluminada apenas por uma lâmpada amarela pendendo de um fio. Então, um som áspero saiu de sua garganta e, com um violento movimento de braços, forçou a passagem.

O círculo voltou a se fechar com um ruído de censura; passou-se um minuto antes que eu pudesse ver alguma coisa. Então, recém-chegados desarrumaram a linha e eu e Jordan fomos subitamente empurrados para dentro.

O corpo de Myrtle Wilson, embrulhado em dois cobertores como se ela estivesse com frio em uma noite quente, jazia sobre uma mesa de trabalho encostada na parede e, com as costas voltadas para nós, Tom se debruçava sobre ele, imóvel. Ao seu lado, com muita correção e suor, um guarda anotava nomes em um livreto.

little book. At first I couldn't find the source of the high, groaning words that echoed clamorously through the bare garage – then I saw Wilson standing on the raised threshold of his office, swaying back and forth and holding to the doorposts with both hands. Some man was talking to him in a low voice and attempting, from time to time, to lay a hand on his shoulder, but Wilson neither heard nor saw. His eyes would drop slowly from the swinging light to the laden table by the wall, and then jerk back to the light again, and he gave out incessantly his high, horrible call:

"Oh, my Ga-od! Oh, my Ga-od! oh, Ga-od! oh, my Ga-od!"

Presently Tom lifted his head with a jerk and, after staring around the garage with glazed eyes, addressed a mumbled incoherent remark to the policeman.

"M-a-y-." the policeman was saying, "...o..."

"No, r..." corrected the man, "M-a-v-r-o..."

"Listen to me!" muttered Tom fiercely.

"r" said the policeman, "o..."

"g..."

"g..." He looked up as Tom's broad hand fell sharply on his shoulder. "What you want, fella?"

"What happened?... that's what I want to know."

"Auto hit her. Ins'antly killed."

"Instantly killed," repeated Tom, staring.

"She ran out ina road. Son-of-a-bitch didn't even stopus car."

"There was two cars," said Michaelis, "one comin', one goin', see?"

"Going where?" asked the policeman keenly.

"One goin' each way. Well, she..." – his hand rose toward the blankets but stopped half way and fell to his side... "she ran out there an' the one comin' from N'york knock right into her, goin' thirty or forty miles an hour."

"What's the name of this place here?" demanded the officer.

"Hasn't got any name."

A pale well-dressed negro stepped near.

"It was a yellow car," he said, "big yellow car. New."

"See the accident?" asked the policeman.

"No, but the car passed me down the road, going faster'n forty. Going fifty, sixty."

"Come here and let's have your name. Look out now. I want to get his name."

A princípio, não consegui saber qual a fonte das palavras gemidas que ecoavam clamorosamente na oficina nua – então, vi Wilson em pé na soleira alta de seu escritório, balançando-se para frente e para trás, segurando-se nos batentes com as duas mãos. Um homem falava com ele em voz baixa e de vez em quando tentava colocar a mão em seu ombro, mas Wilson não o via nem ouvia. Seus olhos desviavam-se devagar da lâmpada pendurada em cima da mesa onde jazia o corpo, e voltavam a fitar a lâmpada enquanto ele lançava incessantemente seu horrendo clamor.

"Ó, meu De-us! Ó, meu De-us! Ó, De-us! Ó, meu De-us!"

Naquele instante, com um solavanco, Tom levantou a cabeça, e após olhar toda a oficina com olhos vidrados sussurrou ao guarda uma observação incoerente.

"M-a-y-", soletrava o guarda, "...o..."

"Não, r...", corrigiu o homem, "M-a-v-r-o..."

"Ouça!", murmurou Tom ferozmente.

"r", disse o guarda, "o..."

"g..."

"g..." Ele olhou para nós quando a ampla mão de Tom caiu em seu ombro. "O que deseja, companheiro?"

"O que aconteceu?... é isso o que eu quero saber."

"Um carro a atropelou. Ela morreu instantaneamente."

"Morreu instantaneamente", repetiu Tom, com os olhos fixos.

"Ela correu para a estrada. O filho-da-mãe nem mesmo parou o carro."

"Eram dois carros", disse Michaelis, "um vindo, outro indo?"

"Indo para onde?", perguntou o guarda, com aspereza.

"Os dois iam em sentido contrário. Bem, ela..." – levantou a mão para os cobertores, mas parou a meio do caminho e deixou-a cair longo do corpo... "ela surgiu de repente e o carro que vinha de N'Iorque a atingiu a 50, 60 quilômetros por hora."

"Qual é o nome deste lugar aqui?", perguntou o policial.

"Não tem nome algum."

Um negro pálido e bem vestido se aproximou.

"Foi um carro amarelo", disse ele, "um carro grande, amarelo. Novo."

"Você viu o acidente?", perguntou o policial.

"Não, mas o carro passou por mim na estrada e corria a mais de 60 quilômetros. Ia a 80, quase 100 quilômetros por hora'.

"Venha até aqui e dê-me o seu nome. Veja bem. Quero o nome dele."

Some words of this conversation must have reached Wilson, swaying in the office door, for suddenly a new theme found voice among his gasping cries:

"You don't have to tell me what kind of car it was! I know what kind of car it was!"

Watching Tom, I saw the wad of muscle back of his shoulder tighten under his coat. He walked quickly over to Wilson and, standing in front of him, seized him firmly by the upper arms.

"You've got to pull yourself together," he said with soothing gruffness.

Wilson's eyes fell upon Tom; he started up on his tiptoes and then would have collapsed to his knees had not Tom held him upright.

"Listen," said Tom, shaking him a little. "I just got here a minute ago, from New York. I was bringing you that coupe we've been talking about. That yellow car I was driving this afternoon wasn't mine – do you hear? I haven't seen it all afternoon."

Only the negro and I were near enough to hear what he said, but the policeman caught something in the tone and looked over with truculent eyes.

"What's all that?" he demanded.

"I'm a friend of his." Tom turned his head but kept his hands firm on Wilson's body. "He says he knows the car that did it... it was a yellow car."

Some dim impulse moved the policeman to look suspiciously at Tom.

"And what color's your car?"

"It's a blue car, a coupe."

"We've come straight from New York," I said.

Some one who had been driving a little behind us confirmed this, and the policeman turned away.

"Now, if you'll let me have that name again correct..." Picking up Wilson like a doll, Tom carried him into the office, set him down in a chair, and came back.

"If somebody'll come here and sit with him," he snapped authoritatively. He watched while the two men standing closest glanced at each other and went unwillingly into the room. Then Tom shut the door on them and came down the single step, his eyes avoiding the table. As he passed close to me he whispered: "Let's get out."

Self-consciously, with his authoritative arms breaking the way, we pushed through the still gathering crowd, passing a hurried doctor, case in hand, who had been sent for in wild hope half an hour ago.

Tom drove slowly until we were beyond the bend – then his foot came down hard, and the coupe raced along through the night. In a little while I heard a low

Algumas palavras da conversa devem ter alcançado Wilson, a se balançar na porta do escritório, pois subitamente um novo tema encontrou voz seus lamentos:

"Não precisam me dizer que tipo de carro foi! Sei muito bem que tipo de carro foi!"

Olhando para Tom, vi os músculos de seus ombros se retesarem sob o paletó. Ele se aproximou depressa de Wilson e, postando-se diante dele, agarrou a parte superior de seus braços.

"Você precisa se controlar", disse ele com voz consoladora, rouca.

Os olhos de Wilson pousaram em Tom; ele cambaleou para diante e teria caído se Tom não o amparasse.

"Ouça", falou Tom, sacudindo-o um pouco. "Cheguei aqui há um minuto, vindo de Nova Iorque. Estava lhe trazendo aquele cupê sobre o qual estivemos conversando. O carro amarelo que eu estava guiando não era meu – compreende? Não o vi durante toda a tarde."

Apenas o negro e eu estávamos suficientemente perto para ouvir o que ele dizia, mas o guarda captou algo em seu tom e o fitou com olhos truculentos.

"O que está acontecendo?", perguntou ele.

"Sou amigo dele." Tom virou a cabeça, mas manteve as mãos firmes no corpo de Wilson. "Ele diz que conhece o carro que fez isso... um carro amarelo."

Algum impulso obscuro fez o policial olhar desconfiado para Tom.

"E de que cor é o seu carro?"

"É um carro azul, um cupê."

"Viemos diretamente de Nova Iorque", disse eu.

Alguém que viajava um pouco atrás de nós confirmou o que dizíamos e o policial nos deixou em paz.

"Bem, diga-me novamente seu nome correto..." Agarrando Wilson como um boneco, Tom o carregou para o escritório, sentou-o em uma cadeira e voltou.

"Se alguém pudesse vir até aqui fazer-lhe companhia", disse ele com voz autoritária. Observei quando dois homens que se encontravam perto da porta se entreolharam e, a contragosto, se dirigiram para o escritório. Depois, Tom fechou a porta e desceu o único degrau, seus olhos evitando olhar para a mesa. Ao passar perto de mim, sussurrou: "Vamos sair daqui."

Constrangidos, com seus braços autoritários a abrir caminho, atravessamos a multidão que se avolumava, passando por um médico apressado, maleta à mão, que tinha sido chamado meia hora atrás por alguém tomado de esperança louca.

Tom dirigiu devagar até ultrapassarmos a curva – então, seu pé pisou fundo no acelerador e o cupê voou pela noite. Em poucos instantes, ouvi um soluço baixo

husky sob, and saw that the tears were overflowing down his face.

"The God damned coward!" he whimpered. "He didn't even stop his car."

The Buchanans' house floated suddenly toward us through the dark rustling trees. Tom stopped beside the porch and looked up at the second floor, where two windows bloomed with light among the vines.

"Daisy's home," he said. As we got out of the car he glanced at me and frowned slightly.

"I ought to have dropped you in West Egg, Nick. There's nothing we can do tonight."

A change had come over him, and he spoke gravely, and with decision. As we walked across the moonlight gravel to the porch he disposed of the situation in a few brisk phrases.

"I'll telephone for a taxi to take you home, and while you're waiting you and Jordan better go in the kitchen and have them get you some supper – if you want any." He opened the door. "Come in."

"No, thanks. But I'd be glad if you'd order me the taxi. I'll wait outside."

Jordan put her hand on my arm.

"Won't you come in, Nick?"

"No, thanks."

I was feeling a little sick and I wanted to be alone. But Jordan lingered for a moment more.

"It's only half-past nine," she said.

I'd be damned if I'd go in; I'd had enough of all of them for one day, and suddenly that included Jordan too. She must have seen something of this in my expression, for she turned abruptly away and ran up the porch steps into the house. I sat down for a few minutes with my head in my hands, until I heard the phone taken up inside and the butler's voice calling a taxi. Then I walked slowly down the drive away from the house, intending to wait by the gate.

I hadn't gone twenty yards when I heard my name and Gatsby stepped from between two bushes into the path. I must have felt pretty weird by that time, because I could think of nothing except the luminosity of his pink suit under the moon.

"What are you doing?" I inquired.

"Just standing here, old sport."

Somehow, that seemed a despicable occupation. For all I knew he was going to rob the house in a moment; I wouldn't have been surprised to see sinister faces, the faces of 'Wolfsheim's people,' behind him in the dark shrubbery.

e notei que lágrimas rolavam por seu rosto.

"Mas que maldito covarde!", lastimou-se ele. "Nem mesmo parou o carro."

A casa dos Buchanans subitamente flutuou em nossa direção através das farfalhantes árvores escuras. Tom estacionou ao lado do pórtico e olhou para o segundo andar, onde duas janelas floresciam entre as videiras, cheias de luz.

"A casa de Daisy", disse ele. Ao sairmos do carro, ele me fitou, franzindo ligeiramente as sobrancelhas.

"Eu deveria tê-lo deixado em East Egg, Nick. Não há nada que possamos fazer hoje à noite."

Ele sofrera uma mudança e falava gravemente, com decisão. Ao caminharmos pelo cascalho enluarado encaminhando-nos para o pórtico, ele liquidou a situação em algumas frases rápidas.

"Vou telefonar e chamar um táxi para levá-lo para casa e, enquanto você espera, seria melhor que você e Jordan fossem à cozinha e pedissem para os empregados lhes servirem algo – se desejarem." Ele abriu a porta. "Entrem."

"Não, obrigado. Mas agradeceria se conseguisse um táxi. Espero aqui fora."

Jordan colocou a mão em meu braço,

"Não quer entrar, Nick?"

"Não, obrigado."

Eu me sentia um pouco enjoado e desejava ficar sozinho. Mas Jordan ficou mais um momento comigo.

"São só nove e meia", disse ela.

"Não entro aí de modo algum." Estava farto de todos eles por aquele dia e, subitamente, isso também incluía Jordan. Ela deve ter visto algo em minha expressão, pois de repente se voltou, subiu correndo as escadas do pórtico e entrou na casa. Sentei-me por alguns instantes com a cabeça entre as mãos, até ouvir a voz do mordomo ao telefone, chamando um táxi. Então, caminhei devagar pela alameda, pretendendo esperar ao lado do portão.

Nem bem eu caminhara vinte metros quando ouvi meu nome e Gatsby surgiu na alameda, saído de entre dois arbustos. Eu devia estar bastante perturbado naquele momento, pois não pensei em nada, a não ser na luminosidade que seu terno cor de rosa adquiria ao luar.

"O que está fazendo?", perguntei.

"Só estou parado aqui, meu velho."

De algum modo, aquilo pareceu uma ocupação desprezível. Tive a impressão que ele assaltaria a casa em pouco tempo. Não ficaria surpreso de ver rostos sinistros, rostos do 'pessoal de Wolfsheim' atrás dos arbustos escuros.

"Did you see any trouble on the road?" he asked after a minute.

"Yes."

He hesitated.

"Was she killed?"

"Yes."

"I thought so; I told Daisy I thought so. It's better that the shock should all come at once. She stood it pretty well."

He spoke as if Daisy's reaction was the only thing that mattered.

"I got to West Egg by a side road," he went on, "and left the car in my garage. I don't think anybody saw us, but I can't be sure."

I disliked him so much by this time that I didn't find it necessary to tell him he was wrong.

"Who was the woman?" he inquired.

"Her name was Wilson. Her husband owns the garage. How the devil did it happen?"

"Well, I tried to swing the wheel…" He broke off, and suddenly I guessed at the truth.

"Was Daisy driving?"

"Yes," he said after a moment, "but of course I'll say I was. You see, when we left New York she was very nervous and she thought it would steady her to drive – and this woman rushed out at us just as we were passing a car coming the other way. It all happened in a minute, but it seemed to me that she wanted to speak to us, thought we were somebody she knew. Well, first Daisy turned away from the woman toward the other car, and then she lost her nerve and turned back. The second my hand reached the wheel I felt the shock – it must have killed her instantly."

"It ripped her open…"

"Don't tell me, old sport." He winced. "Anyhow, Daisy stepped on it. I tried to make her stop, but she couldn't, so I pulled on the emergency brake. Then she fell over into my lap and I drove on.

"She'll be all right tomorrow," he said presently. "I'm just going to wait here and see if he tries to bother her about that unpleasantness this afternoon. She's locked herself into her room, and if he tries any brutality she's going to turn the light out and on again."

"He won't touch her,' I said. "He's not thinking about her."

"I don't trust him, old sport."

"Viu alguma confusão na estrada?", perguntou ele depois de um minuto.

"Sim."

Ele hesitou.

"Ela morreu?"

"Sim."

"Essa foi minha impressão; disse a Daisy que eu achava que ela tinha morrido. Melhor que o choque fosse imediato. Ela aguentou bastante bem."

Ele falava como se a reação de Daisy fosse a única coisa que importasse.

"Vou para West Egg por uma vicinal", continuou ele, "deixar o carro em minha garagem. Não creio que alguém nos tenha visto, mas não se pode ter certeza".

Dessa vez, eu o odiei tanto que não achei necessário lhe dizer que achava que estava errado.

"Quem era a mulher?", perguntou ele.

"Seu nome era Wilson. O marido dela é dono da oficina. Mas com todos os diabos, como aconteceu isso?"

"Bem, eu tentei virar a direção..." Ele se interrompeu, e subitamente compreendi a verdade.

"Daisy estava dirigindo?"

"Sim", disse ele depois de um momento, "mas naturalmente direi que era eu. Veja bem, quando deixamos Nova Iorque ela estava muito nervosa e achei que dirigir a acalmaria. Essa mulher surgiu correndo quando estávamos passando por um carro vindo do outro lado. Tudo aconteceu de repente, mas tive a impressão que ela queria falar conosco, como se fôssemos seus conhecidos. Bem, no primeiro momento, Daisy tentou se desviar dela, virando na direção do outro carro, mas então perdeu a coragem e voltou. Assim que minha mão tocou a direção, senti o choque – ela deve ter morrido instantaneamente."

"Foi estraçalhada..."

"Não me conte, meu velho." Ele deu um passo para trás. "De qualquer modo, Daisy pisou no acelerador. Tentei fazê-la parar, mas ela não conseguiu, então puxei o breque de mão. Ela caiu no meu colo e eu segui dirigindo."

"Amanhã ela estará bem", disse ele. "Esperarei aqui para ver se ele vai incomodá-la sobre as coisas desagradáveis que ocorreram esta tarde. Ela se trancou no quarto, e se ele tentar qualquer brutalidade ela vai acender e apagar a luz algumas vezes."

"Ele não vai tocar nela", afirmei. "Ele não está pensando nela."

"Eu não confio nele, meu velho."

"How long are you going to wait?"

"All night, if necessary. Anyhow, till they all go to bed."

A new point of view occurred to me. Suppose Tom found out that Daisy had been driving. He might think he saw a connection in it – he might think anything. I looked at the house; there were two or three bright windows down-stairs and the pink glow from Daisy's room on the second floor.

"You wait here," I said. "I'll see if there's any sign of a commotion."

I walked back along the border of the lawn, traversed the gravel softly, and tiptoed up the veranda steps. The drawing-room curtains were open, and I saw that the room was empty. Crossing the porch where we had dined that June night three months before, I came to a small rectangle of light which I guessed was the pantry window. The blind was drawn, but I found a rift at the sill.

Daisy and Tom were sitting opposite each other at the kitchen table, with a plate of cold fried chicken between them, and two bottles of ale. He was talking intently across the table at her, and in his earnestness his hand had fallen upon and covered her own. Once in a while she looked up at him and nodded in agreement.

They weren't happy, and neither of them had touched the chicken or the ale – and yet they weren't unhappy either. There was an unmistakable air of natural intimacy about the picture, and anybody would have said that they were conspiring together.

As I tiptoed from the porch I heard my taxi feeling its way along the dark road toward the house. Gatsby was waiting where I had left him in the drive.

"Is it all quiet up there?" he asked anxiously.

"Yes, it's all quiet." I hesitated. "You'd better come home and get some sleep."

He shook his head.

"I want to wait here till Daisy goes to bed. Good night, old sport."

He put his hands in his coat pockets and turned back eagerly to his scrutiny of the house, as though my presence marred the sacredness of the vigil. So I walked away and left him standing there in the moonlight – watching over nothing.

"Por quanto tempo você vai esperar?"

"A noite toda, se necessário. De qualquer maneira, até eles irem dormir."

Um novo ponto de vista me ocorreu. Suponha que Tom descobrisse que era Daisy quem dirigia. Ele poderia pensar que encontrara uma conexão nisso – poderia pensar qualquer coisa. Olhei para a casa. Havia duas ou três janelas acesas no andar de baixo, e o brilho rosado do quarto de Daisy, no segundo andar.

"Espere aqui", falei. "Vou ver se há qualquer sinal de comoção."

Voltei caminhando ao longo da borda da alameda, atravessei o cascalho cuidadosamente e, na ponta dos pés, subi os degraus da varanda. As cortinas da sala estavam abertas e vi o aposento vazio. Ao atravessar o pórtico, onde há três meses jantáramos naquela noite de junho, cheguei a um retângulo de luz que imaginei ser a janela da copa. A persiana estava fechada, mas encontrei uma fenda no peitoril.

Daisy e Tom sentavam-se à mesa da cozinha, um diante do outro, com um prato de frango frito entre eles, e duas garrafas de cerveja. Ele falava atentamente com ela e, em sua seriedade, sua mão caíra sobre a dela, cobrindo-a. De quando em quando, ela o fitava e balançava a cabeça em sinal de concordância.

Eles não estavam felizes e nem haviam tocado no frango, nem na cerveja – mas também eles tampouco se mostravam infelizes. Havia um inconfundível ar de natural intimidade na cena, e qualquer um poderia dizer que eles estavam conspirando juntos.

Ao sair do pórtico na ponta dos pés, ouvi meu táxi se aproximando lentamente pela alameda escura na direção da casa. Gatsby esperava onde eu o deixara.

"Está tudo calmo por lá?", perguntou ele ansiosamente.

"Sim, tudo calmo." Eu hesitei. "É melhor ir para casa e dormir um pouco."

Ele meneou a cabeça.

"Quero esperar aqui até Daisy ir para a cama. Boa noite, meu velho."

Ele enfiou as mãos nos bolsos do casaco e voltou-se ansiosamente para para observar a casa, como se minha presença manchasse a sacralidade de sua vigília. Então, afastei-me deixando-o em pé ali, sob a luz da lua – vigiando o nada.

CHAPTER 8

  I couldn't sleep all night; a fog-horn was groaning incessantly on the Sound, and I tossed half-sick between grotesque reality and savage, frightening dreams. Toward dawn I heard a táxi go up Gatsby's drive, and immediately I jumped out of bed and began to dress – I felt that I had something to tell him, something to warn him about, and morning would be too late.

  Crossing his lawn, I saw that his front door was still open and he was leaning against a table in the hall, heavy with dejection or sleep.

  "Nothing happened," he said wanly. "I waited, and about four o'clock she came to the window and stood there for a minute and then turned out the light."

  His house had never seemed so enormous to me as it did that night when we hunted through the great rooms for cigarettes. We pushed aside curtains that were like pavilions, and felt over innumerable feet of dark wall for electric light switches – once I tumbled with a sort of splash upon the keys of a ghostly piano. There was an inexplicable amount of dust everywhere, and the rooms were musty, as though they hadn't been aired for many days. I found the humidor on an unfamiliar table, with two stale, dry cigarettes inside. Throwing open the French windows of the drawing-room, we sat smoking out into the darkness.

  "You ought to go away," I said. "It's pretty certain they'll trace your car."

  "Go away now, old sport?"

  "Go to Atlantic City for a week, or up to Montreal."

  He wouldn't consider it. He couldn't possibly leave Daisy until he knew what she was going to do. He was clutching at some last hope and I couldn't bear to shake him free.

  It was this night that he told me the strange story of his youth with Dan Cody – told it to me because "Jay Gatsby." had broken up like glass against Tom's hard malice, and the long secret extravaganza was played out. I think that he would have acknowledged anything now, without reserve, but he wanted to talk

CAPÍTULO 8

Não consegui dormir a noite inteira; uma sirene de nevoeiro gemia incessantemente no Estreito, e me debati entre a grotesca realidade e os sonhos selvagens, assustadores. Pouco antes da aurora, ouvi um táxi subindo pela estrada de Gatsby e imediatamente pulei da cama e comecei a me vestir – sentia que tinha algo a lhe contar, preveni-lo sobre alguma coisa, e que pela manhã seria tarde demais.

Atravessando seu gramado, vi a porta da frente ainda aberta e ele apoiado em uma mesa do saguão, cheio de desalento, ou sono.

"Nada aconteceu", disse ele fracamente. "Esperei, e mais ou menos às quatro horas ela foi até a janela, permaneceu por ali por um minuto e depois apagou a luz."

Para mim, sua casa jamais parecera tão enorme como naquela noite, ao procurarmos cigarros em todos os grandes quartos. Afastamos cortinas que pareciam pavilhões e tateamos inúmeros metros de paredes escuras em busca dos interruptores – em uma das vezes, com uma espécie de mergulho, caí sobre as teclas de um piano fantasmagórico. Havia uma inexplicável quantidade de poeira em toda parte, e os quartos estavam mofados como se não tivessem sido arejados há muitos dias. Encontrei o umidificador sobre uma mesa desconhecida, com dois cigarros velhos e secos. Abrimos as portas da sala de visitas e sentamo-nos no escuro para fumar.

"Você deveria ir embora", falei. "Com toda certeza eles localizarão seu carro."

"Ir embora agora, meu velho?"

"Vá para Atlantic City por uma semana, ou para Montreal."

Ele nem queria ouvir falar nisso. Não poderia deixar Daisy enquanto não soubesse o que ela faria. Agarrava-se a uma última esperança e eu não tinha coragem de destruí-la.

Foi nessa noite que ele me contou a estranha história de sua juventude com Dan Cody – ele a contou pois "Jay Gatsby" fora estilhaçado como vidro contra a dura malícia de Tom e a longa, secreta e espetacular maquinação caíra por terra. Creio que ele teria confessado absolutamente tudo, sem reservas, mas ele deseja-

about Daisy.

She was the first "nice" girl he had ever known. In various unrevealed capacities he had come in contact with such people, but always with indiscernible barbed wire between. He found her excitingly desirable. He went to her house, at first with other officers from Camp Taylor, then alone. It amazed him – he had never been in such a beautiful house before. but what gave it an air of breathless intensity, was that Daisy lived there – it was as casual a thing to her as his tent out at camp was to him. There was a ripe mystery about it, a hint of bedrooms up-stairs more beautiful and cool than other bedrooms, of gay and radiant activities taking place through its corridors, and of romances that were not musty and laid away already in lavender but fresh and breathing and redolent of this year's shining motor-cars and of dances whose flowers were scarcely withered. It excited him, too, that many men had already loved Daisy – it increased her value in his eyes. He felt their presence all about the house, pervading the air with the shades and echoes of still vibrant emotions.

But he knew that he was in Daisy's house by a colossal accident. However glorious might be his future as Jay Gatsby, he was at present a penniless young man without a past, and at any moment the invisible cloak of his uniform might slip from his shoulders. So he made the most of his time. He took what he could get, ravenously and unscrupulously – eventually he took Daisy one still October night, took her because he had no real right to touch her hand.

He might have despised himself, for he had certainly taken her under false pretenses. I don't mean that he had traded on his phantom millions, but he had deliberately given Daisy a sense of security; he let her believe that he was a person from much the same stratum as herself – that he was fully able to take care of her. As a matter of fact, he had no such facilities – he had no comfortable family standing behind him, and he was liable at the whim of an impersonal government to be blown anywhere about the world.

But he didn't despise himself and it didn't turn out as he had imagined. He had intended, probably, to take what he could and go – but now he found that he had committed himself to the following of a grail. He knew that Daisy was extraordinary, but he didn't realize just how extraordinary a "nice" girl could be. She vanished into her rich house, into her rich, full life, leaving Gatsby – nothing. He felt married to her, that was all.

When they met again, two days later, it was Gatsby who was breathless, who was, somehow, betrayed. Her porch was bright with the bought luxury of star-shine; the wicker of the settee squeaked fashionably as she turned toward him and he kissed her curious and lovely mouth. She had caught a cold, and it made her voice huskier and more charming than ever, and Gatsby was overwhelmingly aware of the youth and mystery that wealth imprisons and preserves, of the freshness of many clothes, and of Daisy, gleaming like silver, safe and proud above the hot struggles of the poor.

va falar sobre Daisy.

Ela fora a primeira moça "fina" que ele conhecera. Em várias situações não reveladas, entrara em contato com esse pessoal, mas sempre havia uma invisível barreira de arame farpado entre eles. Ele a achou excitante e desejável. Foi à sua casa, a princípio com outros oficiais de Camp Taylor, depois sozinho. Ficou assombrado – nunca estivera numa casa tão bela, antes, mas o que dava um ar de ofegante intensidade era que Daisy morava ali. Para ela, isso era algo casual, como era para ele a tenda que ocupava no acampamento. Havia um perfeito mistério em torno dela, uma sugestão de que os quartos do piso superior eram mais belos e mais frescos que os outros quartos, de que atividades radiantes e alegres aconteciam em seus corredores, e de que os romances não eram bolorentos e já conservados em lavanda, mas vívidos e com o aroma dos cintilantes carros de último tipo e dos bailes cujas flores mal haviam murchado. Também o excitava o fato de muitos homens já terem amado Daisy – a seus olhos, isso a valorizava. Sentia-lhes a presença em toda a casa, impregnando o ar com as sombras e os ecos de emoções ainda vibrantes.

Porém sabia que estava na casa de Daisy por um colossal acidente. Não importava o quão glorioso seria seu futuro como Jay Gatsby, no momento era um jovem sem tostão ou passado, e a qualquer momento o manto de invisibilidade de seu uniforme poderia escorregar dos ombros. Assim, aproveitou ao máximo seu tempo. Com entusiasmo e sem escrúpulos, apanhou o que podia – com o tempo até Daisy, numa calma noite de outubro; apanhou-a pois não o direito de tocar-lhe a mão.

Poderia ter sentido desprezo por si mesmo, pois certamente a conquistara valendo-se de dissimulação. Não quero dizer que para isso tenha usado seus falsos milhões. Contudo, deliberadamente deu a Daisy um senso de segurança, fez com que ela acreditasse que ele era uma pessoa de seu nível social – que era totalmente capaz de cuidar dela. Na realidade, não possuía tais meios – não havia nenhuma família de posses para apoiá-lo e estava sujeito aos caprichos de um governo impessoal que podia enviá-lo para qualquer lugar do mundo.

Todavia, não sentiu qualquer desprezo por si mesmo e as coisas não aconteceram como ele imaginara. Provavelmente, pretendera conseguir o que pudesse antes de partir, mas descobriu que se entregara à perseguição de um graal. Sabia que Daisy era extraordinária, mas não percebera o quão extraordinária uma moça "fina" poderia ser. Mas ela desapareceu em sua casa opulenta, em sua vida rica e plena, deixando Gatsby sem nada. Sentia-se casado com ela, isso era tudo.

Quando se encontraram novamente, dois dias depois, era Gatsby quem estava ofegante, sentindo-se, de certo modo, traído. O terraço dela cintilava com o luxo que o dinheiro podia comprar; a cadeira de balanço rangeu elegantemente quando ela se voltou para ele, e ele beijou sua boca curiosa e bela. Ela apanhara um resfriado que tornara sua voz mais rouca e mais charmosa que nunca, e Gatsby teve uma esmagadora percepção da juventude e do mistério que a riqueza encerra, do frescor do vestuário variado e de Daisy, fulgurante como prata, segura e orgulhosa, acima das lutas dos pobres.

"I can't describe to you how surprised I was to find out I loved her, old sport. I even hoped for a while that she'd throw me over, but she didn't, because she was in love with me too. She thought I knew a lot because I knew different things from her... Well, there I was, way off my ambitions, getting deeper in love every minute, and all of a sudden I didn't care. What was the use of doing great things if I could have a better time telling her what I was going to do?"

On the last afternoon before he went abroad, he sat with Daisy in his arms for a long, silent time. It was a cold fall day, with fire in the room and her cheeks flushed. Now and then she moved and he changed his arm a little, and once he kissed her dark shining hair. The afternoon had made them tranquil for a while, as if to give them a deep memory for the long parting the next day promised. They had never been closer in their month of love, nor communicated more profoundly one with another, than when she brushed silent lips against his coat's shoulder or when he touched the end of her fingers, gently, as though she were asleep.

He did extraordinarily well in the war. He was a captain before he went to the front, and following the Argonne battles he got his majority and the command of the divisional machine-guns. After the Armistice he tried frantically to get home, but some complication or misunderstanding sent him to Oxford instead. He was worried now – there was a quality of nervous despair in Daisy's letters. She didn't see why he couldn't come. She was feeling the pressure of the world outside, and she wanted to see him and feel his presence beside her and be reassured that she was doing the right thing after all.

For Daisy was young and her artificial world was redolent of orchids and pleasant, cheerful snobbery and orchestras which set the rhythm of the year, summing up the sadness and suggestiveness of life in new tunes. All night the saxophones wailed the hopeless comment of the Beale Street Blues, while a hundred pairs of golden and silver slippers shuffled the shining dust. At the gray tea hour there were always rooms that throbbed incessantly with this low, sweet fever, while fresh faces drifted here and there like rose petals blown by the sad horns around the floor.

Through this twilight universe Daisy began to move again with the season; suddenly she was again keeping half a dozen dates a day with half a dozen men, and drowsing asleep at dawn with the beads and chiffon of an evening dress tangled among dying orchids on the floor beside her bed. And all the time something within her was crying for a decision. She wanted her life shaped now, immediately – and the decision must be made by some force... of love, of money, of unquestionable practicality – that was close at hand.

That force took shape in the middle of spring with the arrival of Tom Buchanan. There was a wholesome bulkiness about his person and his position, and Daisy was flattered. Doubtless there was a certain struggle and a certain relief. The letter reached Gatsby while he was still at Oxford.

It was dawn now on Long Island and we went about opening the rest of the

"Não consigo descrever quão surpreso fiquei ao descobrir que a amava, meu velho. Por um instante, até tive esperança de que me dispensasse, mas ela não o fez pois também estava apaixonada por mim. Pensou que eu sabia muito, pois conhecia coisas diferentes dela... Pois bem, lá estava eu, além das minhas ambições, a cada minuto mais apaixonado, e de repente deixei de me importar. De que adiantava fazer grandes coisas se podia me sentir ainda melhor contando-lhe o que faria?"

Na última tarde antes de ir para o exterior, sentou-se com Daisy em seus braços por um longo e silencioso tempo. Era um frio dia de outono, com a lareira acesa na sala e o rosto dela corado. De vez em quando, ela se movia e ele mudava a posição dos braços e, uma vez, beijou seu cabelo escuro e brilhante. A tarde os tranquilizara por certo tempo como lhes ofertando uma lembrança profunda pela longa separação que o dia seguinte prometia. Nunca se sentiram tão próximos em seu mês de amor, nem se comunicaram mais profundamente do que quando os lábios silenciosos dela roçaram o ombro de seu casaco ou quando ele tocou delicadamente as pontas de seus dedos, como se ela estivesse adormecida.

Saiu-se extraordinariamente bem na guerra. Chegou a capitão antes de ir ao fronte e, após as batalhas de Argonne, atingiu a maioridade e o comando da divisão de metralhadoras. Após o Armistício, tentou freneticamente voltar para casa, mas por alguma complicação ou mal-entendido foi enviado a Oxford. Ficou preocupado – havia uma qualidade de nervoso desespero nas cartas de Daisy. Ela não percebia por que ele não podia voltar. Sentia a pressão do mundo lá fora e queria vê-lo, sentir sua presença ao seu lado, convencer-se de que estava fazendo a coisa certa afinal.

Pois Daisy era jovem e seu mundo artificial lembrava a orquídeas e esnobismo alegre e a orquestras que marcavam o ritmo do ano, sintetizando a tristeza e os aspectos da vida em novas canções. A noite toda, saxofones gemiam os desesperados comentários dos Beale Street Blues, enquanto centenas de pares de sapatos dourados e prateados pisoteavam a poeira brilhante. Na hora cinzenta do chá, sempre havia salões pulsando incessantemente com essa doce febre baixa, enquanto rostos novos surgiam às vezes como pétalas de rosas sopradas pelos tristes trompetes ao redor do salão.

Com a nova estação, Daisy voltou a se movimentar por esse universo crepuscular; subitamente, passou a assumir meia dúzia de compromissos por dia com meia dúzia de rapazes, dormir ao romper da aurora, com as contas e a gaze do vestido de noite entrelaçadas às orquídeas murchas no chão de seu quarto ao lado da cama. E nesse tempo, algo dentro dela clamava por uma decisão. Queria que, de imediato, sua vida tomasse forma – e a decisão devia ser tomada por alguma força ao seu alcance... – do amor, do dinheiro ou de inquestionável praticidade.

Essa força tomou forma em meados da primavera com a chegada de Tom Buchanan. Havia uma saudável grandeza em torno de sua pessoa e de sua posição, e Daisy ficou lisonjeada. Sem dúvida, houve alguma luta, e certo alívio. Gatsby recebeu a carta quando ainda se encontrava em Oxford.

Agora, nascia o dia em Long Island e fomos abrir o resto das janelas do andar

windows down-stairs, filling the house with gray-turning, gold-turning light. The shadow of a tree fell abruptly across the dew and ghostly birds began to sing among the blue leaves. There was a slow, pleasant movement in the air, scarcely a wind, promising a cool, lovely day.

"I don't think she ever loved him." Gatsby turned around from a window and looked at me challengingly. "You must remember, old sport, she was very excited this afternoon. He told her those things in a way that frightened her – that made it look as if I was some kind of cheap sharper. And the result was she hardly knew what she was saying."

He sat down gloomily.

"Of course she might have loved him just for a minute, when they were first married – and loved me more even then, do you see?"

Suddenly he came out with a curious remark.

"In any case," he said, "it was just personal."

What could you make of that, except to suspect some intensity in his conception of the affair that couldn't be measured?

He came back from France when Tom and Daisy were still on their wedding trip, and made a miserable but irresistible journey to Louisville on the last of his army pay. He stayed there a week, walking the streets where their footsteps had clicked together through the November night and revisiting the out-of-the-way places to which they had driven in her white car. Just as Daisy's house had always seemed to him more mysterious and gay than other houses, so his idea of the city itself, even though she was gone from it, was pervaded with a melancholy beauty.

He left feeling that if he had searched harder, he might have found her – that he was leaving her behind. The day-coach – he was penniless now – was hot. He went out to the open vestibule and sat down on a folding-chair, and the station slid away and the backs of unfamiliar buildings moved by. Then out into the spring fields, where a yellow trolley raced them for a minute with people in it who might once have seen the pale magic of her face along the casual street.

The track curved and now it was going away from the sun, which as it sank lower, seemed to spread itself in benediction over the vanishing city where she had drawn her breath. He stretched out his hand desperately as if to snatch only a wisp of air, to save a fragment of the spot that she had made lovely for him. But it was all going by too fast now for his blurred eyes and he knew that he had lost that part of it, the freshest and the best, forever.

It was nine o'clock when we finished breakfast and went out on the porch. The night had made a sharp difference in the weather and there was an autumn flavor in the air. The gardener, the last one of Gatsby's former servants, came to the foot of the steps.

"I'm going to drain the pool today, Mr. Gatsby. Leaves'll start falling pretty

inferior, enchendo a casa com a luz cinzenta que se transformava em luz dourada. A sombra de uma árvore caiu abruptamente sobre o orvalho e pássaros fantasmagóricos começaram a cantar entre as folhas azuis. Houve um movimento lento e agradável no ar, uma brisa imperceptível prometendo um dia fresco e lindo.

"Não creio que ela o tenha amado algum dia." Gatsby saiu da frente da janela e me olhou com ar desafiador. "Meu velho, você precisa se lembrar de que ela estava muito nervosa esta tarde. Ele lhe disse coisas que a amedrontaram – que me fizeram parecer uma espécie de vigarista barato. Como resultado, ela mal sabia o que ela estava a dizer."

Ele sentou-se, sombrio.

"Claro, ela pode tê-lo amado por apenas um minuto, assim que eles se casaram – e me amado ainda mais, mesmo então, percebe?"

De repente, ele saiu-se com uma observação curiosa.

"De qualquer modo, foi apenas algo pessoal", disse ele.

O que se podia deduzir disso, exceto suspeitar que sua concepção do caso possuísse uma intensidade difícil de ser avaliada?

Ele voltou da França quando Tom e Daisy ainda viajavam em lua de mel, e fez uma miserável, mas irresistível jornada a Louisville, paga com o que lhe sobrara do soldo do exército. Ali permaneceu por uma semana, caminhando pelas ruas por onde haviam passeado juntos nas noites de novembro, revisitando os lugares afastados que haviam percorrido no carro branco dela. Assim como a casa de Daisy sempre lhe parecera mais alegre e misteriosa que as outras casas, a ideia que fazia da própria cidade era permeada de uma beleza melancólica, apesar de sua ausência.

Partiu sentindo que se procurasse com mais afinco talvez a encontraria – que a deixara para trás. O vagão comum estava quente – agora não tinha um cêntimo. Seguiu para a plataforma aberta e sentou-se numa cadeira dobrável; a estação se distanciou e os fundos dos edifícios desconhecidos passaram por ele. Então, nos campos primaveris, um elétrico amarelo os acompanhou por um minuto com pessoas que talvez tivessem visto a mágica palidez de seu rosto em alguma rua fortuita.

Os trilhos agora faziam uma curva e se afastavam do sol que, ao se pôr, parecia se espargir como uma bênção sobre a cidade que desaparecia, a cidade onde ela nascera. Desesperadamente, estendeu a mão como que para agarrar um fiapo de ar, para salvar um fragmento do lugar que ela tornara encantador para ele. Mas agora tudo se movia depressa demais para seus olhos turvos e ele sabia que perdera para sempre uma parte disso tudo, a parte mais fresca, a melhor.

Eram nove horas quando terminamos nosso desjejum e saímos para o terraço. A noite fizera uma aguda diferença no tempo e havia um sabor de outono no ar. O jardineiro, único remanescente dos antigos empregados de Gatsby, chegou até o pé da escada.

"Vou esvaziar a piscina hoje, Mr. Gatsby. Logo as folhas começarão a cair e

soon, and then there's always trouble with the pipes."

"Don't do it today," Gatsby answered. He turned to me apologetically. "You know, old sport, I've never used that pool all summer?"

I looked at my watch and stood up.

"Twelve minutes to my train."

I didn't want to go to the city. I wasn't worth a decent stroke of work, but it was more than that – I didn't want to leave Gatsby. I missed that train, and then another, before I could get myself away.

"I'll call you up," I said finally.

"Do, old sport."

"I'll call you about noon."

We walked slowly down the steps.

"I suppose Daisy'll call too." He looked at me anxiously, as if he hoped I'd corroborate this.

"I suppose so."

"Well, good-bye."

We shook hands and I started away. Just before I reached the hedge I remembered something and turned around.

"They're a rotten crowd," I shouted across the lawn. "You're worth the whole damn bunch put together."

I've always been glad I said that. It was the only compliment I ever gave him, because I disapproved of him from beginning to end. First he nodded politely, and then his face broke into that radiant and understanding smile, as if we'd been in ecstatic cahoots on that fact all the time. His gorgeous pink rag of a suit made a bright spot of color against the white steps, and I thought of the night when I first came to his ancestral home, three months before. The lawn and drive had been crowded with the faces of those who guessed at his corruption – and he had stood on those steps, concealing his incorruptible dream, as he waved them good-bye.

I thanked him for his hospitality. We were always thanking him for that – I and the others.

"Good-bye" I called. "I enjoyed breakfast, Gatsby."

Up in the city, I tried for a while to list the quotations on an interminable amount of stock, then I fell asleep in my swivel-chair. Just before noon the phone woke me, and I started up with sweat breaking out on my forehead. It was Jordan Baker; she often called me up at this hour because the uncertainty of her own movements between hotels and clubs and private houses made her hard to find in any other way. Usually her voice came over the wire as something fresh and cool, as if

isso sempre causa problema nos encanamentos."

"Não esvazie hoje", respondeu Gatsby, e se voltou para mim apologeticamente. "Meu velho, sabe que não usei a piscina uma única vez durante todo o verão?"

Consultei o relógio e me levantei.

"Doze minutos para o meu trem."

Eu não queria ir à cidade. Não seria capaz de realizar qualquer trabalho decente, mas era mais que isso – eu não desejava deixar Gatsby. Perdi aquele trem e depois mais outro antes de me dispor a partir.

"Eu lhe telefonarei", disse eu finalmente.

"Faça isso, meu velho."

"Telefonarei por volta de meio-dia."

Descemos as escadas vagarosamente.

"Suponho que Daisy também vá me telefonar." Ele me fitou com ansiedade, como se esperasse uma corroboração minha.

"Suponho que sim."

"Bem, até logo."

Apertamos as mãos e eu me afastei. Pouco antes de chegar à cerca, lembrei de algo e me voltei.

"Eles são todos uma malta", gritei através do gramado. "Você vale muito mais que todo esse maldito grupo junto."

Sempre me alegrarei por ter dito isso. Foi o único cumprimento que lhe fiz, pois sempre o desaprovei, do princípio até o fim. Primeiro, ele inclinou a cabeça com educação, depois seu rosto se abriu em um radiante sorriso de compreensão, como se não houvesse qualquer dúvida quanto à nossa concordância nesse assunto. Seu belo terno rosa era como uma brilhante mancha colorida contra os degraus brancos e lembrei a noite em que fui pela primeira vez à sua mansão, três meses antes. O gramado e a alameda estavam coalhados de rostos das pessoas que suspeitavam sua corrupção – e ele ficara em pé nesses mesmos degraus, ocultando seu sonho incorruptível enquanto se despedia com acenos de mão.

Agradeci sua hospitalidade. Sempre o agradecíamos por isso – eu e os outros.

"Até logo", gritei. "Gostei do desjejum, Gatsby."

Na cidade, durante algum tempo tentei fazer uma lista das cotações de uma interminável quantidade de títulos e caí no sono em minha cadeira giratória. Pouco antes do meio-dia, o telefone me acordou e despertei com o suor escorrendo pela testa. Era Jordan Baker; ela me telefonava frequentemente nesse horário, pois a incerteza quanto aos seus próprios movimentos entre hotéis, clubes e casas particulares fazia com que lhe fosse difícil encontrar outro horário. Em geral, sua voz

a divot from a green golf-links had come sailing in at the office window, but this morning it seemed harsh and dry.

"I've left Daisy's house," she said. "I'm at Hempstead, and I'm going down to Southampton this afternoon."

Probably it had been tactful to leave Daisy's house, but the act annoyed me, and her next remark made me rigid.

"You weren't so nice to me last night."

"How could it have mattered then?"

Silence for a moment. Then:

"However... I want to see you."

"I want to see you, too."

"Suppose I don't go to Southampton, and come into town this afternoon?"

"No... I don't think this afternoon."

"Very well."

"It's impossible this afternoon. Various..."

We talked like that for a while, and then abruptly we weren't talking any longer. I don't know which of us hung up with a sharp click, but I know I didn't care. I couldn't have talked to her across a tea-table that day if I never talked to her again in this world.

I called Gatsby's house a few minutes later, but the line was busy. I tried four times; finally an exasperated central told me the wire was being kept open for long distance from Detroit. Taking out my time-table, I drew a small circle around the three-fifty train. Then I leaned back in my chair and tried to think. It was just noon.

When I passed the ashheaps on the train that morning I had crossed deliberately to the other side of the car. I suppose there'd be a curious crowd around there all day with little boys searching for dark spots in the dust, and some garrulous man telling over and over what had happened, until it became less and less real even to him and he could tell it no longer, and Myrtle Wilson's tragic achievement was forgotten. Now I want to go back a little and tell what happened at the garage after we left there the night before.

They had difficulty in locating the sister, Catherine. She must have broken her rule against drinking that night, for when she arrived she was stupid with liquor and unable to understand that the ambulance had already gone to Flushing. When they convinced her of this, she immediately fainted, as if that was the intolerable part of the affair. Some one, kind or curious, took her in his car and drove her in the wake of her sister's body.

ao telefone era fresca e tranquila, como se um pedaço de um verde campo de golfe tivesse entrado pela janela do escritório, mas nessa manhã parecia áspera e seca.

"Acabei de sair da casa de Daisy", disse ela. "Estou em Hempstead, e vou descer até Southampton esta tarde."

Provavelmente, fora apropriado deixar a casa de Daisy, mas isso me aborreceu e sua observação seguinte me fez enrijecer.

"Você não foi muito delicado comigo ontem à noite."

"Que diferença faz isso, diante das circunstâncias?"

Silêncio por um momento. Depois:

"No entanto... eu quero vê-lo."

"Eu também quero vê-la."

"Suponha que eu não vá a Southampton e vá à cidade nesta tarde?"

"Não... não creio que nesta tarde."

"Muito bem."

"Nesta tarde é impossível. Várias..."

Conversamos nesse tom por algum tempo até que, abruptamente, deixamos de falar. Não sei qual de nós desligou com um impetuoso clique, mas sei que não me importei. Não conseguiria conversar com ela diante de uma mesa de chá, mesmo que jamais voltasse a falar com ela neste mundo.

Telefonei para a casa de Gatsby após alguns minutos, mas a linha estava ocupado. Tentei quatro vezes; finalmente, uma telefonista exasperada disse-me que a linha estava sendo mantida aberta para um interurbano de Detroit. Peguei a tabela de horários e desenhei um pequeno círculo em torno do comboio das três e cinquenta. Depois, reclinei-me na cadeira e tentei refletir. Era exatamente meio-dia.

Àquela manhã no o comboio, ao passar pela pilha de cinzas, deliberadamente mudei-me para o outro lado do vagão. Achei que o dia todo haveria uma multidão de curiosos lá, que as crianças procurariam manchas escuras na poeira enquanto algum tagarela contaria repetidamente o que aconteceu, até que, mesmo para ele, tudo se tornasse menos real, não conseguisse mais falar no assunto e o trágico acontecimento com Myrtle Wilson fosse esquecido. Agora, quero voltar um pouco no tempo e relatar o que aconteceu na oficina após sairmos de lá na noite anterior.

Houve dificuldade para localizar a irmã, Catherine. Provavelmente, ela transgredira sua norma contra a bebida naquela noite, pois quando chegou estava estupidificada pelo álcool, incapaz de compreender que a ambulância já fora para Flushing. Quando a convenceram desse fato, desmaiou de imediato, como se aquela fosse a parte intolerável do que acontecera. Alguém, delicado ou curioso, colocou-a em seu carro e a levou no rastro do corpo de sua irmã.

Until long after midnight a changing crowd lapped up against the front of the garage, while George Wilson rocked himself back and forth on the couch inside. For a while the door of the office was open, and every one who came into the garage glanced irresistibly through it. Finally someone said it was a shame, and closed the door. Michaelis and several other men were with him; first, four or five men, later two or three men. Still later Michaelis had to ask the last stranger to wait there fifteen minutes longer, while he went back to his own place and made a pot of coffee. After that, he stayed there alone with Wilson until dawn.

About three o'clock the quality of Wilson's incoherent muttering changed – he grew quieter and began to talk about the yellow car. He announced that he had a way of finding out whom the yellow car belonged to, and then he blurted out that a couple of months ago his wife had come from the city with her face bruised and her nose swollen.

But when he heard himself say this, he flinched and began to cry "Oh, my God!" again in his groaning voice. Michaelis made a clumsy attempt to distract him.

"How long have you been married, George? Come on there, try and sit still a minute and answer my question. How long have you been married?"

"Twelve years."

"Ever had any children? Come on, George, sit still – I asked you a question. Did you ever have any children?"

The hard brown beetles kept thudding against the dull light, and whenever Michaelis heard a car go tearing along the road outside it sounded to him like the car that hadn't stopped a few hours before. He didn't like to go into the garage, because the work bench was stained where the body had been lying, so he moved uncomfortably around the office – he knew every object in it before morning – and from time to time sat down beside Wilson trying to keep him more quiet.

"Have you got a church you go to sometimes, George? Maybe even if you haven't been there for a long time? Maybe I could call up the church and get a priest to come over and he could talk to you, see?"

"Don't belong to any."

"You ought to have a church, George, for times like this. You must have gone to church once. Didn't you get married in a church? Listen, George, listen to me. Didn't you get married in a church?"

"That was a long time ago."

The effort of answering broke the rhythm of his rocking – for a moment he was silent. Then the same half-knowing, half-bewildered look came back into his faded eyes.

"Look in the drawer there," he said, pointing at the desk.

"Which drawer?"

Uma multidão cambiante se agitou diante da oficina até bem depois da meia-noite, enquanto, George Wilson se balançava para frente e para trás no sofá. Por um instante, a porta do escritório se abriu e todos os que vieram à oficina olharam irresistivelmente por dela. Finalmente, alguém disse que aquilo era uma vergonha e fechou a porta. Michaelis e vários outros ficaram com ele; no início, quatro ou cinco homens, depois, dois ou três. Mais tarde, Michaelis precisou pedir para o último desconhecido ficar mais quinze minutos enquanto ele ia até sua casa preparar um bule de café. Depois, permaneceu ali até o nascer do dia, sozinho com Wilson.

Por volta das três horas, a qualidade do murmúrio incoerente de Wilson se alterou. Ele ficou mais quieto e começou a falar sobre o carro amarelo. Anunciou que tinha como descobrir a quem pertencia aquele carro amarelo e então ele deixou escapar que, há uns dois meses, sua mulher voltara da cidade com o rosto machucado e o nariz inchado.

Porém, assim que se ouviu dizendo isso, encolheu-se todo e recomeçou a gemer "Ó, meu Deus!.." Michaelis fez uma tentativa desajeitada para consolá-lo.

"Há quanto tempo você se casou, George? Vamos, tente se acalmar por um minuto e responda à minha pergunta. Por quanto tempo você ficou casado?"

"Doze anos."

"Tiveram filhos? Vamos, George, fique tranquilo – eu lhe fiz uma pergunta. Vocês tiveram filhos?"

Os duros besouros marrons não cessavam de bater contra a luz sombria, e ao ouvir um carro a correr na estrada Michaelis julgava ser o carro que não se detivera há algumas horas. Não gostava de entrar na oficina pois a bancada de trabalho estava manchada onde o corpo fora colocado, assim, movimentava-se desconfortavelmente pelo escritório e antes do amanhecer já conhecia cada objeto dali. De tempos em tempos, sentava-se ao lado de Wilson e tentava mantê-lo mais tranquilo.

"Às vezes frequenta alguma igreja, George? Mesmo que não apareça há algum tempo? Talvez eu possa telefonar para a igreja pedindo para um padre vir até aqui, conversar com você?"

"Não pertenço a nenhuma."

"Você deveria frequentar uma igreja, George, para uma ocasião como essa. Você já deve ter frequentado alguma. Não se casou na igreja? George, ouça o que eu digo. Você não se casou na igreja?"

"Isso foi há muito tempo."

O esforço para responder interrompeu o ritmo de seu vai-vem – por um instante, manteve-se em silêncio. Depois, o mesmo olhar meio consciente, meio desnorteado, voltou aos seus olhos baços.

"Olhe dentro daquela gaveta", disse ele apontando para a escrivaninha.

"Que gaveta?"

"That drawer... that one."

Michaelis opened the drawer nearest his hand. There was nothing in it but a small, expensive dog-leash, made of leather and braided silver. It was apparently new.

"This?" he inquired, holding it up.

Wilson stared and nodded.

"I found it yesterday afternoon. She tried to tell me about it, but I knew it was something funny."

"You mean your wife bought it?"

"She had it wrapped in tissue paper on her bureau."

Michaelis didn't see anything odd in that, and he gave Wilson a dozen reasons why his wife might have bought the dog-leash. But conceivably Wilson had heard some of these same explanations before, from Myrtle, because he began saying "Oh, my God!" again in a whisper – his comforter left several explanations in the air.

"Then he killed her," said Wilson. His mouth dropped open suddenly.

"Who did?"

"I have a way of finding out."

"You're morbid, George," said his friend. "This has been a strain to you and you don't know what you're saying. You'd better try and sit quiet till morning."

"He murdered her."

"It was an accident, George."

Wilson shook his head. His eyes narrowed and his mouth widened slightly with the ghost of a superior "Hm!"

"I know," he said definitely, "I'm one of these trusting fellas and I don't think any harm to nobody, but when I get to know a thing I know it. It was the man in that car. She ran out to speak to him and he wouldn't stop."

Michaelis had seen this too, but it hadn't occurred to him that there was any special significance in it. He believed that Mrs. Wilson had been running away from her husband, rather than trying to stop any particular car.

"How could she of been like that?"

"She's a deep one," said Wilson, as if that answered the question. "Ah-h-h..."

He began to rock again, and Michaelis stood twisting the leash in his hand.

"Maybe you got some friend that I could telephone for, George?"

This was a forlorn hope – he was almost sure that Wilson had no friend:

"Aquela gaveta... aquela ali."

Michaelis abriu a gaveta mais próxima. Não havia nada dentro dela, exceto uma pequena coleira de cachorro, parecendo dispendiosa, feita de couro com incrustações de prata. Aparentemente, era nova.

"Isto?", perguntou ele levantando a coleira.

Wilson a fitou e balançou a cabeça, concordando.

"Eu a encontrei ontem à tarde. Ela tentou me contar algo, mas eu sabia que era uma história ridícula."

"Quer dizer que sua mulher a comprou?"

"Estava em sua cômoda, embrulhada em papel de seda."

Michaelis não via nada de estranho naquilo e deu a Wilson uma dúzia de razões para a sua mulher ter comprado a coleira de cachorro. Mas possivelmente, Myrtle já dera a Wilson essas mesmas explicações porque ele recomeçou a sussurrar "Ó, meu Deus!" –isso fez com que o seu confortador deixasse no ar várias outras explicações.

"Então ele a matou", declarou Wilson. De repente, sua boca se abriu.

"Quem a matou?"

"Eu tenho meios para descobrir."

"Está sendo mórbido, George", disse seu amigo. "Tudo isso foi um choque para você. Não sabe o que está dizendo. É melhor ficar tranquilo ate o amanhecer."

"Ele a assassinou."

"Foi um acidente, George."

Wilson balançou a cabeça. Apertou os olhos, sua boca se distendeu um pouco e, com um ar de superioridade, disse: "Hm!"

"Eu sei.", acrescentou claramente. "Sou um desses sujeitos confiantes que não pensam mal de ninguém, mas quando digo que sei algo é porque sei mesmo. Foi o homem naquele carro. Ela correu para falar com ele, e ele não parou."

Michaelis também vira aquilo, mas não lhe ocorrera que havia qualquer significado especial no acontecido. Acreditara que Mrs. Wilson fugia de seu marido, sem tentar parar qualquer carro, em particular.

"Como poderia ela fazer isso?"

"Ela é esperta", disse Wilson como se isso respondesse a questão. "Ah-h-h..."

O vai-vem recomeçou e Michaelis ficou torcendo a coleira nas mãos.

"Talvez você queira que eu telefone para algum amigo, George."

Era uma esperança vã – tinha quase certeza que George não tinha amigos:

there was not enough of him for his wife. He was glad a little later when he noticed a change in the room, a blue quickening by the window, and realized that dawn wasn't far off. About five o'clock it was blue enough outside to snap off the light.

Wilson's glazed eyes turned out to the ashheaps, where small gray clouds took on fantastic shape and scurried in the faint dawn wind.

"I spoke to her," he muttered, after a long silence. "I told her she might fool me but she couldn't fool God. I took her to the window" – with an effort he got up and walked to the rear window and leaned with his face pressed against it..." and I said 'God knows what you've been doing, everything you've been doing. You may fool me, but you can't fool God!'"

Standing behind him, Michaelis saw with a shock that he was looking at the eyes of Doctor T. J. Eckleburg, which had just emerged, pale and enormous, from the dissolving night.

"God sees everything," repeated Wilson.

"That's an advertisement," Michaelis assured him. Something made him turn away from the window and look back into the room. But Wilson stood there a long time, his face close to the window pane, nodding into the twilight.

By six o'clock Michaelis was worn out, and grateful for the sound of a car stopping outside. It was one of the watchers of the night before who had promised to come back, so he cooked breakfast for three, which he and the other man ate together. Wilson was quieter now, and Michaelis went home to sleep; when he awoke four hours later and hurried back to the garage, Wilson was gone.

His movements – he was on foot all the time – were afterward traced to Port Roosevelt and then to Gad's Hill, where he bought a sandwich that he didn't eat, and a cup of coffee. He must have been tired and walking slowly, for he didn't reach Gad's Hill until noon. Thus far there was no difficulty in accounting for his time – there were boys who had seen a man "acting sort of crazy," and motorists at whom he stared oddly from the side of the road. Then for three hours he disappeared from view. The police, on the strength of what he said to Michaelis, that he "had a way of finding out," supposed that he spent that time going from garage to garage thereabout, inquiring for a yellow car. On the other hand, no garage man who had seen him ever came forward, and perhaps he had an easier, surer way of finding out what he wanted to know. By half-past two he was in West Egg, where he asked someone the way to Gatsby's house. So by that time he knew Gatsby's name.

At two o'clock Gatsby put on his bathing-suit and left word with the butler that if any one phoned word was to be brought to him at the pool. He stopped at the garage for a pneumatic mattress that had amused his guests during the summer, and the chauffeur helped him pump it up. Then he gave instructions that the open car wasn't to be taken out under any circumstances – and this was strange, because the front right fender needed repair.

quase não bastava para sua mulher. Pouco depois, ficou feliz ao notar uma mudança no aposento, um azul que se avolumava perto da janela, e percebeu que a aurora não tardaria. Pelas cinco horas, estava suficientemente azul para apagar a luz.

Os olhos vidrados de Wilson se voltaram para as cinzas, onde pequenas nuvens cinzentas assumiam formas fantásticas e se deslocavam na fraca brisa matinal.

"Falei com ela", sussurrou ele depois de um longo silêncio. "Disse-lhe que ela podia me enganar, mas que não poderia enganar a Deus. Levei-a até a janela." Ele se levantou com dificuldade e caminhou até a janela dos fundos, onde se apoiou com o rosto pressionado contra o vidro. "Eu lhe disse: 'Deus sabe o que você andou fazendo, sabe tudo o que você fez. Você pode me enganar, mas não pode enganar a Deus!"

Em pé atrás dele, chocado, Michaelis o viu fitando os olhos do Doutor T. J. Eckleburg que, pálidos e imensos, haviam acabado de emergir da noite que se dissolvia.

"Deus vê todas as coisas", repetiu Wilson.

"Isso é um anúncio", assegurou-lhe Michaelis. Algo o fez se voltar da janela e olhar novamente para a sala. Mas Wilson permaneceu imóvel por longo tempo, o rosto colado na vidraça, balançando a cabeça à luz da aurora.

Às seis horas, Michaelis estava exausto e sentiu-se grato ao ouvir o som de um carro parando do lado de fora. Era um dos curiosos da noite anterior, que prometera voltar. Ele então fez um desjejum para três, que ele e o outro comeram juntos. Wilson estava mais quieto então e Michaelis foi para casa, dormir. Ao acordar quatro horas mais tarde, voltou correndo à oficina, mas Wilson não estava lá.

Mais tarde, constatou-se que seus passos – caminhara a pé o tempo todo – o levaram primeiro a Port Roosevelt e depois a Gad's Hill, onde comprou uma xícara de café e um sanduíche que não comeu. Devia estar cansado, andando devagar, pois só chegou a Gad's Hill ao meio-dia. Até esse ponto, não houve dificuldade alguma para reconstituir seus passos – vários meninos tinham visto um homem "agindo como louco" e alguns motoristas o haviam notado, pois ele os olhara de modo estranho, caminhando ao lado da estrada. Então, desapareceu da vista de todos durante três horas. Como dissera a Michaelis que "tinha como descobrir", a polícia supôs que ele passara esse tempo indo de garagem a garagem, nas vizinhanças, perguntando pelo carro amarelo. Por outro lado, nenhuma pessoa o vira perguntando nada, então talvez ele tivesse um meio mais fácil e mais preciso de descobrir o que desejava saber. Às duas e meia, estava em West Egg, onde perguntou a alguém o endereço da casa de Gatsby. Portanto, nesse horário já sabia o nome de Gatsby.

Por sua vez, Gatsby vestiu sua roupa de banho às duas horas e recomendou ao mordomo para avisá-lo na piscina se alguém lhe telefonasse. Parou na garagem para apanhar o colchão inflável que divertira seus convidados durante o verão, e o motorista o ajudou a enchê-lo Depois disso, advertiu que o conversível não deveria ser retirado da garagem, sob circunstância alguma. Isso era estranho, pois o para-lama da frente precisava ser reparado.

Gatsby shouldered the mattress and started for the pool. Once he stopped and shifted it a little, and the chauffeur asked him if he needed help, but he shook his head and in a moment disappeared among the yellowing trees.

No telephone message arrived, but the butler went without his sleep and waited for it until four o'clock – until long after there was any one to give it to if it came. I have an idea that Gatsby himself didn't believe it would come, and perhaps he no longer cared. If that was true he must have felt that he had lost the old warm world, paid a high price for living too long with a single dream. He must have looked up at an unfamiliar sky through frightening leaves and shivered as he found what a grotesque thing a rose is and how raw the sunlight was upon the scarcely created grass. A new world, material without being real, where poor ghosts, breathing dreams like air, drifted fortuitously about... like that ashen, fantastic figure gliding toward him through the amorphous trees.

The chauffeur – he was one of Wolfsheim's proteges – heard the shots – afterward he could only say that he hadn't thought anything much about them. I drove from the station directly to Gatsby's house and my rushing anxiously up the front steps was the first thing that alarmed any one. But they knew then, I firmly believe. With scarcely a word said, four of us, the chauffeur, butler, gardener, and I, hurried down to the pool.

There was a faint, barely perceptible movement of the water as the fresh flow from one end urged its way toward the drain at the other with little ripples that were hardly the shadows of waves, the laden mattress moved irregularly down the pool. A small gust of wind that scarcely corrugated the surface was enough to disturb its accidental course with its accidental burden. The touch of a cluster of leaves revolved it slowly, tracing, like the leg of compass, a thin red circle in the water.

It was after we started with Gatsby toward the house that the gardener saw Wilson's body a little way off in the grass, and the holocaust was complete.

Gatsby colocou o colchão sobre o ombro e foi para a piscina. Parou uma vez para ajeitá-lo melhor e o motorista perguntou-lhe se precisava de ajuda, mas ele meneou a cabeça e, num instante, desapareceu entre as árvores tingidas de amarelo.

Não havia nenhum recado telefônico, mas o mordomo deixou de fazer sua sesta e esperou até quatro da tarde – bem depois de haver qualquer um a lhe dar, caso houvesse. Creio que o próprio Gatsby não acreditava nisso, e talvez já não se importasse. Se for verdade, deve ter sentido que perdera seu velho e cálido mundo, que pagara um alto preço por viver por tanto tempo a acalentar um único sonho. Deve ter fitado o céu desconhecido através das folhas assustadoras, arrepiando-se ao descobrir o quão grotesca pode ser uma rosa, e quão rude pode ser o sol a incindir sobre a relva recém plantada. Um novo mundo, material sem ser real, onde pobres fantasmas deslizavam fortuitamente a respirar sonhos como fossem ar... como aquela figura pálida, fantástica, deslizando em sua direção através das árvores amorfas.

O motorista – um dos protegidos de Wolfsheim – ouviu os tiros. Mais tarde, a única coisa que conseguiu dizer foi que não deu muita atenção a eles. Fui diretamente da Estação para a casa de Gatsby, e minha ansiedade quando subi as escadas do frente foi a primeira coisa que alarmou a todos. Mas acredito firmemente que eles já sabiam. Sem dizer praticamente nada, nós quatro, o motorista, o mordomo, o jardineiro e eu, fomos depressa até a piscina.

Havia um leve movimento da água, quase imperceptível, enquanto o fluxo se escoava pelo ralo localizado do outro lado. Impelido pelos pequenos meandros que eram como sombras de ondulações, o colchão se movimentava irregularmente através da piscina. Um ligeiro sopro de vento que mal encrespou a superfície da água foi suficiente para perturbar seu curso aleatório com seu fardo acidental. O toque de um grupo de folhas fez com que ele girasse devagar, como a perna de um compasso, e traçasse um fino círculo vermelho na água.

Somente após começarmos a levar Gatsby para a casa o jardineiro viu o corpo de Wilson um pouco adiante, no gramado, e o holocausto se completou.

CHAPTER 9

After two years I remember the rest of that day, and that night and the next day, only as an endless drill of police and photographers and newspaper men in and out of Gatsby's front door. A rope stretched across the main gate and a policeman by it kept out the curious, but little boys soon discovered that they could enter through my yard, and there were always a few of them clustered open-mouthed about the pool. Someone with a positive manner, perhaps a detective, used the expression "madman." as he bent over Wilson's body that afternoon, and the adventitious authority of his voice set the key for the newspaper reports next morning.

Most of those reports were a nightmare – grotesque, circumstantial, eager, and untrue. When Michaelis's testimony at the inquest brought to light Wilson's suspicions of his wife I thought the whole tale would shortly be served up in racy pasquinade – but Catherine, who might have said anything, didn't say a word. She showed a surprising amount of character about it too – looked at the coroner with determined eyes under that corrected brow of hers, and swore that her sister had never seen Gatsby, that her sister was completely happy with her husband, that her sister had been into no mischief whatever. She convinced herself of it, and cried into her handkerchief, as if the very suggestion was more than she could endure. So Wilson was reduced to a man "deranged by grief." in order that the case might remain in its simplist form. And it rested there.

But all this part of it seemed remote and unessential. I found myself on Gatsby's side, and alone. From the moment I telephoned news of the catastrophe to West Egg village, every surmise about him, and every practical question, was referred to me. At first I was surprised and confused; then, as he lay in his house and didn't move or breathe or speak, hour upon hour, it grew upon me that I was responsible, because no one else was interested – interested, I mean, with that intense personal interest to which every one has some vague right at the end.

I called up Daisy half an hour after we found him, called her instinctively and without hesitation. But she and Tom had gone away early that afternoon, and taken baggage with them.

CAPÍTULO 9

Após dois anos, lembro-me do resto desse dia, dessa noite e do dia seguinte, apenas como um infindável desfile de policiais, fotógrafos e jornalistas a entrar e sair pela porta da frente de Gatsby. Uma corda estendida no portão principal mantinha afastados os curiosos, mas as crianças logo descobriram que podiam entrar pelo meu jardim, e sempre havia algumas de boca aberta agrupadas em torno da piscina. Alguém de maneiras decididas, talvez um detetive, usou a expressão "louco" ao se debruçar sobre o corpo de Wilson àquela tarde, e a adventícia autoridade de sua voz estabeleceu o tom das reportagens que surgiram nos jornais do dia seguinte.

A maior parte dessas reportagens era um verdadeiro pesadelo – grotescas, circunstanciais, ávidas e mentirosas. No inquérito, quando o testemunho de Michaelis divulgou as suspeitas de Wilson sobre sua mulher, pensei que a história toda seria contada como uma sátira picante – mas Catherine, que poderia ter dito qualquer coisa, não falou uma palavra. Ela também demonstrou um caráter surpreendente – olhou para o investigador com olhos determinados e jurou que sua irmã jamais pusera os olhos em Gatsby, que sua irmã era totalmente feliz com seu marido, que sua irmã jamais cometera qualquer deslize. Ela se convenceu disso e encheu seu lenço de lágrimas, como se essa simples insinuação fosse mais do que ela podia suportar. Assim, Wilson foi reduzido a um homem "enlouquecido pela dor" para que o caso pudesse permanecer em sua forma simplista. E assim permaneceu.

Porém, essa parte pareceu remota e não essencial. Encontrei-me ao lado de Gatsby, sozinho. Do momento em que telefonei para dar a notícia da catástrofe da pequena cidade de West Egg, todas as suspeitas sobre ele e todas as questões práticas foram referidas a mim. No início, fiquei surpreso e confuso; depois, enquanto ele permanecia em sua casa, sem se mover, respirar ou falar, hora após hora, compreendi que a responsabilidade era minha, pois ninguém se interessava – digo, não com aquele intenso interesse pessoal a que todos têm algum vago direito no final.

Telefonei para Daisy meia hora depois de o encontrarmos. Telefonei instintivamente e sem qualquer hesitação. Porém, ela e Tom haviam partido no início da tarde, levando toda bagagem.

"Left no address?"

"No."

"Say when they'd be back?"

"No."

"Any idea where they are? How I could reach them?"

"I don't know. Can't say."

I wanted to get somebody for him. I wanted to go into the room where he lay and reassure him: "I'll get somebody for you, Gatsby. Don't worry. Just trust me and I'll get somebody for you…"

Meyer Wolfsheim's name wasn't in the phone book. The butler gave me his office address on Broadway, and I called Information, but by the time I had the number it was long after five, and no one answered the phone.

"Will you ring again?"

"I've rung them three times."

"It's very important."

"Sorry. I'm afraid no one's there."

I went back to the drawing-room and thought for an instant that they were chance visitors, all these official people who suddenly filled it. But, as they drew back the sheet and looked at Gatsby with unmoved eyes, his protest continued in my brain:

"Look here, old sport, you've got to get somebody for me. You've got to try hard. I can't go through this alone."

Some one started to ask me questions, but I broke away and going up-stairs looked hastily through the unlocked parts of his desk – he'd never told me definitely that his parents were dead. But there was nothing – only the picture of Dan Cody, a token of forgotten violence, staring down from the wall.

Next morning I sent the butler to New York with a letter to Wolfsheim, which asked for information and urged him to come out on the next train. That request seemed superfluous when I wrote it. I was sure he'd start when he saw the newspapers, just as I was sure there'd be a wire from Daisy before noon – but neither a wire nor Mr. Wolfsheim arrived; no one arrived except more police and photographers and newspaper men. When the butler brought back Wolfsheim's answer I began to have a feeling of defiance, of scornful solidarity between Gatsby and me against them all.

"Dear Mr. Carraway.

This has been one of the most terrible shocks of my life to me I hardly

"Não deixaram nenhum endereço?"

"Não."

"Disseram quando eles estariam de volta?"

"Não."

"Tem ideia de onde se encontram? Como posso entrar em contato com eles?"

"Não sei. Não tenho ideia."

Desejava conseguir alguém para velar por ele. Desejava entrar na sala onde ele se encontrava e tranquilizá-lo: "Vou conseguir alguém para velá-lo, Gatsby. Não se preocupe. Apenas confie em mim, pois vou conseguir alguém para velar você..."

O nome de Meyer Wolfsheim não estava na lista telefônica. O mordomo me forneceu o endereço do escritório na Broadway, e telefonei para Informações, mas ao conseguir o número já passara muito das cinco horas e ninguém atendeu.

"Vai telefonar novamente?"

"Já liguei três vezes."

"É muito importante."

"Perdão. Temo que já não haja mais ninguém."

Voltei à sala de estar e, por um instante, pensei que todos os funcionários que subitamente ali se encontravam fossem visitantes ocasionais. Mas assim que levantaram o lençol e fitaram Gatsby com olhos indiferentes, seu protesto voltou a martelar meu cérebro:

"Olhe aqui, meu velho, você precisa encontrar alguém para mim. Precisa se esforçar. Não posso passar por isso sozinho."

Alguém começou a me fazer perguntas, mas desvencilhei-me e, dirigindo-me ao andar superior, examinei rapidamente as gavetas destrancadas de sua mesa – definitivamente, nunca me dissera que os pais estavam mortos. Mas nada encontrei, só o retrato de Dan Cody, símbolo da violência esquecida, a fitar-me da parede.

Na manhã seguinte, enviei o mordomo a Nova Iorque com uma carta a Wolfsheim, pedindo informações e insistindo para que viesse no próximo comboio. A súplica parecia supérflua ao colocá-la no papel. Tinha certeza de que viria no momento em que lesse os jornais, assim como eu tivera certeza de que antes do meio-dia haveria uma ligação de Daisy – mas esta não ocorreu, nem a chegada de Mr. Wolfsheim; ninguém apareceu, exceto mais policiais, fotógrafos e jornalistas. Quando o mordomo trouxe a resposta de Wolfsheim, comecei a ser invadido por um sentimento de rebeldia, de insolente solidariedade entre Gatsby e eu contra todos eles.

"Caro senhor Carraway,

Este foi um dos choques mais terríveis de minha vida e mal consigo acredi-

can believe it that it is true at all. Such a mad act as that man did should make us all think. I cannot come down now as I am tied up in some very important business and cannot get mixed up in this thing now. If there is anything I can do a little later let me know in a letter by Edgar. I hardly know where I am when I hear about a thing like this and am completely knocked down and out.

Yours truly,

MEYER WOLFSHIEM"

and then hasty addenda beneath:

"Let me know about the funeral etc. do not know his family at all."

When the phone rang that afternoon and Long Distance said Chicago was calling I thought this would be Daisy at last. But the connection came through as a man's voice, very thin and far away.

"This is Slagle speaking..."

"Yes?" The name was unfamiliar.

"Hell of a note, isn't it? Get my wire?"

"There haven't been any wires."

"Young Parke's in trouble," he said rapidly. "They picked him up when he handed the bonds over the counter. They got a circular from New York giving 'em the numbers just five minutes before. What d'you know about that, hey? You never can tell in these hick towns..."

"Hello!" I interrupted breathlessly. "Look here – this isn't Mr. Gatsby. Mr. Gatsby's dead."

There was a long silence on the other end of the wire, followed by an exclamation... then a quick squawk as the connection was broken.

I think it was on the third day that a telegram signed Henry C. Gatz arrived from a town in Minnesota. It said only that the sender was leaving immediately and to postpone the funeral until he came.

It was Gatsby's father, a solemn old man, very helpless and dismayed, bundled up in a long cheap ulster against the warm September day. His eyes leaked continuously with excitement, and when I took the bag and umbrella from his hands he began to pull so incessantly at his sparse gray beard that I had difficulty in getting off his coat. He was on the point of collapse, so I took him into the music room and made him sit down while I sent for something to eat. But he wouldn't eat, and the glass of milk spilled from his trembling hand.

tar que seja verdade. Tal ato de loucura como o perpetrado por esse homem deveria fazer com que todos nós refletíssemos. Não posso me ausentar agora, pois estou preso a alguns assuntos muito importantes, e presentemente não posso me envolver nisso. Se houver qualquer coisa que eu possa fazer mais tarde, envie-me uma carta através de Edgar. Ao receber uma notícia como essa, mal sei onde estou e sinto-me completamente arrasado.

Sinceramente,

MEYER WOLFSHIEM"

E então, um rápido adendo abaixo:

"Avise-me sobre o funeral, etc. Não conheço ninguém da família dele."

Quando o telefone tocou naquela tarde e o serviço de interurbanos avisou que era um chamado de Chicago, pensei que finalmente fosse Daisy. Mas quando a ligação foi completada, ouvi uma voz de homem, muito fraca e longínqua.

"Quem fala é Slagle..."

"Sim?" O nome não me era conhecido.

"Um bilhete horrível, não? Recebeu o meu telegrama?"

"Não recebi telegrama algum."

"O jovem Parke está em apuros", disse ele rapidamente. "Foi apanhado quando entregava os títulos no guichê. Apenas cinco minutos antes, tinham recebido uma circular de Nova Iorque, dando os números,. O que acha disso, heim? Não dá para saber o que acontece nessas cidades grandes..."

"Alô!", interrompi ofegante. "Olhe aqui — não sou Mr. Gatsby. Mr. Gatsby está morto."

Houve um grande silêncio do outro lado da linha, seguido por uma exclamação... então um grito rápido assim que a conexão foi interrompida.

Creio que foi no terceiro dia que chegou um telegrama assinado Henry C. Gatz, vindo de uma cidade em Minnesota. Dizia apenas que o remetente viajaria imediatamente e pedia que o enterro fosse adiado até sua chegada.

Tratava-se do pai de Gatsby, um homem idoso e solene, bem desprotegido e consternado, envolto num casacão comprido e barato naquele dia quente de setembro. Seus olhos lacrimejavam continuamente com a excitação, e ao pegar a mala e o guarda-chuva de suas mãos, ele começou a puxar sua rala barba grisalha com tal empenho que foi difícil retirar seu casaco. Estava à beira dum colapso, portanto levei-o à sala de música, fiz com que se sentasse e pedi algo para alimentá-lo. Mas não conseguiu comer e o leite espirrou do copo que ele segurava com as mãos trêmulas.

"I saw it in the Chicago newspaper," he said. "It was all in the Chicago newspaper. I started right away."

"I didn't know how to reach you." His eyes, seeing nothing, moved ceaselessly about the room.

"It was a madman," he said. "He must have been mad."

"Wouldn't you like some coffee?" I urged him.

"I don't want anything. I'm all right now, Mr. ...."

"Carraway."

"Well, I'm all right now. Where have they got Jimmy?"

I took him into the drawing-room, where his son lay, and left him there. Some little boys had come up on the steps and were looking into the hall; when I told them who had arrived, they went reluctantly away.

After a little while Mr. Gatz opened the door and came out, his mouth ajar, his face flushed slightly, his eyes leaking isolated and unpunctual tears. He had reached an age where death no longer has the quality of ghastly surprise, and when he looked around him now for the first time and saw the height and splendor of the hall and the great rooms opening out from it into other rooms, his grief began to be mixed with an awed pride. I helped him to a bedroom up-stairs; while he took off his coat and vest I told him that all arrangements had been deferred until he came.

"I didn't know what you'd want, Mr. Gatsby..."

"Gatz is my name."

"... Mr. Gatz. I thought you might want to take the body West."

He shook his head.

"Jimmy always liked it better down East. He rose up to his position in the East. Were you a friend of my boy's, Mr...?"

"We were close friends."

"He had a big future before him, you know. He was only a young man, but he had a lot of brain power here."

He touched his head impressively, and I nodded.

"If he'd of lived, he'd of been a great man. A man like James J. Hill. He'd of helped build up the country."

"That's true," I said, uncomfortably.

He fumbled at the embroidered coverlet, trying to take it from the bed, and lay down stiffly – was instantly asleep.

That night an obviously frightened person called up, and demanded to know

"Li a notícia no jornal de Chicago", disse ele. "A notícia toda estava no jornal de Chicago. Vim imediatamente."

"Eu não sabia como entrar em contato consigo." Sem enxergar nada, seus olhos se moviam incessantemente pelo aposento.

"Era um louco", disse ele. "Ele só poderia ser um louco."

"Gostaria de um café?", insisti.

"Não quero nada. Agora estou bem, senhor..."

"Carraway."

"Já estou bem, agora. Onde está Jimmy?"

Eu o levei para a sala de estar, onde estava o corpo de seu filho, e o deixei sozinho. Algumas crianças pequenas haviam subido as escadas e espiavam o saguão; quando eu lhes disse quem chegara, foram embora, relutantes.

Pouco tempo depois, Mr. Gatz saiu boquiaberto, o rosto ligeiramente ruborizado, os olhos vertendo lágrimas isoladas e impontuais. Ele atingira uma idade em que a morte não mais possui a qualidade de uma surpresa medonha, e ao olhar em volta pela primeira vez e viu a altura e esplendor do salão e dos amplos aposentos contíguos, sua dor começou a se mesclar a um orgulho temeroso. Eu o auxiliei a chegar a um dos quartos do andar superior. Enquanto ele tirava o casaco e o colete, contei-lhe que todos os procedimentos haviam sido adiados até sua chegada.

"Eu não sabia o que o senhor desejava, Mr. Gatsby..."

"Meu nome é Gatz."

"... Mr. Gatz. Pensei que poderia querer levar o corpo para o Oeste."

Ele meneou a cabeça.

"Jimmy sempre preferiu o Leste. Atingiu sua posição no Leste. Era amigo de meu filho, Mr...?"

"Éramos amigos íntimos.

"Ele tinha um grande futuro diante de si, bem o sabe. Era muito jovem, mas tinha muito poder cerebral, aqui."

Tocou a cabeça de modo impressionante e eu inclinei a cabeça, concordando.

"Se tivesse vivido, teria sido um grande homem. Alguém como James J. Hill. Teria ajudado a construir o país."

"É verdade", concordei, pouco à vontade.

Ele mexeu na colcha bordada, tentando retirá-la da cama, e deitou-se rígido – dormiu instantaneamente.

Nessa noite, uma pessoa obviamente amedrontada telefonou e exigiu saber

who I was before he would give his name.

"This is Mr. Carraway," I said.

"Oh!" He sounded relieved. "This is Klipspringer." I was relieved too, for that seemed to promise another friend at Gatsby's grave. I didn't want it to be in the papers and draw a sightseeing crowd, so I'd been calling up a few people myself. They were hard to find.

"The funeral's tomorrow," I said. "Three o'clock, here at the house. I wish you'd tell anybody who'd be interested."

"Oh, I will," he broke out hastily. "Of course I'm not likely to see anybody, but if I do."

His tone made me suspicious.

"Of course you'll be there yourself."

"Well, I'll certainly try. What I called up about is…"

"Wait a minute," I interrupted. "How about saying you'll come?"

"Well, the fact is… the truth of the matter is that I'm staying with some people up here in Greenwich, and they rather expect me to be with them tomorrow. In fact, there's a sort of picnic or something. Of course I'll do my very best to get away."

I ejaculated an unrestrained "Huh!" and he must have heard me, for he went on nervously:

"What I called up about was a pair of shoes I left there. I wonder if it'd be too much trouble to have the butler send them on. You see, they're tennis shoes, and I'm sort of helpless without them. My address is care of B. F. …"

I didn't hear the rest of the name, because I hung up the receiver.

After that I felt a certain shame for Gatsby – one gentleman to whom I telephoned implied that he had got what he deserved. However, that was my fault, for he was one of those who used to sneer most bitterly at Gatsby on the courage of Gatsby's liquor, and I should have known better than to call him.

The morning of the funeral I went up to New York to see Meyer Wolfsheim; I couldn't seem to reach him any other way. The door that I pushed open, on the advice of an elevator boy, was marked "The Swastika Holding Company," and at first there didn't seem to be any one inside. But when I'd shouted "hello" several times in vain, an argument broke out behind a partition, and presently a lovely Jewess appeared at an interior door and scrutinized me with black hostile eyes.

"Nobody's in," she said. "Mr. Wolfsheim's gone to Chicago."

The first part of this was obviously untrue, for someone had begun to whistle "The Rosary," tunelessly, inside.

"Please say that Mr. Carraway wants to see him."

quem eu era antes de dar seu nome.

"Aqui, quem fala é Mr. Carraway", declarei.

"Ó!" Ele pareceu aliviado. "Aqui, quem fala é Klipspringer." Também fiquei aliviado, pois isso parecia prometer a presença de outro amigo de Gatsby em seu funeral. Não queria que saísse nos jornais e atraísse uma multidão de curiosos, portanto, telefonara pessoalmente para algumas pessoas. Todas difíceis de encontrar.

"O funeral é amanhã", avisei. "Às três horas, aqui na mansão. Eu gostaria que avisasse as pessoas interessadas."

"Ó, claro", interrompeu ele, depressa. "Naturalmente, é pouco provável que eu encontre alguém, mas se encontrar avisarei."

Seu tom de voz me pareceu suspeito.

"Naturalmente, estará presente."

"Bem, sem dúvida tentarei. Mas telefonei apenas para..."

"Espere um pouco", interrompi. "Que tal me dizer que virá?"

"Bem, o fato é... a verdade é que estou na casa de alguns amigos, aqui em Greenwich, e eles esperam que eu esteja presente aqui amanhã. Haverá uma espécie de piquenique, ou algo parecido. Mas claro que farei o possível para me safar."

Eu não consegui me conter e exclamei "Uh!" Ele deve ter ouvido, pois continuou nervosamente:

"Telefonei para falar sobre um par de sapatos que deixei aí. Imagino se não seria muito trabalho pedir ao mordomo para enviá-los a mim. Veja, são sapatos de tênis que me fazem uma falta tremenda. Meu endereço está aos cuidados de B. F..."

Não ouvi o restante do nome, porque desliguei o telefone.

Depois disso, senti certa vergonha por Gatsby – um cavalheiro para quem telefonei insinuou que ele tivera o que merecera. Contudo, a culpa foi minha, pois era um dos que costumavam zombar de Gatsby com maior amargor, graças à bebida servida pelo próprio Gatsby, e eu deveria ter pensado melhor antes de lhe telefonar.

Na manhã do enterro, fui a Nova Iorque para ver Meyer Wolfsheim; não me pareceu haver outro modo de falar com ele. A porta que empurrei, aconselhado pelo ascensorista, tinha um letreiro com os dizeres "The Swastika Holding Company", e a princípio não parecia haver ninguém ali. Mas depois de eu gritar "alô", várias vezes em vão, iniciou-se uma discussão atrás de uma divisão, e uma judia encantadora surgiu em uma porta interior e me examinou com olhos negros e hostis.

"Não há ninguém aqui", disse ela. "Mr. Wolfsheim foi a Chicago."

Obviamente, a primeira parte da informação não era verdadeira, pois lá dentro alguém começou a assobiar "O rosário", desafinadamente.

"Por favor, diga que Mr. Carraway deseja vê-lo."

"I can't get him back from Chicago, can I?"

At this moment a voice, unmistakably Wolfsheim's, called "Stella!" from the other side of the door.

"Leave your name on the desk," she said quickly. "I'll give it to him when he gets back."

"But I know he's there."

She took a step toward me and began to slide her hands indignantly up and down her hips.

"You young men think you can force your way in here any time," she scolded. "We're getting sickantired of it. When I say he's in Chicago, he's in Chicago."

I mentioned Gatsby.

"Oh-h!" She looked at me over again. "Will you just... What was your name?"

She vanished. In a moment Meyer Wolfsheim stood solemnly in the doorway, holding out both hands. He drew me into his office, remarking in a reverent voice that it was a sad time for all of us, and offered me a cigar.

"My memory goes back to when I first met him," he said. "A young major just out of the army and covered over with medals he got in the war. He was so hard up he had to keep on wearing his uniform because he couldn't buy some regular clothes. First time I saw him was when he come into Winebrenner's poolroom at Forty-third Street and asked for a job. He hadn't eat anything for a couple of days. 'Come on have some lunch with me,' I said. He ate more than four dollars' worth of food in half an hour."

"Did you start him in business?" I inquired.

"Start him?! I made him."

"Oh."

"I raised him up out of nothing, right out of the gutter. I saw right away he was a fine-appearing, gentlemanly young man, and when he told me he was at *Oggsford* I knew I could use him good. I got him to join up in the American Legion and he used to stand high there. Right off he did some work for a client of mine up to Albany. We were so thick like that in everything." He held up two bulbous fingers... "always together."

I wondered if this partnership had included the World's Series transaction in 1919.

"Now he's dead," I said after a moment. "You were his closest friend, so I know you'll want to come to his funeral this afternoon."

"I'd like to come."

"Eu não posso falar com ele em Chicago, posso?"

Nesse momento, do outro lado da porta, a voz inconfundível de Mr. Wolfsheim chamou "Stella!"

"Deixe seu nome sobre a escrivaninha", disse ela rapidamente. "Entregarei a ele assim que ele voltar."

"Mas eu sei que ele está ali."

Ela deu um passo em minha direção e, indignada, começou a passar as mãos nos quadris, para cima e para baixo,

"Vocês, jovens, pensam que podem forçar a entrada aqui a qualquer hora", repreendeu ela. "Estamos ficando fartos disso. Quando digo que está em Chicago, ele está em Chicago."

Mencionei Gatsby.

"Ó-h!" Ela me examinou novamente. "O senhor poderia... Qual o seu nome?"

Ela desapareceu. Logo depois, Meyer Wolfsheim surgiu solenemente na porta, estendendo-me as mãos. Puxou-me para dentro de seu escritório e, em voz reverente, observou que era uma hora triste para todos, e ofereceu-me um charuto.

"Lembro-me de quando o encontrei pela primeira vez", disse ele. Um jovem major recém saído do exército, coberto com as medalhas ele ganhara durante a guerra. Estava tão 'duro' que precisava andar sempre de uniforme porque ele não tinha como comprar roupas normais. A primeira vez que eu o vi foi quando entrou no salão de bilhar de Winebrenner, na Rua 43, e perguntou se havia algum emprego. Ele não comia nada há dias. "Venha, coma algo junto comigo', eu disse. Ele comeu mais de quatro dólares de comida em apenas meia hora."

"Você o iniciou nos negócios?", perguntei.

"Se eu o iniciei?! Eu o fiz."

"Ó."

"Eu o ergui do nada, diretamente da sarjeta. Eu percebi de imediato que ele era um jovem de boa aparência, um cavalheiro, e quando ele me contou que era de *Oggsford*, soube que ele poderia me ser útil. Fiz com que ele entrasse na Legião Americana, onde ele se destacou. Logo depois, ele prestou alguns serviços a um cliente meu em Albany. Éramos extremamente ligados em tudo." Ele juntou dois dedos bulbosos para exemplificar... "estávamos sempre juntos."

Perguntei a mim mesmo se essa parceria incluíra a transação do "Campeonato Mundial" em 1919.

"Ele agora está morto", falei depois de um momento. "O senhor era seu amigo mais próximo, é por isso que eu gostaria que fosse ao seu enterro, esta tarde."

"Eu gostaria de ir."

"Well, come then."

The hair in his nostrils quivered slightly, and as he shook his head his eyes filled with tears.

"I can't do it... I can't get mixed up in it," he said.

"There's nothing to get mixed up in. It's all over now."

"When a man gets killed I never like to get mixed up in it in any way. I keep out. When I was a young man it was different – if a friend of mine died, no matter how, I stuck with them to the end. You may think that's sentimental, but I mean it... to the bitter end."

I saw that for some reason of his own he was determined not to come; so I stood up.

"Are you a college man?" he inquired suddenly.

For a moment I thought he was going to suggest a "gonnegtion," but he only nodded and shook my hand.

"Let us learn to show our friendship for a man when he is alive and not after he is dead," he suggested. "After that my own rule is to let everything alone."

When I left his office the sky had turned dark and I got back to West Egg in a drizzle. After changing my clothes I went next door and found Mr. Gatz walking up and down excitedly in the hall. His pride in his son and in his son's possessions was continually increasing and now he had something to show me.

"Jimmy sent me this picture." He took out his wallet with trembling fingers. "Look there."

It was a photograph of the house, cracked in the corners and dirty with many hands. He pointed out every detail to me eagerly. "Look there!" and then sought admiration from my eyes. He had shown it so often that I think it was more real to him now than the house itself.

"Jimmy sent it to me. I think it's a very pretty picture. It shows up well."

"Very well. Had you seen him lately?"

"He come out to see me two years ago and bought me the house I live in now. Of course we was broke up when he run off from home, but I see now there was a reason for it. He knew he had a big future in front of him. And ever since he made a success he was very generous with me." He seemed reluctant to put away the picture, held it for another minute, lingeringly, before my eyes. Then he returned the wallet and pulled from his pocket a ragged old copy of a book called "Hopalong Cassidy".

"Look here, this is a book he had when he was a boy. It just shows you."

He opened it at the back cover and turned it around for me to see. On the

"Bem, então vá."

Os pelos em sua narina tremeram ligeiramente, e quando ele balançou a cabeça, seus olhos se encheram de lágrimas.

"Eu não posso... não posso me envolver nisso", disse ele.

"Não há nada em que se envolver. Já está tudo acabado."

"Quando um homem é assassinado, não gosto de me envolver, de modo algum. Mantenho-me afastado. Quando eu era jovem, era diferente – se um amigo meu morresse, não importasse como, não saía de perto dele até o fim. Você pode achar que isso é piegas, mas estou falando sério... até o amargo fim."

Por alguma razão, vi que ele estava determinado a não comparecer, então fiquei em pé.

"Você se formou em alguma faculdade?", perguntou ele de repente.

Por um momento, pensei que ele iria sugerir alguma ligação, mas ele apenas inclinou a cabeça e apertou minha mão.

"Melhor demonstrar amizade quando a pessoa está viva, não depois de morta", disse ele. "Quando isso acontece, minha norma é não me envolver no assunto."

Ao sair de seu escritório, o céu escurecera e voltei a West Egg debaixo de uma garoa. Após trocar de roupa, fui à casa vizinha e encontrei Mr. Gatz no saguão, caminhando excitado de um lado para o outro. Seu orgulho pelo filho e por suas possessões aumentara continuamente e agora ele tinha algo que desejava me mostrar.

"Jimmy me mandou esta fotografia." Ele pegou a carteira com os dedos trêmulos. "Veja."

Era uma fotografia da casa, partida nos cantos, suja por ter sido excessivamente manuseada. Ansioso, mostrava todos os detalhes. "Olhe!" e depois procurava encontrar admiração em meus olhos. Exibira a fotografia com tamanha frequência que, para ele, ela se tornara mais real que a própria casa em si.

"Jimmy me enviou. Acho que é uma bela fotografia. Causa ótima impressão."

"Muito boa. O senhor o tinha visto ultimamente?"

"Ele me visitou há dois anos e comprou a casa em que eu moro agora. Naturalmente, não tinha dinheiro algum quando fugiu de casa, mas agora compreendo que ele teve razão para fazer o que fez. Sabia que tinha um grande futuro pela frente. E desde que se tornou um sucesso, foi muito generoso comigo." Ele parecia relutante em guardar a fotografia e a segurou por mais um instante, diante dos meus olhos. Depois disso, colocou-a de volta na carteira e puxou do bolso uma cópia estropiada de um livro chamado "Hopalong Cassidy".

"Veja, este é o livro que ele tinha quando criança. Mostra bem como ele era."

Ele o abriu na contracapa e o virou para que eu pudesse ver. Na última orelha

last fly-leaf was printed the word "Schedule", and the date "September 12, 1906" and underneath:

> "Rise from bed... 6.00 A.M. Dumbbell exercise and wall-scaling... 6.15 – 6.30; Study electricity, etc. ...7.15 – 8.15; Work... 8.30 – 4.30 P.M. Baseball and sports... 4.30 – 5.00; Practice elocution, poise and how to attain it 5.00 – 6.00; Study needed inventions... 7.00 – 9.00"

> "General resolves: No wasting time at Shafters or [a name, indecipherable] No more smoking or chewing Bath every other day Read one improving book or magazine per week Save $5.00 {crossed out} $3.00 per week Be better to parents."

"I come across this book by accident," said the old man. "It just shows you, don't it?"

"It just shows you."

"Jimmy was bound to get ahead. He always had some resolves like this or something. Do you notice what he's got about improving his mind? He was always great for that. He told me I eat like a hog once, and I beat him for it."

He was reluctant to close the book, reading each item aloud and then looking eagerly at me. I think he rather expected me to copy down the list for my own use.

A little before three, the Lutheran minister arrived from Flushing, and I began to look involuntarily out the windows for other cars. So did Gatsby's father. And as the time passed and the servants came in and stood waiting in the hall, his eyes began to blink anxiously, and he spoke of the rain in a worried, uncertain way. The minister glanced several times at his watch, so I took him aside and asked him to wait for half an hour. But it wasn't any use. Nobody came.

About five o'clock our procession of three cars reached the cemetery and stopped in a thick drizzle beside the gate – first a motor hearse, horribly black and wet, then Mr. Gatz and the minister and I in the limousine, and a little later four or five servants and the postman from West Egg in Gatsby's station wagon, all wet to the skin. As we started through the gate into the cemetery I heard a car stop and then the sound of someone splashing after us over the soggy ground. I looked around. It was the man with owl-eyed glasses whom I had found marvelling over Gatsby's books in the library one night three months before.

I'd never seen him since then. I don't know how he knew about the funeral, or even his name. The rain poured down his thick glasses, and he took them off and wiped them to see the protecting canvas unrolled from Gatsby's grave.

I tried to think about Gatsby then for a moment, but he was already too far away, and I could only remember, without resentment, that Daisy hadn't sent

do livro, estava escrita a palavra "Programa", e a data de "12 de setembro de 1906", e logo abaixo:

"Levantar da cama... 6h00; Exercício com halteres e escalada de parede... 6h15 – 6h30; Estudar eletricidade, etc... 7h15 – 8h15; Trabalho... 8h30 – 16h30; Beisebol e esportes... 16h30 – 17h00; Treinar dicção, postura, e como consegui-la... 17 – 18h00; Estudar invenções necessárias... 19 – 21h00."

"Decisões Gerais: Não perder tempo na Shafters ou na [um nome indecifrável]. Deixar de fumar e de mascar chiclete. Banho, um dia sim, outro não. Ler um livro instrutivo ou uma revista por semana. Economizar $5.00 {riscado} $3.00 por semana. Tratar melhor meus pais."

"Encontrei este livro por acaso", disse o velho. "Mostra bem como ele era, não é verdade?"

"Mostra perfeitamente."

"Jimmy estava fadado a progredir. Sempre tomava decisões como essa ou parecidas. Notou como se preocupava em desenvolver a mente? Sempre foi grande por isso. Certa vez, disse-me que eu comia como um porco e dei-lhe uma sova por isso."

Ele relutava em fechar o livro, lendo cada item em voz alta, olhando ansiosamente para mim. Creio que esperava que eu copiasse a lista para meu próprio uso.

Pouco depois das três, o ministro luterano chegou de Flushing e, involuntariamente, comecei a olhar pela janela à procura de outros carros. O pai de Gatsby fazia o mesmo. Com o passar do tempo e com os empregados em pé à espera no saguão, seus olhos começaram a piscar ansiosamente, e falou da chuva num tom preocupado e incerto. O ministro consultou várias vezes o relógio; eu o levei para o lado e pedi-lhe para esperar meia hora. Mas não serviu de nada. Ninguém apareceu.

Por volta das cinco horas, nossa procissão de três carros chegou ao cemitério e, sob um forte chuvisco, parou ao lado do portão – primeiro, um carro fúnebre, horrivelmente negro e molhado; em seguida, o senhor Gatz, o ministro e eu, na limusine; por ultimo, quarto ou cinco empregados e o carteiro de West Egg na "perua" de Gatsby, todos encharcados até os ossos. Enquanto atravessávamos o portão para entrar no cemitério, ouvi um carro parar e o som de alguém correndo no solo molhado para nos alcançar. Era o homem de óculos, com olhos de coruja, que eu encontrara na biblioteca há três meses, maravilhado diante dos livros de Gatsby.

Não o vira desde então. Não sei como foi informado do enterro, nem sabia seu nome. A chuva caía em seus óculos grossos e ele os retirou e limpou para ver a lona estendida que protegia o túmulo de Gatsby.

Por um momento, tentei pensar em Gatsby como era antes, mas ele já estava distante demais e só conseguia me lembrar, sem ressentimento, que Daisy

a message or a flower. Dimly I heard someone murmur, "Blessed are the dead that the rain falls on," and then the owl-eyed man said "Amen to that," in a brave voice.

We straggled down quickly through the rain to the cars. Owl-eyes spoke to me by the gate.

"I couldn't get to the house," he remarked.

"Neither could anybody else."

"Go on!" He started. "Why, my God! they used to go there by the hundreds." He took off his glasses and wiped them again, outside and in.

"The poor son-of-a-bitch," he said.

One of my most vivid memories is of coming back West from prep school and later from college at Christmas time. Those who went farther than Chicago would gather in the old dim Union Station at six o'clock of a December evening, with a few Chicago friends, already caught up into their own holiday gayeties, to bid them a hasty good-by. I remember the fur coats of the girls returning from Miss This-or-that's and the chatter of frozen breath and the hands waving overhead as we caught sight of old acquaintances, and the matchings of invitations: "Are you going to the Ordways'? the Herseys'? the Schultzes'?" and the long green tickets clasped tight in our gloved hands. And last the murky yellow cars of the Chicago, Milwaukee and St. Paul railroad looking cheerful as Christmas itself on the tracks beside the gate.

When we pulled out into the winter night and the real snow, our snow, began to stretch out beside us and twinkle against the windows, and the dim lights of small Wisconsin stations moved by, a sharp wild brace came suddenly into the air. We drew in deep breaths of it as we walked back from dinner through the cold vestibules, unutterably aware of our identity with this country for one strange hour, before we melted indistinguishably into it again.

That's my Middle West – not the wheat or the prairies or the lost Swede towns, but the thrilling returning trains of my youth, and the street lamps and sleigh bells in the frosty dark and the shadows of holly wreaths thrown by lighted windows on the snow. I am part of that, a little solemn with the feel of those long winters, a little complacent from growing up in the Carraway house in a city where dwellings are still called through decades by a family's name. I see now that this has been a story of the West, after all – Tom and Gatsby, Daisy and Jordan and I, were all Westerners, and perhaps we possessed some deficiency in common which made us subtly unadaptable to Eastern life.

Even when the East excited me most, even when I was most keenly aware of its superiority to the bored, sprawling, swollen towns beyond the Ohio, with their interminable inquisitions which spared only the children and the very old – even then it had always for me a quality of distortion. West Egg, especially, still figures in my more fantastic dreams. I see it as a night scene by El Greco: a hundred houses, at

não enviara qualquer mensagem, nem sequer uma flor. Vagamente, ouvi alguém murmurar: "Abençoados os mortos sobre os quais a chuva cai." Depois disso, o homem de olhos de coruja disse com voz cheia de coragem: "Amém para isso."

Rapidamente, voltamos para os automóveis sob a chuva. O homem de olhos de coruja voltou a falar comigo ao lado do portão.

"Não pude ir até a casa", declarou ele.

"Os outros também não puderam."

"Continue!", falou ele, surpreso. "Meu Deus, eles apareciam por lá às centenas." Tirou os óculos e novamente os limpou, por dentro e por fora.

"Pobre filho da mãe!", exclamou ele.

Uma de minhas lembranças mais vívidas é a minha volta para o Oeste da escola secundária e, mais tarde, da faculdade, na época do Natal. Os que iam além de Chicago se reuniam com alguns poucos amigos de Chicago na velha e escura Union Station, às seis horas de uma tarde de dezembro, já tomados pela alegria das férias, para se despedir rapidamente deles. Lembro-me dos casacos de pele das moças que voltavam da casa da dona fulana ou cicrana, das conversas, do hálito congelado, das mãos acenando acima da cabeça quando avistávamos algum velho conhecido, e dos convites combinados: "Você vai à casa dos Ordways? Dos Herseys? Dos Schultzes?", e dos longos bilhetes verdes apertados fortemente por nossas mãos enluvadas. Por fim, em seus trilhos ao lado do portão, os sombrios vagões amarelos da Companhia Chicago, Milwaukee e St. Paul nos pareciam tão festivos quanto o próprio Natal.

Ao sairmos para a noite invernal e a verdadeira neve, a nossa neve, começava a se estender ao nosso lado e a brilhar contra as janelas, as luzes baças das pequenas estações de Wisconsin passavam e uma vivacidade estimulante subitamente enchia o ar. Aspirávamos profundamente como se, ao voltarmos dum jantar, passássemos por vestíbulos frios; por uma estranha hora, ficávamos inexprimivelmente cientes de nossa identidade com essa região, antes de nos mesclar indistintamente a ela.

Esse é o meu Meio Oeste – não o trigo, as pradarias ou as perdidas cidades suecas, mas os comoventes comboios de minha juventude, as lâmpadas das ruas, os sinos dos trenós na escuridão gelada e as sombras das grinaldas de folhas atiradas na neve através de janelas iluminadas. Sou parte disso, um pouco solene com o sentimento desses longos invernos, um pouco complacente por ter crescido na casa dos Carraway, numa cidade onde, há décadas, as casas ainda são chamadas pelo nome da família. Vejo agora que, afinal das contas, esta foi uma história do Leste – Tom e Gatsby, Daisy, Jordan e eu éramos todos naturais do Oeste e, em comum, talvez possuíssemos alguma deficiência que nos tornava inadaptáveis à vida no Leste.

Mesmo ao me sentir mais excitado pelo Leste, ao notar nitidamente sua superioridade sobre as entediadas, irregulares e soberbas cidades além de Ohio, com suas intermináveis inquisições que só poupavam as crianças e os anciões– mesmo então, possuía para mim uma qualidade de aberração. West Egg, principalmente, ainda povoa meus sonhos mais fantásticos. Vejo-o como uma cena noturna de El

once conventional and grotesque, crouching under a sullen, overhanging sky and a lustreless moon. In the foreground four solemn men in dress suits are walking along the sidewalk with a stretcher on which lies a drunken woman in a white evening dress. Her hand, which dangles over the side, sparkles cold with jewels. Gravely the men turn in at a house – the wrong house. But no one knows the woman's name, and no one cares.

After Gatsby's death the East was haunted for me like that, distorted beyond my eyes' power of correction. So when the blue smoke of brittle leaves was in the air and the wind blew the wet laundry stiff on the line I decided to come back home.

There was one thing to be done before I left, an awkward, unpleasant thing that perhaps had better have been let alone. But I wanted to leave things in order and not just trust that obliging and indifferent sea to sweep my refuse away. I saw Jordan Baker and talked over and around what had happened to us together, and what had happened afterward to me, and she lay perfectly still, listening, in a big chair.

She was dressed to play golf, and I remember thinking she looked like a good illustration, her chin raised a little jauntily, her hair the color of an autumn leaf, her face the same brown tint as the fingerless glove on her knee. When I had finished she told me without comment that she was engaged to another man. I doubted that, though there were several she could have married at a nod of her head, but I pretended to be surprised. For just a minute I wondered if I wasn't making a mistake, then I thought it all over again quickly and got up to say good-bye.

"Nevertheless you did throw me over," said Jordan suddenly. "You threw me over on the telephone. I don't give a damn about you now, but it was a new experience for me, and I felt a little dizzy for a while."

We shook hands.

"Oh, and do you remember", she added... "a conversation we had once about driving a car?"

"Why... not exactly."

"You said a bad driver was only safe until she met another bad driver? Well, I met another bad driver, didn't I? I mean it was careless of me to make such a wrong guess. I thought you were rather an honest, straightforward person. I thought it was your secret pride."

"I'm thirty," I said. "I'm five years too old to lie to myself and call it honor."

She didn't answer. Angry, and half in love with her, and tremendously sorry, I turned away.

One afternoon late in October I saw Tom Buchanan. He was walking ahead of me along Fifth Avenue in his alert, aggressive way, his hands out a little from his body as if to fight off interference, his head moving sharply here and there, adapt-

Greco: centenas de casas, convencionais e grotescas, agachadas sob um céu taciturno e enorme, uma lua sem brilho. Em primeiro plano, quatro homens solenes, vestidos a rigor, caminham pela calçada carregando uma padiola na qual se encontra uma mulher bêbada com um vestido de noite branco. Sua mão, pendurada ao lado, cintila com o brilho frio das jóias. Os homens se detêm gravemente diante duma casa – a casa errada. Mas ninguém sabe o nome da mulher, ninguém se importa.

Após a morte de Gatsby, o Leste se tornou assombrado para mim, tão distorcido além da capacidade de correção dos meus olhos. Então, quando a fumaça azul das folhas secas pairava no ar e a brisa secava a roupa estendida nos varais, decidi voltar para casa.

Havia uma coisa a ser feita antes da minha partida, algo estranho e desagradável que talvez fosse melhor deixar de lado. Mas eu desejava deixar as coisas em ordem, sem esperar que aquele mar indiferente e cortês arrastasse o que sobrara de mim. Encontrei-me com Jordan Baker e conversamos sobre o que acontecera conosco e o que me acontecera depois. Ela permaneceu totalmente imóvel, ouvindo, sentada em uma grande poltrona.

Estava vestida para o golfe e lembro-me de ter pensado que se parecia com uma boa ilustração, o queixo levantado um tanto alegre, o cabelo um tanto outonal, o rosto bronzeado da mesma cor das luvas sem dedos em seu joelho. Quando terminei, contou-me que estava noiva de outro homem, sem qualquer comentário. Duvidei, apesar que vários homens se casariam com ela a um simples movimento de sua cabeça. Por um minuto, imaginei se eu não estava cometendo um erro, mas então, rapidamente, voltei a refletir em tudo e levantei-me para me despedir.

"No entanto, você realmente me rejeitou", disse Jordan de repente. "Você me rejeitou por telefone. "Agora, eu não lhe dou a mínima importância, mas foi uma nova experiência para mim, e senti-me atordoada durante algum tempo."

Trocamos um aperto de mão.

"Ó, e você se lembra", acrescentou ela... "de uma conversa que tivemos sobre dirigir carros?"

"Bem... não exatamente."

"Você disse que um mau motorista só estaria seguro se não encontrasse outro mau motorista. Bem, encontrei outro mau motorista, não é verdade? O que quero dizer é que fui descuidada ao me enganar em minha suposição. Pensei que você fosse uma pessoa honesta e sincera. Pensei que fosse esse o seu orgulho secreto."

"Tenho 30 anos", disse. "Há cinco não minto pra mim e chamo isso de honra."

Ela não me respondeu. Com raiva, meio apaixonado por ela e tremendamente desgostoso, virei-me para ir embora.

Uma tarde, no final de outubro vi Tom Buchanan. Caminhava pela Quinta Avenida em seu modo alerta e agressivo, as mãos um pouco afastadas do corpo como se evitasse qualquer interferência, a cabeça a mover-se vivamente dum lado

ing itself to his restless eyes. Just as I slowed up to avoid overtaking him he stopped and began frowning into the windows of a jewelry store. Suddenly he saw me and walked back, holding out his hand.

"What's the matter, Nick? Do you object to shaking hands with me?"

"Yes. You know what I think of you."

"You're crazy, Nick," he said quickly. "Crazy as hell. I don't know what's the matter with you."

"Tom," I inquired, "what did you say to Wilson that afternoon?" He stared at me without a word, and I knew I had guessed right about those missing hours. I started to turn away, but he took a step after me and grabbed my arm.

"I told him the truth," he said. "He came to the door while we were getting ready to leave, and when I sent down word that we weren't in he tried to force his way up-stairs. He was crazy enough to kill me if I hadn't told him who owned the car. His hand was on a revolver in his pocket every minute he was in the house..." He broke off defiantly. "What if I did tell him? That fellow had it coming to him. He threw dust into your eyes just like he did in Daisy's, but he was a tough one. He ran over Myrtle like you'd run over a dog and never even stopped his car."

There was nothing I could say, except the one unutterable fact that it wasn't true.

"And if you think I didn't have my share of suffering – look here, when I went to give up that flat and saw that damn box of dog biscuits sitting there on the sideboard, I sat down and cried like a baby. By God it was awful..."

I couldn't forgive him or like him, but I saw that what he had done was, to him, entirely justified. It was all very careless and confused. They were careless people, Tom and Daisy – they smashed up things and creatures and then retreated back into their money or their vast carelessness, or whatever it was that kept them together, and let other people clean up the mess they had made...

I shook hands with him; it seemed silly not to, for I felt suddenly as though I were talking to a child. Then he went into the jewelry store to buy a pearl necklace – or perhaps only a pair of cuff buttons – rid of my provincial squeamishness forever.

Gatsby's house was still empty when I left – the grass on his lawn had grown as long as mine. One of the táxi drivers in the village never took a fare past the entrance gate without stopping for a minute and pointing inside; perhaps it was he who drove Daisy and Gatsby over to East Egg the night of the accident, and perhaps he had made a story about it all his own. I didn't want to hear it and I avoided him when I got off the train.

I spent my Saturday nights in New York because those gleaming, dazzling parties of his were with me so vividly that I could still hear the music and the laughter, faint and incessant, from his garden, and the cars going up and down his drive.

para o outro, adaptando-se aos seus olhos irrequietos. Exatamente quando diminuí a velocidade para não ultrapassá-lo, ele se deteve e começou a examinar as vitrines duma joalheria. Subitamente, ele viu-me e caminhou de volta com a mão estendida.

"O que há, Nick? Recusa-se a apertar minha mão?"

"Sim. Você sabe o que penso a seu respeito."

"Está louco, Nick", disse ele depressa. "Totalmente louco. Não sei qual é o seu problema."

"Tom, o que você disse para Wilson naquela tarde?", perguntei. Ele me fitou sem dizer nada e eu soube que minha suposição estava correta quanto àquelas horas que faltavam. Comecei a me afastar, mas ele deu um passo e agarrou meu braço.

"Contei-lhe a verdade", disse ele. "Ele chegou ao nos prepararmos para partir, e quando mandei lhe dizer que não estávamos, tentou forçar a entrada. Estava suficientemente louco para me matar se não lhe dissesse quem era o dono do carro. Durante o tempo em que esteve na casa, sua mão segurou um revólver que tinha no bolso..." Ele se interrompeu, desafiador. "Qual o problema de eu ter lhe contado? Aquele sujeito teve o que mereceu. Ele o enganou exatamente como fez com Daisy, mas era perigoso. Atropelou Myrtle como se ela fosse um cão e nem parou o carro."

Não havia nada que eu pudesse dizer, exceto o indizível fato de que isso não era verdade.

"E você acha que eu não tive meu quinhão de sofrimento – olhe aqui, quando fui entregar aquele apartamento e vi a caixa de biscoitos para cães em cima do aparador, sentei e chorei como uma criança. Meu Deus, foi horrível..."

Eu não poderia perdoá-lo nem gostar dele, mas percebi que, para ele, o que fizera era totalmente justificável. Era tudo muito descuidado e confuso. Tom e Daisy eram pessoas descuidadas – destruíam coisas e pessoas e depois se refugiavam em seu dinheiro, em sua negligência e no que quer que fosse que o que os mantinha juntos, e deixavam que outras pessoas limpassem a sujeira que haviam feito...

Apertei sua mão; pareceu-me estupidez não fazê-lo, pois subitamente senti-me como que conversando com uma criança. Em seguida, ele entrou na joalheria para comprar um colar de pérolas – ou talvez um par de abotoaduras – livre para sempre dos meus escrúpulos provincianos.

A casa de Gatsby ainda estava vazia quando parti – a grama de seu jardim crescera tanto quanto a minha. Um dos motoristas de táxi da cidade jamais fazia uma corrida que passasse por seu portão sem lá se deter por um minuto e apontar para dentro; talvez tenha levado Daisy e Gatsby para o East Egg na noite do acidente, ou talvez ele tenha apenas inventado uma história sobre o caso. Eu não queria ouvi-lo e o evitei quando ao descer do comboio.

Passava minhas noites de sábado em Nova Iorque, pois aquelas suas festas resplandecentes, ofuscantes, mantinham-se tão vívidas que ainda ouvia a música e os risos débeis e incessantes vindos de seu jardim, e os carros subindo e descendo

One night I did hear a material car there, and saw its lights stop at his front steps. But I didn't investigate. Probably it was some final guest who had been away at the ends of the earth and didn't know that the party was over.

On the last night, with my trunk packed and my car sold to the grocer, I went over and looked at that huge incoherent failure of a house once more. On the white steps an obscene word, scrawled by some boy with a piece of brick, stood out clearly in the moonlight, and I erased it, drawing my shoe raspingly along the stone. Then I wandered down to the beach and sprawled out on the sand.

Most of the big shore places were closed now and there were hardly any lights except the shadowy, moving glow of a ferryboat across the Sound. And as the moon rose higher the inessential houses began to melt away until gradually I became aware of the old island here that flowered once for Dutch sailors' eyes – a fresh, green breast of the new world. Its vanished trees, the trees that had made way for Gatsby's house, had once pandered in whispers to the last and greatest of all human dreams; for a transitory enchanted moment man must have held his breath in the presence of this continent, compelled into an aesthetic contemplation he neither understood nor desired, face to face for the last time in history with something commensurate to his capacity for wonder.

And as I sat there brooding on the old, unknown world, I thought of Gatsby's wonder when he first picked out the green light at the end of Daisy's dock. He had come a long way to this blue lawn, and his dream must have seemed so close that he could hardly fail to grasp it. He did not know that it was already behind him, somewhere back in that vast obscurity beyond the city, where the dark fields of the republic rolled on under the night.

Gatsby believed in the green light, the orgastic future that year by year recedes before us. It eluded us then, but that's no matter – tomorrow we will run faster, stretch out our arms farther... And one fine morning...

So we beat on, boats against the current, borne back ceaselessly into the past.

THE END

pela alameda. Numa noite, ouvi chegar um carro verdadeiro e vi suas luzes diante da escadaria principal. Mas não investiguei. Provavelmente, foi algum convidado final que se encontrava nos confins da terra, sem saber que a festa já terminara.

Na última noite, com as malas prontas e meu carro vendido para o dono da mercearia, eu me aproximei da casa e, uma vez mais, olhei para aquele imenso e incoerente fracasso. Sobre os degraus brancos, escrita por alguma criança com um caco de tijolo, uma palavra obscena destacava-se claramente ao luar. Eu a apaguei esfregando o sapato na pedra. Depois disso, caminhei até a praia e deitei na areia.

Quase todas as mansões costeiras estavam fechadas e já não se viam luzes, exceto o brilho mortiço e móvel duma barcaça a cruzar o Estreito. E enquanto a lua se erguia, as casas não essenciais começaram a se desfazer até que, gradativamente, percebi a presença da velha ilha que florescera diante dos olhos dos marujos holandeses – um fresco e verde seio do novo mundo. Suas árvores desaparecidas, árvores que deram lugar à casa de Gatsby e, sussurrantes, serviram de estímulo ao maior de todos os sonhos humanos; por um transitório momento de encantamento, o homem deve ter ficado com a respiração suspensa na presença deste continente, compelido a uma contemplação estética que não compreendia ou desejava; pela última vez na história, face a face com algo proporcional à sua capacidade de assombro.

E enquanto refletia sobre o velho mundo desconhecido, pensei no espanto de Gatsby quando, pela primeira vez, divisou a luz verde na extremidade do cais de Daisy. Ele trilhara um longo caminho até chegar àquele relvado azul e seus sonhos devem ter parecido tão próximos que não poderia deixar de alcançá-los. Não sabia que já haviam ficado para trás, em algum lugar da vasta obscuridade que se expandia além da cidade, onde os campos escuros da república se estendiam sob a noite.

Gatsby acreditava na luz verde, no orgástico futuro que, ano a ano, recua diante de nós. Isso nos iludia então, mas já não importa – amanhã correremos mais depressa, abriremos mais os nossos braços... E em uma belíssima manhã...

Assim prosseguiremos, barcos contra a corrente, incessantemente atraídos em direção ao passado.

FIM

GRANDES CLÁSSICOS EM EDIÇÕES BILÍNGUES

A ABADIA DE NORTHANGER
Jane Austen
A CASA DAS ROMÃS
Oscar Wilde
A CONFISSÃO DE LÚCIO
Mário de Sá-Carneiro
A DIVINA COMÉDIA
Dante Alighieri
A MORADORA DE WILDFELL HALL
Anne Brontë
A VOLTA DO PARAFUSO
Henry James
AO REDOR DA LUA: AUTOUR DE LA LUNE
Jules Verne
AS CRÔNICAS DO BRASIL
Rudyard Kipling
AO FAROL: TO THE LIGHTHOUSE
Virginia Woolf
BEL-AMI
Guy de Maupassant
CONTOS COMPLETOS
Oscar Wilde
DA TERRA À LUA : DE LA TERRE À LA LUNE
Jules Verne
DOM CASMURRO
Machado de Assis
DRÁCULA
Bram Stoker
EMMA
Jane Austen
FRANKENSTEIN, OU O MODERNO PROMETEU
Mary Shelley
GRANDES ESPERANÇAS
Charles Dickens
JANE EYRE
Charlotte Brontë
LADY SUSAN
Jane Austen
MANSFIELD PARK
Jane Austen
MEDITAÇÕES
John Donne
MEMÓRIAS PÓSTUMAS DE BRÁS CUBAS
Machado de Assis
MOBY DICK
Herman Melville
NORTE E SUL
Elizabeth Gaskell
O AGENTE SECRETO
Joseph Conrad
O CORAÇÃO DAS TREVAS
Joseph Conrad
O CRIME DE LORDE ARTHUR
SAVILE E OUTRAS HISTÓRIAS
Oscar Wilde
O ESTRANHO CASO DO DOUTOR
JEKYLL E DO SENHOR HYDE
Robert Louis Stevenson
O FANTASMA DE CANTERVILLE
Oscar Wilde
O FANTASMA DA ÓPERA
Gaston Leroux
O GRANDE GATSBY
F. Scott Fitzgerald
O HOMEM QUE QUERIA SER REI E
OUTROS CONTOS SELECIONADOS
Rudyard Kipling
O HOMEM QUE SABIA JAVANÊS E OUTROS
CONTOS SELECIONADOS
Lima Barreto
O MORRO DOS VENTOS UIVANTES
Emily Brontë
O PRÍNCIPE FELIZ E OUTRAS HISTÓRIAS
Oscar Wilde
O PROCESSO
Franz Kafka
O RETRATO DE DORIAN GRAY
Oscar Wilde
O RETRATO DO SENHOR W. H.
Oscar Wilde
O RIQUIXÁ FANTASMA E OUTROS
CONTOS MISTERIOSOS
Rudyard Kipling
O ÚLTIMO HOMEM
Mary Shelley
OS LUSÍADAS
Luís de Camões
OS TRINTA E NOVE DEGRAUS
John Buchan
OBRAS INACABADAS
Jane Austen
ORGULHO E PRECONCEITO
Jane Austen
ORLANDO
Virginia Woolf
PERSUASÃO
Jane Austen
RAZÃO E SENSIBILIDADE
Jane Austen
SOB OS CEDROS DO HIMALAIA
Rudyard Kipling
SONETOS
Luís de Camões
SONETOS COMPLETOS
William Shakespeare
TEATRO COMPLETO - VOLUME I
Oscar Wilde
TEATRO COMPLETO - VOLUME II
Oscar Wilde
TESS D'UBERVILLES
Thomas Hardy
UM CÂNTICO DE NATAL
Charles Dickens
UMA DEFESA DA POESIA E OUTROS ENSAIOS
Percy Shelley
VIAGENS EXTRAORDINÁRIAS
Jules Verne
WEE WILLIE WINKLE E OUTRAS HISTÓRIAS
PARA CRIANÇAS
Rudyard Kipling